Marion Obser

Warum Jenny?

Roman

© 2000 by Marion Obser
und topword – der Ort fürs Wort, München
Fotogestaltung: Günter Oblasser-Obser, München
und Monika Laine, Rottenburg
Umschlaggestaltung: Thomas Reichenmeier, München
Herstellung: Libri Books on Demand
ISBN 3-8311-0330-5

Danke, Günter

Dies ist ein Roman. Die Personen und Ereignisse sind frei erfunden, doch der Hintergrund entbehrt nicht der Authentizität. An dieser Stelle danke ich allen, die mir beim Entstehen dieses Buchs geholfen haben, ganz besonders aber danke ich der Münchner AIDS-Hilfe e.V., die ich mit diesem Roman finanziell unterstützen möchte.

„... Im Jahr 2000 wird es auf diesem Planeten wahrscheinlich vierzig Millionen HIV-Infizierte geben. Wenn ihr oder einer von euch glaubt, dass es nur Schwule oder Drogenabhängige betrifft, dann werdet ihr bald dazugehören."

(George Michael)

20. April 1992, Ostermontag

Rund siebzigtausend Menschen hatten sich im Londoner Wembley-Stadion versammelt, um Freddie Mercury, dem legendären und im vergangenen November an Aids verstorbenen Frontman der Rockgruppe *Queen,* in einem Gedächtniskonzert zu gedenken, das die restlichen *Queen*-Mitglieder, Brian May, Roger Taylor und John Deacon, zusammen mit zahlreichen Musikerfreunden veranstalteten. *Freddie Mercury Tribute – AIDS-Awareness* stand auf roten Bändern und Wimpeln gedruckt und sollte an die Gefahren von Aids erinnern und zur Unterstützung des Kampfes gegen diese tückische Krankheit dienen.

Vierundsiebzig Fernsehstationen übertrugen dieses bombastische Konzert für rund eineinhalb Milliarden Zuschauer ...

Gila war eine von ihnen.

Doch während sie auf die faszinierenden Bilder starrte und der mitreißenden Musik lauschte, glitten ihre Gedanken zu einem anderen *Queen*-Konzert ab, das vor fast genau zehn Jahren stattgefunden hatte.

Über Aids wurde damals natürlich kaum gesprochen – ein Randgruppenproblem, das nicht der Mühe wert war, durchdiskutiert zu werden. Diese „Schwulenpest", wie sie von manchen Zeitschriften genannt wurde, schien ausschließlich Drogenabhängige und homosexuelle Männer zu betreffen.

Ein Teil der Bevölkerung triumphierte. Schwule und Fixer! Endlich wurde ihnen ein Mal aufgebrannt – die Strafe Gottes! Dass dieses Mal weitergegeben werden konnte, wagte man sich nicht einzugestehen, auch dann noch nicht, als bereits kurze Zeit später Bluter durch blutgerinnende Medikamente infiziert wurden. Aber die Realität ist noch viel grausamer: egal, ob schwul, Fixer oder Bluter, die Seuche kann jeden treffen.

Unauffällig war sie herangeschlichen.

Die furchtbaren Ereignisse im Olympiastadion veränderten Gilas Leben schlagartig. Sie brauchte Jahre, bis sie völlig darüber hinweggekommen war. Wie besessen hatte sie sich in ihre Arbeit gestürzt, immer von der vagen Hoffnung getragen, dass der tiefe Schmerz irgendwann zur Ruhe kommen würde. Gila war rastlos herumgereist. Ihr journalistischer Spürsinn trieb sie in jeden Winkel dieser Welt und lieferte ihr eine reißerische Story nach der anderen.

Dann endlich hatte der Schmerz aufgehört, und sie war fähig gewesen, den Tatsachen ins Gesicht zu sehen.

Sie kehrte nach Hause zurück.

Und nun, Jahre später, saß sie vor einem flimmernden Bildschirm und dachte an Jo Anne, David und Mike – vor allem aber an Jenny ...

Gila überließ sich ihren Erinnerungen ...

1

Mai 1982

Die Klinik lag am Stadtrand, eingebettet in einen ge-
pflegten Park. Jetzt, im Mai, standen die knorrigen Bäume
und Sträucher bereits in einem satten, kräftigen Grün. Von
außen wirkte die Klinik wie eine Oase des Friedens. Unwillkürlich dachte man an Ruhe, Erholung, an frische Kräfte tanken, an Ferien. David hatte das auch immer gedacht. Eine Oase des
Friedens, der ideale Ort, um sich zu regenerieren.
Jetzt dachte er nicht mehr so.
Er saß in einem engen, unbequemen Rettungswagen,
der mit Blaulicht und Sirene geradewegs zur Klinik raste.
Im blassen Mondlicht hob sich das helle, mehrstöckige Gebäude gespenstisch aus der Dunkelheit ab. Die Bäume und
Sträucher ringsum wirkten wie unheimliche Schatten.
David erschauerte.
Seufzend löste er seinen Blick und sah zu Jennifer hin,
die neben ihm auf der Trage lag. Eine zarte, zerbrechliche
Gestalt mit blutverschmiertem Haar. Der kastanienrote
Schimmer, den er so gemocht hatte, war verschwunden,
stattdessen kringelten sich stumpfe Strähnen auf ihrer
schweißbedeckten Stirn. Das schöne, ebenmäßige Gesicht
war mit hässlichen Schürfwunden übersät. Jennifer hielt
die Augen geschlossen.
„Jennifer?", flüsterte David. „Hörst du mich?" Als sie
nicht reagierte, nahm er ihre schmale Hand und drückte sie
behutsam. „Jennifer ..."
Einer der Sanitäter, ein schlaksiger Bursche mit blon-
dem Lockenschopf, überprüfte ihren Puls und Blutdruck.
Zufrieden nickte er.
„Zufrieden", dachte David ironisch. „Er ist zufrieden,
weil ein Blutdruck stimmt und er einen Puls zwischen den
Fingern fühlen kann."

Zufrieden. Ein bitterer Geschmack machte sich in Davids Mund breit. Zufrieden, wunschlos glücklich, sorgenfrei! Wörter, die plötzlich keinen Sinn mehr hatten. Von einem Moment auf den anderen hatte sich Davids Leben verändert. Nichts war mehr so, wie es gewesen war. Die Dinge hatten sich wie von Geisterhand verrückt. David hatte es erst dann begriffen, als es zu spät war, als Jennifer vor ihm lag – bewusstlos, blass, blutend.

„Ich hätte es verhindern können", dachte David. „Wenn ich rechtzeitig reagiert hätte." Ja, wenn ... Die Selbstvorwürfe zerrten an ihm. Wenn, wenn ... Hätte er es wirklich? Oder hatte sich dieses furchtbare Unglück nicht schon viel früher abgezeichnet?

David konnte den Blick nicht von Jennifer wenden. Er sah in ihr bleiches Gesicht und wünschte sich nichts so sehr, als dass sie endlich die Augen aufschlagen möge.

„O Jennifer", dachte er, „glaub mir, das hab' ich wirklich nicht gewollt. Kannst du mir je verzeihen? Du darfst nicht sterben und mich mit dieser Schuld allein lassen."

Ungeduldig wandte sich David an den Sanitäter. „Wie lange dauert das denn noch?", fragte er. „Es geht ihr so schlecht."

„Ist ja gut, wir sind gleich da."

Minuten später hatte der Rettungswagen die Klinik erreicht. Das durchdringende Heulen des Martinshorns verstummte, nur das Blaulicht streute noch Blitze in die Dunkelheit. Der Sanitäter stieß die Wagentür auf, David sprang als erster nach draußen. Eine laue Nacht fing ihn ein, Sterne glitzerten am Himmel. David nahm nichts davon wahr, auch nicht das Klinikpersonal, das bereits am Eingang wartete. Jennifer wurde aus dem Wagen geschoben.

„Hey, das ist Jennifer Gall", hörte er in seiner Nähe eine Krankenschwester überrascht zu ihrer Kollegin sagen, „das Fotomodel." Worauf die andere nicht weniger überrascht fragte: „Dann muss er David Sandberg sein, der Fotograf?"

David hätte die beiden gerne zurechtgewiesen, unterließ es aber, denn das Einzige, was ihn im Augenblick wirklich interessierte, war Jennifer. Er lief noch ein Stück neben ihr her, solange, bis sie hinter einer steril-weißen Schwingtür verschwunden war. Hilflos und mit hängenden Schultern blieb er zurück ...

„Darf ich Ihre Kopfwunde sehen?", schreckte ihn plötzlich eine warme Frauenstimme hoch. Eine zierliche, dunkelhaarige Frau um die Fünfzig stand neben ihm. „Dr. Brunner", stellte sie sich vor. „Bitte, kommen Sie, ja?" Der Behandlungsraum war ein kleines, weiß getünchtes Zimmer. Außer einer Liege, einem mit Glasfenstern bestückten Medikamentenschrank und zwei Drehstühlen war es leer. Die Ärztin wies auf einen der Stühle. David setzte sich.

„Der Autounfall?", fragte sie, während sie Davids Wunde begutachtete.

Er nickte.

„Haben Sie Kopfschmerzen? Ist Ihnen übel? Flimmern vor den Augen?"

„Nein."

Dr. Brunner holte Mulltupfer, Heftpflaster, Desinfektionsspray und begann, die Wunde schnell zu verarzten. „Mit etwas Glück bleibt nicht mal eine Narbe zurück", lächelte sie.

Davids Miene verfinsterte sich. „Und was ist mit meinen seelischen Narben?", überlegte er. „Muss ich die lebenslang mit mir herumschleppen, als Strafe für meine gottverdammte Gleichgültigkeit?"

Es klopfte an der Tür. Zwei Polizisten kamen herein. Beim Anblick der beiden Beamten wurde ihm unbehaglich zu Mute. Er ahnte, was kommen würde. Fragen über Fragen, nichts als Fragen, und er verspürte nicht die geringste Lust, auch nur eine zu beantworten.

„Da sind Sie ja, Herr Sandberg", sagte einer der Polizisten, ein Rotschopf mit Sommersprossen im Gesicht. „Wir haben am Unfallort schon kurz miteinander gesprochen. Können Sie uns jetzt Angaben zum Unfallhergang machen?"

„Nein", erwiderte David schroff.

„Soll das heißen, Sie erinnern sich nicht, weshalb Sie von der Fahrbahn abgekommen sind? Die Straße war trocken, frei und ohne Gegenverkehr. Sind Sie am Steuer eingeschlafen? Oder hatten Sie Streit mit Ihrer Begleiterin ..." Geschäftig blätterte er in einem unscheinbaren Notizbuch. „... Jennifer Gall? Hatten Sie Streit mit ihr?"

Gleichgültig zuckte David die Schultern. „Plötzlich hing ich an der Leitplanke. Sorry, mehr kann ich nicht dazu sagen."

Dr. Brunner griff ein. „Das reicht", wandte sie sich an die Polizisten. „Der Patient ist im Moment leider nicht in der Lage, weitere Fragen zu beantworten."

„Na, schön." Der Polizist lächelte freundlich. „Wir erwarten Sie morgen Vormittag im Präsidium, Herr Sandberg."

„Hol dich der Teufel!", dachte David und drehte ihm den Rücken zu.

Kurz vor Mitternacht, noch immer keine Nachricht, wie es Jennifer ging. Schon über eine Stunde hockte David hier in der Notaufnahme und wartete.

„Gehen Sie nach Hause", hatte Dr. Brunner vor zehn Minuten gesagt. Da er kein Familienangehöriger sei, würde man ihm ohnehin keine Auskunft erteilen. David hatte heftig den Kopf geschüttelt. Nein, er bleibe auf jeden Fall. Vielleicht brauche Jennifer ihn ja.

Deshalb also hockte er zusammengekauert hier und wartete, wartete, wartete ... starrte auf den grässlich grün gesprenkelten Fußboden, wartete. Zwischendurch sah er Leute kommen und gehen, kommen oder nicht wieder gehen: einen Asthmaanfall, eine Schwangere mit Wehen, ein Kind mit merkwürdig verkrümmtem Bein, einen Betrunkenen mit speigelbem Gesicht. Er hörte laute und leise Stimmen, hörte Schreien, Stöhnen, Wimmern, Weinen, hörte Schritte, die vorbeihuschten, trippelten, schlurften ... Die Luft war stickig, ein undefinierbares Gemisch aus verschiedenen Gerüchen: Desinfektionsmittel, Bohnerwachs, Kaffee, Schweiß, Parfüm. Es roch nach Leben, Krankheit,

Unglück, Tod. David wäre am liebsten davongerannt. Wieder wurde die Eingangstür schwungvoll aufgestoßen. Automatisch hob David den Kopf. Sein Blick fiel auf einen etwa sechzigjährigen, schmächtigen Mann in grauem Trachtenjanker. Die hohe Stirn war gerunzelt, die Augen spähten ängstlich umher. Jennifers Vater. David erkannte ihn sofort. Er hatte Richard Gall einige Male in Jennifers Wohnung getroffen. Richard Galls Abneigung ihm gegenüber war überdeutlich gewesen ...

Seufzend erhob sich David und ging zu ihm. „Hallo, Herr Gall", grüßte er ihn. „Jennifer liegt noch auf der Intensiv. Es tut mir so Leid."

Im Gegensatz zu David brauchte Richard Gall eine Weile, bis er kapierte, wer vor ihm stand. „Sie – ?", dehnte er dann. Die Verachtung in seinem Blick empfand David wie einen Schlag. „Mike hat Jennifer und mich immer wieder eindringlich vor Ihnen gewarnt. Aber nein, sie musste ja unbedingt Ihr Fotomodel werden! Jennifer, in diesen Kreisen! Tja, das hat sie nun davon ..." Damit wandte er sich an eine Dienst habende Schwester, um sich nach seiner verletzten Tochter zu erkundigen.

David schöpfte tief Luft. „Er wird mir nie eine Chance geben", dachte er bestürzt. „Sein Urteil steht fest. Leute wie ich sind bei Leuten wie ihm unten durch." David zurrte den Reißverschluss seiner Jacke hoch. Jetzt hatte es wohl keinen Sinn mehr zu warten.

An der Eingangstür stieß David mit einer schlanken, jungen Frau zusammen. Die Sorge stand ihr im Gesicht. „Meine Güte, David!", rief sie. „Die Polizei hat mich benachrichtigt. Geht's dir gut?" Beunruhigt musterte sie ihn.

„Hallo, Gila." David nahm sie kurz in den Arm. „Danke, mit mir ist alles okay."

„Und Jenny? Was ist mit ihr?"

Davids Miene verschloss sich. „Bitte, frag nicht!", wich er aus. „Lass uns lieber von hier verschwinden."

Gila nickte. „Okay, reden wir später."

„Wieder diese Fragen!", dachte David ärgerlich. „Fragen

nach der Wahrheit, nach dem Wieso und Warum." Dabei kannte er die Antworten selbst nicht.

2

Atemlos eilte Mike durch den lang gestreckten, blitzblanken Klinikgang. Sein Gesicht war vor Angst und Sorge verzerrt und wirkte noch kantiger als sonst.

„Warum Jenny?", dachte er. „Warum sie?" Diese Frage hämmerte ständig in seinem Kopf, gleichzeitig packte ihn aber auch ohnmächtige Wut auf das, was man so leichtfertig „Schicksal" nennt und das nun erbarmungslos zugeschlagen hatte. Warum Jenny? Mike ahnte, dass er keine Antwort darauf finden würde, ganz einfach deshalb nicht, weil es keine gab.

„Höhere Gewalt", hatte es Richard Gall gestern Nacht bezeichnet. „Fügung ... Bestimmung ..."

Mike hatte nicht widersprochen, obwohl er anderer Meinung war. Er ahnte, was in Jennys Vater ablief: Das böse „Schicksal" hatte mit todbringenden Fingern seine Tochter umkrallt, das gute würde Jenny aus den Krallen des bösen rechtzeitig entreißen. Ohne diesen Glauben würde Richard Gall verzweifeln.

Mike dachte da anders, allein schon, weil er Rechenschaft verlangte für das, was Jenny zugestoßen war. Doch das „Schicksal" ist unantastbar. Aus dieser Richtung würde Mike niemals zu seiner Genugtuung gelangen. Aber da war David ...

Richard Gall kam gerade aus Jennifers Zimmer, als Mike klopfen wollte. „Danke, dass Sie mich sofort benachrichtigt haben", sagte Mike. „Wie geht's Jenny?"

Hilflos hob Richard Gall die Schultern. „Sie ist völlig fertig, körperlich und überhaupt", antwortete er. „Aber gleich werde ich Genaueres erfahren. Dr. Gilbert will mich sprechen."

Mitleid spiegelte sich in Mikes Gesicht, als er zu Richard Gall hinabsah, der ihm nicht mal bis zum Kinn reichte. Mike war überdurchschnittlich groß und athletisch gebaut, obwohl er nur selten Sport trieb. Hin und wieder joggte er, das war alles. „Kann ich zu ihr?", fragte er.

„Natürlich", nickte Richard Gall.

Behutsam drückte Mike die Klinke nieder, und genauso behutsam öffnete er die Tür und trat ein.

Das Krankenzimmer wirkte sauber und hygienisch, die halblangen, grünen Vorhänge waren noch zugezogen. Mit ein paar Schritten war Mike am Fenster.

„Jenny liebt die Sonne", dachte er. Mit einem Ruck riss er die Vorhänge zurück. Sofort flutete Sonnenlicht herein und vertrieb alles Finstere.

Dann trat er zu Jenny. Sie schlief. Ihr Anblick schnürte Mike die Kehle zu. Bleich und mit spitzen Wangenknochen lag sie in den Kissen. Die Schrammen in ihrem Gesicht leuchteten gespenstisch. Mike setzte sich neben Jenny und nahm ihre Hand.

Eine Krankenschwester trat ein, schüttelte die Bettdecke auf und streifte sie mit ein paar Handstrichen glatt. Zum Schluss überprüfte sie noch den Tropf, der links neben dem Bett an einem Eisengestell hing. Ein dünner Schlauch führte von dort zu Jennifers Handgelenk.

Mike betrachtete die wässrige Flüssigkeit in dem Glasbehälter und fragte sich, ob diese langsam, stetig fallenden Tropfen alles waren, was Jenny noch am Leben erhielt.

Die Schwester verließ das Zimmer. Mike war mit Jennifer wieder allein. Sanft löste er seine Finger von ihrer Hand, um das Radio anzustellen, das auf einem Tisch schräg hinter ihm stand. Jennifer liebte Musik. „Ohne sie bin ich nur ein halber Mensch", hatte sie oft lachend gesagt.

Mike wählte einen x-beliebigen Sender und regulierte den Ton. Leise Musik erklang. Eine Weile lauschte Mike, doch dann wurde der Song durch eine Verkehrsdurchsage unterbrochen. Irgendwelche Straßen waren gesperrt. Verkehrschaos. Mike hörte nicht richtig hin, erst als von einem Konzert im Olympiastadion die Rede war, horchte er auf.

Jennys Lieblingsband gab hier in München ein Konzert. Ein Konzert ... dieses Konzert ...! Erinnerungen wurden wach, zuerst dunkel, verschwommen nur, bis ein festes Bild daraus wurde. Und plötzlich sah er alles wieder deutlich vor sich ...

Mike traf Jenny zum ersten Mal auf dem Pausenhof der Schule, an der er Geografie und Geschichte unterrichtete. Es war ein wolkenverhangener und für die Jahreszeit viel zu warmer Januartag. Jenny trug weiße, eng anliegende Jeans, dazu einen weißen, dicken Pulli, der ihr weit über die schmalen Hüften reichte. Um ihr kastanienrotes Haar vor der feuchten Luft zu schützen, hatte sie ein schwarzes, weiß getupftes Seidentuch um den Kopf geschlungen. Sie sei Fotomodel, erzählte sie, und wolle hier an dieser Schule für irgendeinen Katalog Aufnahmen machen. „Fröhlich herumtobende Kinder geben einen super Hintergrund ab", erklärte sie. „Glauben Sie, Ihr Direktor gibt uns dafür sein Okay?" Mit „uns" meinte sie den gesamten Trupp: zwei weitere weibliche Models, Visagistin, Frisör und David Sandberg, den Fotografen.

Mike bezweifelte es.

Wie auch immer Jenny die Sache gedeichselt haben mochte, am nächsten Nachmittag war sie wieder da und stellte, zusammen mit ihrer fünfköpfigen Mannschaft, die Schule drei Tage lang auf den Kopf. Und nicht nur die Schule, auch Mike. Er war hingerissen von ihr. Nie vorher hatte ihn eine Frau so fasziniert. Jennifers ungekünsteltes Wesen schlug ihn ganz und gar in seinen Bann.

Nur zu gern hätte Mike sie zu einem Abendessen eingeladen, wagte es aber nicht. David Sandberg war der Grund: So locker und vertraut, wie er sich Jenny gegenüber verhielt, war für Mike sonnenklar, dass die beiden zumindest eine Affäre miteinander hatten. Mit David konnte er natürlich nicht konkurrieren. David war schlank, groß, und dank seiner gleichmäßig gebräunten Haut haftete ihm etwas Exotisches an, sein schwarzes Haar und die geheimnisvollen dunklen Augen verstärkten diesen Eindruck noch.

Nachdem die Aufnahmen endlich alle im Kasten waren, organisierte Jenny für die gesamte Crew eine Party. Mikes Herz klopfte hart gegen die Rippen, als sie auch ihn dazu einlud.

Jene merkwürdige Party ging Mike lange Zeit nicht aus dem Sinn, was wohl daran lag, dass er sich völlig fehl am Platz gefühlt hatte. Die Partys, die er normalerweise kannte, waren mit einem gemütlichen Abendessen verbunden, man trank ein oder zwei gepflegte Gläser Wein, und gegen Mitternacht verabschiedete man sich artig von seinen Gastgebern – am ganzen Körper steif vom verkrampften Herumsitzen.

Auf Jennys Party saßen die wenigsten. Die meisten standen in Cliquen lachend und plaudernd herum, die übrigen kauerten auf dem Fußboden. Bier wurde aus Flaschen getrunken, und alle knabberten Cracker oder herzhafte Appetithäppchen. Einer der Typen, ein hagerer Kerl mit schulterlangem Haar, bediente den Plattenspieler. Er hockte mit hochgezogenen Knien auf einem Stuhl und las nebenbei in einem Buch. Seinen Platz verließ er nur, um sich mit frischem Bier zu versorgen. Es wurde ausnahmslos Musik von John Lennon und den Beatles gespielt. Jenny erklärte Mike, dass Philip, so hieß der Typ am Plattenspieler, noch immer über John Lennons Tod maßlos betroffen sei. Lennon war zwei Monate zuvor in New York ermordet worden.

Mike ließ Jenny an diesem Abend keine Minute aus den Augen, wo sie war, war auch er. Und so fing sie an, jene leidenschaftliche Beziehung, die sich zu Mikes Erstaunen über ein volles Jahr hinzog. Für ihn war diese Zeit Himmel und Hölle zugleich. Er durchlebte die Höhen einer sinnlichen, leidenschaftlichen Liebe, aber auch alles, was dunkel, düster, fesselnd und einengend war.

Zwei völlig verschiedene Welten prallten aufeinander. Mikes Welt, die sich in einem beschaulichen, ruhigen, rhythmischen Kreis drehte, und Jennys Welt, die in unregelmäßigen Abständen zwischen knochenharter Arbeit und fröhlichem Relaxen hin- und hersprang. Mike kam mit dieser, ihm völlig fremden Welt immer weniger klar, und er spürte, dass seine Liebe zu Jenny langsam zu zerbröckeln begann.

Dann wurde jenes Konzert angekündigt, in jedem Musicshop, in jedem Plattenladen, in jeder Zeitung, im Radio ...

Jennifer war hingerissen. Logisch, dass sie unbedingt mit ihm zusammen in dieses Konzert wollte.

„Gib dir keine Mühe", lehnte Mike entschieden ab. „Ich bin strikt dagegen, dass wir zu diesen Irren rennen."

Jenny fuhr hoch. „Genau, weil du strikt gegen alles bist, was Spaß macht."

Mike beschloss, den Vorwurf in ihrer Stimme zu überhören.

Ein paar Tage später kam sie mit zwei Konzertkarten nach Hause.

„O nein, nicht mit mir!", erklärte Mike.

Trotzig warf Jenny ihren Kopf in den Nacken und lachte. „Klar, was dachtest du denn? David begleitet mich. Und nun verschwinde, bitte! Aus meiner Wohnung und aus meinem Leben."

Worüber sich Mike noch lange Zeit später maßlos wunderte: Nach Monaten fühlte er sich plötzlich wie befreit. Fast war er Jenny für den Rausschmiss dankbar.

Er sah sie nie wieder, bis jener Telefonanruf gestern Nacht kam. Richard Gall teilte ihm in heller Sorge mit, dass Jenny schwer verunglückt sei – mit David Sandberg am Steuer.

Und jetzt, an einem Maimorgen, hielt Mike Jennifers Hand, hörte die Musik, die sie so liebte, und gab sich ganz und gar seinen Erinnerungen hin.

Richard Gall betrat das Zimmer wieder. Blankes Entsetzen spiegelte sich in seinem Gesicht.

Sofort wurde Mike unbehaglich zu Mute. „So schlimm?", flüsterte er. „Was sagt Dr. Gilbert?"

„Nicht vor Jennifer. Bitte, kommen Sie."

Mike folgte ihm nach draußen. Er dachte an David. „Verflucht, ich krieg' dich, David!", sann er. „Wenn Jenny was passiert, bist du dran, das schwör ich dir!"

„Mike, Jennifer ist sehr krank, kränker, als wir vermuteten", kam Richard Gall sofort auf den Punkt. Mike erschrak. Ein dicker Kloß hockte plötzlich schmerzhaft in seiner Kehle. „Sind die Verletzungen so schwer? Meine Güte, Jenny ist jung, so jung. Okay, nicht gerade kräftig, aber sie müsste es schaffen können." Heftig packte Richard Gall Mikes Arm. „Hören Sie, es ist nicht der Unfall. Bis auf einen Schock, ein paar harmlosen Schrammen, Prellungen und zwei gebrochenen Rippen fehlt Jennifer nichts. In drei, vier Tagen hätte man sie sogar entlassen. Doch ihr Blut ... da stimmt etwas nicht. Dr. Gilbert hat weitere Tests angeordnet. Wenn es das ist, was er befürchtet, wird Jennifer ..." Richard Gall schluckte.

Ungläubig riss Mike die Augen auf. „Sterben?", vollendete er den Satz. „Jenny wird sterben? Dass ich nicht lache! Das glaube ich niemals!" Doch als er in das Gesicht des alten Mannes blickte, wusste er, dass es die Wahrheit war: Jenny würde sterben!

Ihre Krankheit und dieser geheimnisvolle Verkehrsunfall ... Mike war überzeugt, dass es da einen Zusammenhang gab. Welchen? Nun, er würde es herausfinden.

„Was weiß David?", überlegte Mike. „Und was ist an jenem Abend tatsächlich passiert?"

„Kann ich etwas für Sie und Jenny tun, Herr Gall?", fragte Mike betroffen in die Stille hinein. „Wenn Sie wollen, bringe ich Jenny einige ihrer Lieblingskassetten, ein paar Bücher vielleicht ..."

„Danke", antwortete Richard Gall und drückte Mike Jennys Wohnungsschlüssel in die Hand.

Nachdenklich sah Mike darauf nieder. Ihm fiel ein, dass ihm Davids Adresse unbekannt war. In Jennys Wohnung würde er sie finden. Hastig schob er den Schlüsselbund in die Tasche.

3

Jo Anne sah sinnend die Stufen hinauf. Ein Seufzer rutschte über ihre Lippen. Drei Stockwerke und kein Fahrstuhl! Na, prima! Sie atmete tief durch, entschlossen, diesen Stufenberg zu bewältigen. Während sie nach oben stieg, zählte sie flüsternd die Stufen mit: „Zwei, drei, vier, fünf." Als ob das Erleichterung brächte! „Neun, zehn ..." „Nichts gegen Dr. Brock", dachte sie. „Alles in allem ist er ein super Arzt – einfühlsam, verständnisvoll und immer einen lockeren Spruch auf den Lippen. Aber dass er seine Praxis ausgerechnet im dritten Stock eingerichtet hat, nehme ich ihm schwer übel!"

„Dreizehn, vierzehn ... puh!" Jo Anne spürte ihr Herz bereits heftig gegen die Rippen schlagen.

„Eigentlich wäre es mehr als gerecht, wenn jeder Gynäkologe wenigstens einmal schwanger werden würde", fuhr sie mit ihren Grübeleien fort. „Und dann, in den letzten Wochen, nach zwei schlaflosen Nächten, müsste man ihn drei Stockwerke hochjagen. Mit Bauchschmerzen! Oder ... man müsste ein Gesetz erlassen, das schlicht lautet: *Gynäkologen ins Parterre!"*

Simon kam ihr in den Sinn. Wieso wich er einer Entscheidung bloß immer wieder aus? Acht Monate hatte er Zeit gehabt. Reichte das denn nicht, um für sich selbst Klarheit zu schaffen?

Zweiter Stock.

Jo Anne legte eine kurze Verschnaufpause ein. Endspurt! „Dreißig, einunddreißig, zweiunddreißig ..." zählte sie weiter.

Ihr Blick streifte ihren rundlichen Bauch, den sie regelrecht nach oben schob. Wohl nie würde sie sich an diese enorme Leibesfülle gewöhnen. Schon zu Beginn ihrer Schwangerschaft hatte sie mit Staunen beobachtet, wie ihr Körperumfang gewachsen und gewachsen war. Selbst heute, drei Wochen vor dem errechneten Geburtstermin, hatte das Staunen noch immer nicht aufgehört.

Früher hatte Jo Anne immer geglaubt, dass zierliche

Mütter kleine, zierliche Babys zur Welt brächten. Pustekuchen! Ein Riesenbaby wuchs in ihr. Dabei war Jo Anne haargenau der Typ zierliche Mutter: klein und zart, mit schmalen Schultern.

Bis zur Schwangerschaft hatten sie viele für einen übermütigen Teenager gehalten. Die vierundzwanzig Jahre nahm man ihr jetzt erst langsam ab.

„Einundvierzig, zweiundvierzig – geschafft!" Jo Anne atmete erleichtert auf. Einen Augenblick später betrat sie die Praxis.

„Hallo", begrüßte Jo Anne lächelnd die Sprechstundenhilfe, eine mollige Mittvierzigerin, die hinter der Schreibmaschine versank.

Laura Heller lächelte zurück. „Na, wo fehlt's denn?"

„Ach, ich fühl' mich merkwürdig irgendwie", antwortete Jo Anne wahrheitsgemäß. „So komisch ..." Sie versuchte, so munter wie möglich zu klingen, obwohl sie in Wahrheit Angst hatte. Angst, dass vielleicht doch etwas nicht stimmte. „Diese Bauchschmerzen ... ich hoffe, das ist normal. Oder könnten das schon Wehen sein?" Verlegen räusperte sich Jo Anne. Es war ihr erstes Baby. Woher zum Teufel sollte sie also wissen, was Wehen sind? Natürlich hatte sie in ihrem Bekanntenkreis, speziell bei Müttern nachgefragt. Aber die einzige, für Jo Anne höchst erschreckende Antwort war jedes Mal gewesen: „Wenn's soweit ist, merkst du's gleich. Mach dir darüber bloß keine Sorgen."

Aber Jo Anne machte sich Sorgen, und manchmal schlitterte sie haltlos durch tausend Ängste. Der bloße Gedanke, sie könnte die Anzeichen der beginnenden Geburt falsch beurteilen oder übersehen, bescherte ihr regelrechte Schweißausbrüche und qualvolle Nächte, in denen sie verzweifelt gegen den Schlaf ankämpfte.

„Wehen?", wiederholte Laura Heller und runzelte nachdenklich die Stirn. „Möglich wär's, muss aber nicht sein."

Angst flackerte in Jo Annes Augen so deutlich auf, dass die Sprechstundenhilfe ihr beruhigend die Hand tätschelte. „Keine Bange", sagte sie, „jetzt sind Sie ja da, und Dr. Brock wird schon wissen, was zu tun ist." Danach bat sie

Jo Anne, im Wartezimmer Platz zu nehmen.

Jo Anne setzte sich ans Fenster. Auf dem schmalen Sims thronte einsam ein kleiner, mickriger Efeustock, dessen Blätter vertrocknete Spitzen zeigten.

Bis auf zwei junge Mädchen, die sich leise miteinander unterhielten, war das Wartezimmer leer.

„Du, ich freu' mich wahnsinnig!", hörte Jo Anne eines der beiden unternehmungslustig sagen.

„Und ich erst!"

„Vergiss aber die Karten nicht!"

„Nie! Dieses Superkonzert will ich auf keinen Fall verpassen! Wann kommen *die* schon mal nach München?"

Neugierig horchte Jo Anne auf. Von welchem Konzert war hier die Rede? Sie beugte sich etwas vor. „Sorry, meint ihr das Konzert im Olympiastadion? Ist das heute Abend?"

„Klar! Punkt acht Uhr."

Jo Anne lehnte sich wieder zurück. Ihr Blick wanderte zum Fenster hinaus. Der Himmel zeigte sich in seinem strahlendsten Blau. Weiße Wolken ... bauschige Watte ... Warum musste sie ausgerechnet jetzt daran erinnert werden? Jetzt ... an dieses Konzert ...

Jo Anne begegnete Simon zum ersten Mal im Büro ihres Vaters. Heillos verspätet, stürmte er durch die Tür.

„Tut mir Leid, Herr Drewitz", sagte er atemlos, „ging leider nicht früher."

Jo Anne sah in ein fein geschnittenes Gesicht mit ebenmäßigen Zügen, in dem helle, graue Augen blitzten. Wie unter Zwang lächelte sie Simon zu, während ihr Vater verärgert die Stirn runzelte. Verspätungen waren ihm prinzipiell ein Gräuel, erst recht, wenn es sich um geschäftliche Verabredungen handelte. Jo Anne aber war von Simon fasziniert. So jung wie er war, hatte er doch schon eine steile Banker-Karriere hinter sich gebracht. An jenem Nachmittag beriet er ihren Vater bei einer finanziellen Transaktion. Gebannt lauschte Jo Anne auf Simons volle, wohlklingende Stimme.

Sie musste unbedingt mehr über ihn erfahren.

Nachdem Jo Anne Simons Adresse ausfindig gemacht hatte, war der Rest nur noch ein Kinderspiel. Jo Anne war hübsch, bezaubernd und intelligent. Eine reizvolle Mischung, die jeden Mann schwach werden lässt. Als sie sich kennen lernten, lebte Jo Anne noch bei ihren Eltern. Sie war einundzwanzig und hatte gerade eine Optikerlehre erfolgreich abgeschlossen. Besonders ihr Vater liebte Jo Anne abgöttisch. Er verwöhnte sie maßlos, nahm ihr jede große und kleine Entscheidung ab und sorgte unermüdlich dafür, dass Jo Annes Leben in ruhigen und geordneten Bahnen verlief. Jo Annes Mutter verhielt sich ähnlich. Die Gefahr, dass sich ihre Tochter zu einem lebensunsicheren Menschen entwickeln könnte, sahen beide nicht.

Kompliziert wurde die Sache erst, als Simon auf der Bildfläche erschien. Im Gegensatz zu Jo Anne war er zur Selbstständigkeit erzogen worden und fühlte sich manchmal durch ihr unbeholfenes Wesen erheblich eingeengt. Jo Anne litt Höllenqualen, wenn er ihr deshalb Vorwürfe machte. Sie wollte Simon auf keinen Fall verlieren.

Zwei Jahre verstrichen, dann wurde Jo Anne schwanger. Simon freute sich über diese Neuigkeit nur mäßig, schlug ihr aber trotzdem vor, zu heiraten.

Überglücklich schmiedete Jo Anne romantische Hochzeitspläne, die allerdings nur ihre Mutter eifrig unterstützte. „Dein Simon gefällt mir", erklärte sie oft. „Glaub' mir, bei ihm bist du gut aufgehoben, und das Baby auch."

Anders Jo Annes Vater. „Karrieretypen kennen nur ihre Karriereleiter", urteilte er. „Willst du unbedingt unglücklich werden? Dann heirate ihn ruhig."

Jo Anne fühlte sich hin- und hergerissen. Zum ersten Mal stand sie vor einer Entscheidung, die ihr keiner abnehmen konnte.

An einem milden Januartag, Jo Anne war inzwischen im fünften Monat schwanger, überraschte Simon sie mit zwei Konzertkarten. „Das Konzert findet zwar erst in drei Monaten statt, aber heute bin ich befördert worden. Ich finde, das sollten wir feiern."

Die nächsten Wochen lief Jo Anne wie auf Wolken, so bemerkte sie nicht, dass Simon sich zu verändern begann. „Beruf" hieß sein großes Thema. Er belegte Kurse, lernte und bereitete sich auf die nächste Karrierestufe vor. Jo Anne bekam ihn immer seltener zu Gesicht. Und, was das Schlimmste war, von „Familiengründung" wollte Simon plötzlich auch nichts mehr wissen.

„Vielleicht sollten wir noch eine Weile warten", vertröstete er sie. „Nur solange, bis ich dir und dem Baby ein sorgenfreies Leben bieten kann."

Jo Anne war den Tränen nahe. „Es geht hier nicht um Geld!", versuchte sie vergeblich, Simons Bedenken zu zerstreuen.

Ihr Vater triumphierte. Habe er es nicht geahnt? Karrieretypen! Das musste ja schief gehen. Ihre Mutter war fassungslos. Ein uneheliches Kind? Wie entsetzlich! Und das in ihrer unbescholtenen Familie!

Die Spannung wurde langsam unerträglich, und so beschloss Jo Anne, nochmals ernsthaft mit Simon zu reden. Er durfte sie in ihrem Zustand einfach nicht im Stich lassen. Leider war er aber plötzlich wie vom Erdboden verschluckt. Entweder erreichte sie nur den Anrufbeantworter, oder Simon war in einer wichtigen Besprechung, geschäftlich unterwegs, auf Schulung ...

Jo Anne war drauf und dran, zu verzweifeln.

Das alles schoss ihr jetzt in Dr. Brocks Wartezimmer noch einmal durch den Kopf. Heute war das Konzert, jenes Konzert, für das Simon vor Monaten Karten besorgt hatte, verbunden mit einer Feier, die eine traumhafte Zukunft verkünden sollte.

Enttäuschung kroch in Jo Anne hoch. Zuerst waren es die Eltern gewesen, die über ihr Leben bestimmten, und nun startete Simon dasselbe blödsinnige Spiel! Wie war das noch mit seinen Vorwürfen? Sie sei zu unselbstständig, zu abhängig, zu untergeordnet, zu sklavisch und leibeigen. Ach ja, tatsächlich? „Dann wirst du dich jetzt aber wundern, Simon", dachte Jo Anne aufsässig. „Ich werde herausfinden, woran ich bei dir bin, und zwar schneller, als du bis drei zählen kannst!" Eine Welle der Erleichterung erfasste sie, die düsteren Schatten der vergangenen Monate verblassten. Sie erhob sich und verließ das Wartezimmer. „Wo wollen Sie denn hin?", rief ihr die Sprechstundenhilfe verdutzt nach, als sie aus der Praxis stürmte, aber das hörte Jo Anne schon nicht mehr. So schnell sie in ihrem Zustand konnte, sauste sie die Stufen hinab, winkte ein Taxi herbei und fuhr nach Hause.

Wieder zu Hause, rief sie Pit an. „Jo Anne hier", sagte sie, kaum dass er sich gemeldet hatte. „Gilt deine Einladung ins Konzert noch?" Vor ein paar Wochen hatte Pit zwei Eintrittskarten für Jo Anne und sich besorgt. Damals hatte sie dankend abgelehnt, da sie mit Simon ins Konzert wollte.

Gespannt hielt Jo Anne den Atem an. „Himmel, Pit, lass du mich jetzt nicht auch noch im Stich!", flehte sie im Stillen. „Wenn du wüsstest, wie unendlich viel von deiner Antwort abhängt." Sie zitterte, lauschte, und dann flog ein zufriedenes Lächeln über ihr Gesicht. „Super, Pit!", freute sie sich. „Danke. Wann holst du mich ab?"

Ihr Blick fiel auf Simons Foto, das auf dem Schreibtisch stand. „Wenn du nicht zu mir kommst, Simon", dachte sie, „komme ich eben zu dir. So einfach ist das."

4

„Verdammt noch mal, Kiki! Wie oft soll ich es dir denn noch sagen? Locker bleiben ... unverkrampft ..." Davids Stimme klang ungehalten. Er blinzelte über die Kamera. „Und stell bitte dieses dämliche Grinsen ab, ja?!"

Halb verlegen, halb nervös fuhr sich Kiki mit spitzen Fingern durch das schulterlange, weizenblonde Haar. „Entschuldige, David, ich dachte ..."

„O nein, bitte kein Model, das denkt! Hast du deinen

Vertrag nicht gelesen? Von Denken ist nicht die Rede. Posieren sollst du! Posieren! Locker, unverkrampft, und wenn nötig, mit einem guten Schuss Erotik. Kapier das endlich mal!"

Gekränkt presste Kiki ihre Lippen aufeinander. David bemerkte es. „Verflucht! Jetzt ist die Schminke auch noch futsch!"

Mit ein paar schnellen Schritten war er bei ihr und begann, das makellose Frauengesicht kritisch zu mustern. Er studierte es wie einen Gegenstand, den er marktschreierisch verkaufen wollte, das fühlende Wesen dahinter interessierte ihn in diesem Moment wenig. Die routinierten Models wussten und akzeptierten das. Kiki aber war blutige Anfängerin. Zwei oder drei Modellverträge, mehr konnte sie noch nicht aufweisen. Die harten, ungeschriebenen Regeln dieser Branche waren ihr völlig fremd, doch früher oder später würde sie sich entweder damit arrangieren oder in ihr altes, vertrautes Leben zurückkehren – um eine herbe Enttäuschung reicher. Aber die wenigsten taten das, denn normalerweise waren Models dieselben Träumer wie Fotografen. Jeder hoffte auf eine glänzende Karriere, auf Ruhm, auf rasches Geld und speziell die weiblichen Models auf große Laufstege und berühmte Modedesigner. Sie sahen sich als funkelnder Stern inmitten einer glitzernden Paradewelt.

Kein Fotograf wagte es, die Illusionen seiner Models zu zerstören, waren sie doch der Motor, der die Mädchen antrieb und zu Höchstleistungen ansportne.

David hob Kikis Gesicht dem Licht entgegen. Unter der Wärme der gleißenden Studiolampen hatte die Schminke bereits deutlich gelitten.

„Das Make-up ist fleckig, sei so lieb und pudere dich neu", bat David mit seinem typisch gewinnenden Lächeln. Aller Ärger war plötzlich wie weggewischt, sein Charme brach ungehindert hervor. Er wusste, dass es allein an ihm, dem Fotografen, lag, für eine entspannte Atmosphäre zu sorgen. Heute gelang ihm das nicht so recht. „Tut mir Leid, Kiki", entschuldigte er sich.

Mitfühlend sah Kiki ihn an. „Alles klar, David, ich ... ich hab's in der Zeitung gelesen. Und ..." Ihre Augen füllten sich mit Tränen. „Wie geht's Jenny?"

Davids Gesicht verschloss sich, Kiki lenkte ab. „Soll ich mich umziehen?", fragte sie.

Er nickte. „Ja, bitte. Das schwarze Kostüm ist dran." David hatte einen Auftrag für Werbeplakate, auf denen Damenlederbekleidung effektvoll präsentiert werden sollte. In spätestens zwei Wochen musste er damit fertig sein.

Kiki verschwand in der Garderobe, ein ins Studio integrierter Raum, der mit nichts weiter als einem beleuchteten Spiegel, einem Schminktisch und drei Hockern eingerichtet war. Während sie die Kleidung wechselte und neues Make-up auftrug, arrangierte David die Studiolampen neu. Den Akzent legte er diesmal auf Gegenlicht. Auf diese Weise konnte er das dunkle Lederkostüm am besten zur Geltung bringen. Ein einzelnes Spotlight postierte er rechts hinten, damit zauberte er Lichtreflexe auf Kikis blondes Haar. Zum Schluss platzierte er, als Teil der Hauptbeleuchtung, einen Weichstrahler seitlich der Fotokamera.

„Bist du soweit, Kiki?", rief er und warf einen letzten, prüfenden Blick auf das Lampenarrangement.

„In einer Minute –"

Während David den Film wechselte, läutete das Telefon. Dizzy war am Apparat. „Hi, David", grüßte er. „Könntest du mich nachher zum Übungsraum mitnehmen?"

David runzelte die Stirn. „Übungsraum?", dehnte er. „War da was abgemacht?"

Dizzy sog die Luft hörbar ein. „Mach mich bloß nicht fertig, David", maulte er. „Wir starten doch heute ins Olympiastadion."

Ach, du Schreck, das Konzert! David hatte es tatsächlich vergessen. Und gerade heute fehlte ihm so überhaupt jede Lust auf Music, Fun und Action. Zu viel war seit gestern auf ihn eingestürmt. In Gedanken zimmerte er sich hastig eine plausible Ausrede für die Jungs zurecht. Zu spät, denn Dizzy, wie immer in Eile, fuhr fort: „Bis später, David. See you, bye!" Ohne die Antwort abzuwarten, legte er auf.

Nachdenklich kehrte David an seinen Platz hinter der Kamera zurück. Kiki stand bereits in Position. Auf dem zartblauen Hintergrundkarton zeichnete sich sanft ihr Schatten ab.

„Können wir?" Aufmunternd lächelte David ihr zu, dann beugte er sich zur Kamera und kontrollierte durch den Sucher die Bildeinteilung. „Na los, Kiki! Du schaffst das prima!"

Kiki begann, sich zu bewegen, nahm die unterschiedlichsten Posen ein. David schmunzelte. O ja, Kiki würde ihren Weg schon machen.

Während er automatisch Bild für Bild auslöste, schweiften seine Gedanken zu Jenny ab. Dizzys Anruf hatte etwas in ihm aufleben lassen ...

David traf Jenny zum ersten Mal bei einer Party. Damals war er gerade von einem zweijährigen Londonaufenthalt zurück und seit Wochen auf der Suche nach Connections. Jennifer, in Insiderkreisen bereits als Spitzenmodel bekannt, brachte David mit einem Kleiderwarengroßhändler zusammen, der ein neues Werbekonzept im Kopf hatte. Als David die Größe des Auftrags begriff, war es für ihn selbstverständlich, dass Jennifer als Model mit profitieren sollte. Schon nach der ersten Fotosession war David klar, dass Jenny anders als die übrigen Glamourgirls war. Sie besaß das unschätzbare, natürliche Talent, sich und ihren Körper vor der Kamera ideal zur Schau stellen zu können. Ihre eigentümliche, faszinierende Ausstrahlung verlieh jedem Bild einen besonderen Reiz. David war begeistert von Jennys Eleganz, dieser unwiderstehlichen Mischung aus weicher Romantik und knallharter, berechnender Entschlossenheit, die Jenny bei jeder Position beliebig ausdrücken konnte.

Diesem ersten Auftrag folgten eine Menge anderer – immer mit Jennifer als Model. Durch sie kam David ganz groß heraus.

„Diese ‚in'-Schiene musst du unbedingt nutzen, David", beschwor sie ihn sanft und trieb ihn und sich zu noch mehr und noch härterer Arbeit an. Ein Jahr später begann David, die ersten Auswirkungen dieses permanenten Drucks deutlich zu spüren. Er wurde nervös, ungeduldig, gereizt. „Leg 'ne Pause ein", riet Jennifer. An ihr schien der ganze Stress wie Regentropfen abzuperlen. „Eine Pause? Eine Pause?", fuhr David hoch und lachte zynisch. „Damit du eines glasklar checkst, Jenny: Ich hab' die Schnauze gestrichen voll. Ständig muss ich vor irgendwelchen Leuten kuschen. Und wozu? Weil der Auftrag so lukrativ ist, die Kohle stimmt, der Kunde eventuell neue Kunden bringt ... Wo ich auch hinsehe, nur Schleimscheißerei! Dazu diese nervtötenden Partys, ohne die unsereins ja nun mal nicht existieren kann. Obendrein der Ärger mit Bodyguards, Managern, Agenturen, Rowdies, Paragrafenheinis ... Aber das Schlimmste, Jennifer, das Schlimmste ist, dass sich ohnehin kein Schwein für wirkliche Kunst interessiert. Ich verrat' dir, was die Leute in Wahrheit sehen wollen: Sie wollen wissen, wie ein Prominenter aussieht. Egal, das Foto kann ruhig beschissen sein, Hauptsache, auf dem Bild grinst 'ne populäre Visage."

„Na, wenn schon", reagierte Jennifer nüchtern. „Das ist dein Job, David. Okay, wenn du keine Pause einlegen kannst, dann schieß einfach andere Fotos, Fotos nur für dich, für dein Familienalbum, wenn du so willst."

Jennifers staubtrockene Antwort holte David von seiner rasenden Wut herunter. Hatte sie ihm nicht einen Weg gezeigt? Einen schmalen nur, doch begehbar.

Zur selben Zeit erhielt David einen Auftrag für Werbefotos von einem Modegroßversand, der seinen jährlichen Katalog unter die Kunden bringen wollte. Es war Jennifers Idee, einen Teil der Bilder in einer Schule zu stellen. „Kinder geben einen fantastischen Hintergrund ab", meinte sie und übernahm die gesamte Organisation. Da ihr Vater Lehrer und dazu eng mit einem Schuldirektor befreundet war, verkürzte sich die sonst übliche wochenlange Vorarbeit erheblich.

An dieser Schule lernte Jenny Mike kennen. Dass sie

sich in ihn verlieben könnte, daran hätte David im Traum nicht gedacht. Dieser zurückhaltende, fast schüchterne Lehrer sah zwar ziemlich gut aus, wirkte aber insgesamt steif und unattraktiv. David gab der Beziehung höchstens ein halbes Jahr. Nach diesem Auftrag legte er tatsächlich eine Pause ein, und Jenny schloss kurz darauf Modellverträge mit zwei anderen Fotografen ab.

War es ein Zufall, dass sich Dizzy, ein ehemaliger Studienfreund, wenig später bei ihm meldete? Damals hatten sie einer Band namens *Gold* angehört – Dizzy als Schlagzeuger, David als Sänger. Irgendwann löste sich die Band auf, und bald darauf zog David nach London. Die Musikszene glaubte er, hinter sich gelassen zu haben.

Nun holte sie ihn also wieder ein: Dizzy versuchte hartnäckig, ihn für seine Band *Backstage* zu gewinnen. Ein Wink des Schicksals? Hatte er nicht nach einem Ausgleich gesucht?

Fünf Monate traf sich David regelmäßig mit der Band im Übungsraum, in einer ausgedienten Kaserne. Sie schrieben Songs und studierten sie begeistert ein. David staunte, wie rasch ihr musikalisches Repertoire wuchs. Sein Fotografieren rückte deutlich in den Hindergrund, nein, mehr noch, er spielte sogar ernsthaft mit dem Gedanken, seinen Job endgültig an den Nagel zu hängen und eine Sängerkarriere zu starten.

Dann tauchte Gila Herzog auf.

Gila war Journalistin und bekannt für ihre eigenwilligen und sozialkritischen Artikel. David erinnerte sich an vergangenen Juli: Während die meisten Reporter nach England reisten, um möglichst sensationell über Lady Diana Spencers Hochzeit mit dem britischen Thronfolger zu berichten, interessierte sich Gila mehr für das zunehmende Waldsterben durch Schwermetalle, Schwefeldioxide und Stickoxide. In ihren zahlreichen Artikeln bekannte sie sich öffentlich zu den Umweltschützern und rief zu einem massiven Bürgerprotest gegen Luftverschmutzer auf. Gleichzeitig beklagte sie sich über den Massentourismus, der mit seinem Müll die Landschaft verschandelte.

Diesmal hatte sie vor, die Münchener Musikszene gründlich zu durchleuchten – Themenschwerpunkt: Alkohol- und Drogenmissbrauch unter Kulturschaffenden. Ein Thema, das in den vergangenen Wochen oft durch die Schlagzeilen gegeistert war, besonders die Yellow Press hatte es leidlich strapaziert. Es werde endlich Zeit, den Horrorartikeln fundierte Recherchen folgen zu lassen, erklärte Gila.

„Gute Idee", meinte David anerkennend. „Vielleicht gelingt es Ihnen, mit dem althergebrachten Vorurteil – Musiker sind grundsätzlich Säufer und Junkies – aufzuräumen."

„Oder auch nicht", antwortete sie zweideutig.

„Hey, Sie sind vielleicht herzig", warf Björn, der Gitarrist, ärgerlich ein. „Was glauben Sie denn, weshalb sich Musiker zusammentun?"

Gila zuckte die Schultern. „Ich werd's rausfinden."

David unterstützte Gila mit den dazu passenden Fotos, und es machte ihm sogar ungeheueren Spaß. Ihre ruhige, besonnene Art gefiel ihm. Ernst und unvoreingenommen ging sie an die Dinge heran und versuchte, dahinter zu sehen. „Jedes Ding hat nicht nur zwei, sondern unendlich viele Seiten", erklärte sie einmal. „Wenn du versuchst, so viele wie möglich zu sammeln, kannst du Licht in die Sache bringen, allerdings vergeht dir dabei auch meistens Hören und Sehen!"

Manchmal verglich David sie mit Jenny. Jenny lebte für den Augenblick, Gila schöpfte im Heute für die Zukunft, und zwar nicht nur für ihre eigene.

Auch äußerlich unterschieden sich die beiden Frauen sehr. Auf der einen Seite war Jenny, die rotblonde Reklameschönheit, auf der anderen Gila, die blonde Durchschnittsfrau. Nicht, dass sie unattraktiv wäre, nein, sie hatte eine gute Figur, ausgeprägte Gesichtszüge, die Energie und Lebensfreude widerspiegelten. Ihre hellen Augen blickten wach und interessiert. Der entscheidende Unterschied zu jedem Model aber war, dass Gila mit ihrer Schönheit zufrieden war und sie nicht noch durch Retusche künstlich steigern wollte. David wusste, dass er sich über kurz oder lang in Gila verlieben musste.

Drei Wochen später gab Gila ihr Appartement auf und zog bei David ein.

Kurz darauf, an einem Januarabend, stand Jenny unerwartet vor der Tür. David kapierte auf den ersten Blick, dass sie unglücklich war. Wie sie ihm und schließlich Gila erzählte, kam Mike mit ihrer exzentrischen Lebensweise nicht klar. Er hielt sie für ein oberflächliches, hirnloses Geschöpf, das pausenlos auf Männerjagd war.

„Dabei bräuchte er mich nur auf eine jener Partys zu begleiten, die er so sehr hasst", klagte sie niedergeschlagen. „Vielleicht würde er dann endlich begreifen, wie wichtig sie beruflich für mich sind."

David, der an diesem Abend mit *Backstage* verabredet war, überließ es Gila, Jenny zu trösten. Als er spätnachts zurückkehrte, sagte Gila ernst: „Jenny bleibt fürs Erste bei uns, David. Du hast doch nichts dagegen – ?" Ihr Gesicht verdüsterte sich. „Mike, dieser Idiot! Was der für moralisch hält, ist doch krank! Na ja, das soll dir Jenny aber lieber selber erzählen."

Jenny schwieg.

Eine Woche darauf kehrte sie zu Mike zurück.

„Rate mal, wer im Mai nach München kommt", fragte sie zum Abschied und zwinkerte David verschmitzt zu.

„Ins Olympiastadion?" Er lächelte. „Die Jungs und ich werden hingehen."

Jenny wirkte so fröhlich wie eh und je. „Soll ich Karten für uns alle besorgen?"

David lachte. „Danke, Jenny, aber als Fotograf bekomme ich locker Backstagekarten."

Wieder verstrichen Monate. Abends, mehrmals die Woche, traf sich David mit der Band im Übungsraum zu Proben, tagsüber arbeitete er mit Gila zusammen, die noch immer in ihrer Alkohol- und Drogensache recherchierte. Manchmal nahm David auch kleinere Werbeaufträge an, um am Ball zu bleiben. Bei einer jener Werbeaufnahmen erfuhr er von den beiden Models, mit denen er gerade arbeitete, dass sich Jenny von Mike getrennt hatte. „Endlich", dachte er erleichtert. „Dieser blöde Spießer hat sie lange genug unglücklich gemacht."

David traf Jennifer erst wieder, als sie am Unfallabend in sein Studio geschneit kam. „Hast du Arbeit für mich, David?", fragte sie. „Madame hat mich gefeuert."

David erschrak. „Ach, du je! Wieso das denn?"

Sie zuckte die Schultern. „Wahrscheinlich bin ich zu alt." David wusste, dass das nicht der wirkliche Grund sein konnte. Mit ihrem blendenden Aussehen konnte Jenny locker noch etliche Jahre modeln.

„Hast du Arbeit?", wiederholte sie.

„Nur wenig, Jenny. Ich hab' vor, ganz auszusteigen."

Sie riss ihre Augen auf. „Was wird dann aus mir?"

„Jeder Fotograf reißt sich um dich, das weißt du doch. Such dir schleunigst 'ne neue Agentin."

„Hab' ich doch längst getan! Nichts! Mich will einfach keiner."

David, auf dem Weg zum Übungsraum und in Eile, versprach Jenny, am nächsten Tag in aller Ruhe mit ihr zu reden.

Eine halbe Stunde später geschah der Autounfall. Im Rettungswagen saß David neben ihr.

Dizzys Anruf hatte all das wieder in David wachgerüttelt, und während er noch immer in kurzen Pausen auf den Kameraauslöser drückte, versuchte er, seinen zwiespältigen Gefühlen verzweifelt Herr zu werden.

Der Film war voll.

„Danke, Kiki", lobte David, „das genügt. Den Rest erledigen wir morgen."

Kiki schenkte ihm ein bewunderndes Lächeln und verschwand in der Garderobe. Innerhalb erstaunlich kurzer Zeit stand Kiki, umgezogen und abgeschminkt, wieder vor ihm. „Kann ich dich ein Stück mitnehmen?", fragte sie.

„Nein, danke, ich bin mit den Jungs verabredet." David schaltete die Lampen ab und nahm den Film aus der Kamera.

Zwanzig Minuten später betraten David und Dizzy den Übungsraum. Dizzy gesellte sich sofort zu Björn, der zwischen den Instrumenten hockte und leise vor sich hinspielte.

„Hallo", grüßte David.

„Hi", antwortete Björn. „Auch endlich da? Fehlt nur noch Pit."

Wie auf ein Stichwort betrat der Bassist den Übungsraum, an seiner Seite ein Mädchen mit maisblondem Pferdeschwanz.

„Das ist Jo Anne", stellte Pit das Mädchen vor. „Sie kommt mit ins Konzert."

„Hallo, Jo Anne", sagte David. „Kennst du die Jungs? Björn ist unser Gitarrist, am Schlagzeug, das ist Dizzy, und ich bin David."

Jo Anne nickte schüchtern.

Skeptisch musterte David sie. „In deinem Zustand willst du echt ins Konzert? Ob das gut geht?"

„No problem, ehrlich", beteuerte Jo Anne. „Ich pack' das locker."

„Okay, wenn du meinst." Damit war die Sache für David erledigt. Viel wichtiger war sein Presseausweis. Da sich Gila darum gekümmert hatte, lag er jetzt natürlich in ihrem Büro. David wandte sich an Björn und Dizzy. „Ich muss zu Gila. Treffen wir uns, sagen wir, in zwei Stunden am Stadioneingang."

Dizzy ließ die Sticks sinken. „Hey, David, Gila kommt doch mit, oder?"

„Klar, was dachtest du denn?"

Eine Viertelstunde später parkte David seinen Wagen im Hinterhof des Pressekonzerns, für den Gila arbeitete. Sie war nicht da. Von ihrer Sekretärin erfuhr er, dass sie beruflich unterwegs sei: ein dringendes Interview mit Jennifer Gall.

David war wie vor den Kopf gestoßen.

5

Behutsam klopfte Gila an Jennys Tür. In ihrer Hand hielt sie einen Strauß roter Moosröschen und ein in Seidenpapier gehülltes Buch: *Christiane F. – Wir Kinder vom Bahnhof Zoo.* Es erzählt vom Schicksal mehrerer drogensüchtiger Teenies. Als vergangenes Jahr der Film zu der Romanvorlage in die Kinos gekommen war, hatte Jenny ihn sich sofort angesehen. Sie war mehr als betroffen gewesen, und noch Tage später hatte er sie nicht losgelassen.

„Herein!" Es war Jennys Stimme, leise und ein wenig erschöpft.

„Hi, Gila", grüßte sie, kaum dass Gila das Zimmer betreten hatte. „Komm, setz dich zu mir. Geht's gut?"

Gila lachte. „Erzähl du mir lieber, wie's dir geht, und wann du nach Hause kommst."

Jenny zuckte die Schultern. „Nicht so bald, fürchte ich. Aber ist es nicht prima hier?"

„Meine Jenny, ironisch wie immer! Im Ernst: Was sagt dein Arzt?"

„Ach, den üblichen Blödsinn."

Tröstend strich Gila über Jennifers Hand. „Gib nicht auf, Jenny", bat sie. Dann legte sie Blumen und Buch auf die Bettdecke. „Für dich."

Jenny war gerührt. Sekunden später hatte sie das Buch aus dem Papier gewickelt. Eine Weile betrachtete sie es nachdenklich, dann meinte sie: „Für Christiane F. gab's kein Happy-End, sie ist einfach abgehauen."

„Das war aber keine feige Flucht", widersprach Gila, „denn sie hat ja ihr Leben geändert."

Jennifer schloss die Augen. „Gila?"

„Hm?"

„Kennst du das Gefühl, etwas stimmt nicht mit dir, obwohl irgendwie alles in Ordnung zu sein scheint? Normalerweise steckt dann 'ne schwere Krankheit dahinter, stimmt's?"

Gila beugte sich vor. „Was ist los, Jenny?", fragte sie erschrocken. „Jenny ...?"

33

Jennifer antwortete nicht, sie war eingeschlafen.

So leise, wie sie gekommen war, verließ Gila das Zimmer wieder. Jennys unheilschwangere Andeutung beunruhigte sie. War sie krank, ernstlich krank? Nachdenklich blickte Gila vor sich hin. Unmöglich, Jenny sah aus wie das blühende Leben. Okay, der Unfall hatte kleine, harmlose Spuren hinterlassen, aber grundsätzlich wirkte sie absolut gesund. Jenny und schwer krank? Unmöglich.

Als Gila am Schwesternzimmer vorbeikam, stoppte sie. Die Tür stand offen, eine dunkelhaarige Schwester saß am Schreibtisch, vor sich ein Berg Karteikarten, den sie emsig zu ordnen versuchte. Gila räusperte sich. Die Schwester sah hoch. „Ja, bitte, kann ich Ihnen helfen?"

„Ich würde gerne mit Herrn Gall sprechen, wissen Sie zufällig, wann er seine Tochter besucht?"

Die Schwester überlegte. „Zur Visite, eigentlich müsste er längst hier sein. Wenn Sie warten wollen ...?" Sie wies auf einen Besuchersessel.

Dankbar nahm Gila Platz. Sie wusste selbst nicht, wieso, aber plötzlich verspürte sie den Wunsch, mit Jennifers Vater zu reden. Vielleicht wusste er sogar Näheres über den Autounfall. David schwieg sich hierüber ja in allen Sprachen aus.

Ungefähr eine halbe Stunde verstrich, da schellte das Telefon. Die Schwester hob ab. Ohne es zu wollen, hörte Gila, dass es sich um ein Privatgespräch handelte. Schon wollte sie diskret das Zimmer verlassen, als die Rede auf ein Konzert im Olympiastadion kam. Gila dachte an David. Ach ja, er und die Jungs wollten ja auch unbedingt hin. Sicher war er schon in die Redaktion unterwegs, um sich seinen Presseausweis abzuholen. Und auch Jenny hatte hingewollt. Jenny ...

Gila hatte sie vor einigen Jahren kennen gelernt. Damals hatte sich Jennifer bereits als Fotomodell einen beachtlichen Namen gemacht. In schönster Regelmäßigkeit tauchte ihr Name in den Klatschspalten der Yellow Press auf. Gila, die gerade an einem Artikel über *Traumberufe* arbeitete, bat Jennifer um ein Interview. Beinah jeder zweite Schulabgänger träumte von einer erfolgreichen Karriere als Sportler, Sänger, Maler, Schauspieler oder Schriftsteller. Ruhm, Macht, Geld, Geld, Geld waren die Zauberworte. Mit diesem Mythos *Traumberuf* wollte Gila endlich aufräumen, denn die Wirklichkeit sah ganz anders aus: knochenharte Arbeit, begleitet von seelischen und materiellen Tiefs. Viele dieser Stars griffen irgendwann sogar zu Alkohol oder Drogen, um dem enormen Druck leichter gewachsen zu sein. Ein Teufelskreis, dem kaum jemand entrann.

Das Interview fand in Jennifers Wohnung statt und verlief problemlos. Ungezwungen plauderte Jenny über ihren Beruf, der, wie sie sich ausdrückte, ihre ganze Kraft verlangte. Witzig und gespickt mit lustigen Anekdoten berichtete sie, wie sie jahrelang bei Agenturen und Fotografen „Klinken geputzt" hatte, bevor der große Durchbruch kam.

„Dann aber hatte ich endlich Glück", erzählte sie. „Zufällig gefiel ich irgendeinem Fotografen, doch morgen ist vielleicht schon der Sommersprossentyp gefragt, und das wär' natürlich mein Aus."

Gila fragte Jenny, ob sie nach all den erlebten Strapazen, ihren Beruf nochmals wählen würde, stünde sie vor der Wahl.

Jenny verneinte. Es bliebe ihr kaum Zeit für sich selbst, begründete sie. Über den täglichen Stress käme sie nicht mal dazu, Zeitung oder ein Buch zu lesen. Was in der Welt draußen geschähe, dränge nicht mehr zu ihr durch.

Das Interview dauerte knappe zwei Stunden. Gegen Ende lernte Gila Jennifers Vater kennen, der an jenem Abend mit seiner Tochter verabredet war. Gila mochte den grauhaarigen Herrn auf Anhieb, da er sie sehr an ihren eigenen Dad erinnerte.

Im darauf folgenden Jahr – Die Grünen wurden gegründet, die Sommerzeit eingeführt und Ronald Reagan zum US-Präsidenten gewählt – galt Gilas Hauptinteresse den Hausbesetzern. Sie fuhr nach Berlin-Wannsee, wo es zwischen Polizei und Jugendlichen zu schweren Ausschreitungen gekommen war.

Wieder zurück, traf sie zufällig Jennifer. Das junge Fotomodel, schön wie eh und je, war jenem Tennisclub beigetreten, in dem Gila bereits jahrelanges Mitglied war. So entwickelte sich zwischen ihnen eine lockere Freundschaft. Auf diese Weise erfuhr Gila beispielsweise, dass die kühle und geschäftstüchtige Jenny auch weich und empfindsam sein konnte. Hauptsächlich dann, wenn von Kindern die Rede war, kam Jennys gutmütiges Herz zum Vorschein. Sie hätte selbst gerne Kinder gehabt, sei aber dem passenden Vater noch nicht über den Weg gelaufen. „Die Künstlerszene ist erbarmungslos egoistisch", sagte sie resigniert zu Gila. „Für ein erfülltes Privatleben und Kinder gibt es so gut wie keinen Platz."

Wie Gila im Laufe der folgenden Monate aufmerksam beobachtete, versuchte Jenny deshalb, diese innere Leere dadurch zu kompensieren, dass sie sich intensiv um die Neulinge der Fotobranche kümmerte. Unerfahrenen Girls gab sie wertvolle Tipps und stärkte ihnen unermüdlich das Rückgrat.

Die Herbst- und Wintermonate bekam Gila Jennifer nur selten zu Gesicht. In dieser Zeit verliebte sich Jenny in Mike. Als sie Gila irgendwann freudestrahlend von ihrem Glück erzählte, wohnte er bereits einige Zeit bei ihr.

Kurz darauf lernte Gila *Backstage* kennen. Sie besuchte die Band bei einem ihrer Auftritte, um sie für ihren Serienbericht über Drogen- und Alkoholkonsum der Popmusiker zu interviewen. Gila war mehr als überrascht: Das arrogante Gehabe, auf das sie bei so manch anderer Band gestoßen war, fehlte bei *Backstage* völlig.

Über die Musik der Band konnte Gila nur so viel sagen, dass sie laut und aufregend war, als Melodic Rock angekündigt wurde und nicht recht ihren persönlichen Geschmack traf, doch das Publikum rundum begeisterte.

Wie Gila recherchierte, war Björn, der Gitarrist, mit seinen siebenundzwanzig Jahren der Zweitälteste in der Band, und wie die meisten jungen Leute trug auch er sein dunkles Haar schulterlang. Er studierte Jura und hatte vor, in ein paar Jahren sein Staatsexamen abzulegen. Durch seine ruhige, besonnene Art gelang es ihm leicht, so manchen Streit in der Band im Handumdrehen zu schlichten. Pit, der Bassist, war nur ein Jahr jünger als Björn und wirkte eher zurückhaltend. Er, der absolute Tierfreund, studierte Veterinärmedizin und war nebenbei aktives Mitglied im Tierschutzverein. Sein brünettes Haar war raspelkurz. Am liebsten trug er bequeme Jeans und darüber irgendwelche abgetragenen Pullis. Ganz der krasse Gegensatz zu Björn, der ein Faible für edle, ausgefallene Klamotten zu haben schien. An diesen Abend trug er eine enge schwarze Lederhose mit einem cremefarbenen Seidenhemd.

In Dizzy, dem fünfundzwanzigjährigen Drummer, sah Gila die schillerndste Figur. Auf sie wirkte er wie der typische Sunnyboy, der das Leben von seiner lockersten Seite nahm. Kein Wunder, dass sämtliche weiblichen Fans scharenweise auf ihn flogen. Dizzy hatte keine Lust, sich jetzt schon beruflich festzulegen. Er wolle erst mal das Leben genießen, dann sähe er weiter, erklärte er. Gelegenheitsjobs genügten ihm vorerst völlig.

Am schwersten fiel es Gila, den knapp dreißigjährigen David richtig einzuschätzen. Dass er Jennifers Lieblingsfotograf war, wusste sie ja bereits, dass er allerdings extrem verschlossen war, erstaunte sie, hatte Jenny ihn doch ganz anders beschrieben.

Auf ihre Fragen antwortete David nur knapp, die Antworten selbst drückten gar nichts aus oder steckten voller Ironie. David irritierte sie. Wozu diese Vorsicht, diese Skepsis? Weil sie Journalistin war? Sie lächelte unmerklich.

Zuerst wollte Gila von den jungen Leuten wissen, weshalb sie sich zu dieser Band formiert hatten.

Pit ging es vorrangig um Gemeinschaftsgeist, um Kameradschaft. Für sein seelisches Wohlbefinden brauchte er so was wie Zugehörigkeitsgefühl. In der Band schien er es gefunden zu haben.

Björns Gründe waren ganz andere. „Während meines

Jurastudiums checkte ich immer mehr, dass man mit nur ein wenig Gerissenheit jeden ganz legal übers Ohr hauen kann. Feindseligkeit! Feindseligkeit ist es, was die Leute vor Gericht bringt." Er schwieg eine Weile, und dann: „Eines weiß ich sicher: Musik stimmt die Menschen friedlich." Dizzys Gründe konnte man mit wenigen Worten ausdrücken: Weil's Spaß macht! „Außerdem", fügte er locker hinzu, „Schlagzeug spielen ist echt keine tierische Arbeit. Relaxen ist mir oberwichtig."

Und David, so erzählte er, war Bandmitglied geworden als Ausgleich zu seinem anstrengenden Fotojob.

Danach brachte Gila die Rede auf Alkohol und Drogen. Und darin waren sich alle einig: Keinen Alkohol, keine Drogen, zumindest nicht übermäßig. Weder privat noch beruflich.

Monate später kam Gila zu dem befriedigenden Schluss, dass Musiker nicht mehr und nicht weniger als die übrige Bevölkerung Alkohol und Drogen konsumierten. Sie war zufrieden, wieder ein Vorurteil entlarvt zu haben. Ihr Bericht erschien in mehreren Teilen. David, der sich ihr spontan als Fotograf angeboten hatte, lieferte meisterhafte Fotos dazu.

Von da an arbeiteten Gila und David immer häufiger zusammen. Und Gila lernte David als warmherzigen, intelligenten Menschen kennen, der sein Misstrauen allmählich völlig überwand. Endlich kam jener David zum Vorschein, wie Jenny ihn immer wieder beschrieben hatte, und – sie verliebte sich in ihn.

Jenny war begeistert, als sie erfuhr, dass Gila bei David eingezogen war.

Wochen später kreuzte sie dann total geknickt und todunglücklich bei ihnen auf. Mike hieß ihr Problem.

Gila tröstete Jenny, so gut sie konnte. Da David im Übungsraum war und um Jenny von ihren depressiven Gedanken abzulenken, lud Gila sie in eine Kneipe ein. Und dort – Jenny wurde sofort schreckensbleich – trafen sie Mike. Ein dunkelhaariges, zartes Mädchen hing verliebt an seinem Hals.

„Stefanie", flüsterte Jenny Gila zu. „Mikes Ex-Freundin. „Komm, lass uns verschwinden, bevor er uns entdeckt." Zu Hause richtete Gila für Jenny ein Nachtlager im Wohnzimmer. Jenny blieb eine Woche, dann kehrte sie, munter wie eh und je, zu Mike zurück.

Gila hörte nichts mehr von ihr, außer Wochen später von David, dass sich Jenny und Mike getrennt hatten. Dann passierte der Verkehrsunfall. Gila arbeitete noch in der Redaktion, als die Polizei sie anrief: Sie möge bitte in die Klinik kommen, Herr Sandberg warte dort auf sie.

„Er muss endlich Licht in die Sache bringen", dachte Gila, während die Krankenschwester noch immer von dem bevorstehenden *Queen*-Konzert schwärmte. „Erst Davids beharrliches Schweigen, dann Jennys merkwürdige Andeutungen ... da stinkt doch was!"

Ein leises, rutschendes Geräusch schreckte Gila aus ihren Gedanken hoch: Die Krankenschwester hatte die Karteikarten versehentlich vom Schreibtisch gewischt.

Gila bückte sich und begann, sie mit flinken Fingern aufzusammeln. Plötzlich stutzte sie. Tatsächlich! Vor ihr lag Jennifers Kartei. Flüchtig streifte ihr Blick eine der letzten Eintragungen: V. a. Acquired Immune Deficiency Syndrome.

6

Gila saß hinter ihrem Schreibtisch und starrte betroffen vor sich hin. Ein Gefühl der Hilflosigkeit hatte sich in ihr breit gemacht, es war hereingestürzt, in dem Augenblick, da sie die furchtbare Diagnose begriffen hatte.

Noch immer sah sich Gila in Gedanken im Schwesternzimmer Karteikarten aufsammeln. In Sekundenschnelle hatte ihr Gehirn den medizinischen Fachausdruck in ein für jeden verständliches Wort umgesetzt: Aids! Beinah gleichzeitig war es dagewesen, jenes Gefühlschaos, das Gila seitdem nicht mehr verlassen hatte. Und sie versuchte auch nicht, dagegen anzukämpfen. Aids – ein Wort, das unweigerlich Angst einflößte, ein Synonym für Grauen! Gibt es ein positives, lebensbejahendes Gefühl, das dieses winzige Wörtchen neutralisiert? Radiert dieses Kunstwort, das so leicht über die Lippen rutscht, nicht jede Zuversicht automatisch aus?

Jenny sollte Aids haben? Diese Frage kreiste ununterbrochen in Gilas Kopf solange, bis er zu schmerzen begann. Ein Irrtum schien ausgeschlossen! Wirklich ausgeschlossen? Leise Zweifel begannen sich in Gila zu regen und verscheuchten langsam die Kraftlosigkeit in ihr.

Sie griff zum Telefon. Hatte ihr Kollege Sascha nicht vor einigen Wochen einen Artikel über Aids geschrieben? Gila erinnerte sich flüchtig an seine Recherchen.

„Hallo, Sascha. Gila hier", sagte sie, nachdem er sich gemeldet hatte. „Wie war das noch mit Aids?"

„Aids?", wiederholte er verdutzt. „Wie kommst du darauf? Der Artikel ist doch längst raus."

„Kann ich trotzdem deine Recherchen sehen?"

„Suchst du was Bestimmtes?"

Gila zögerte, hielt aber dann doch mit der Wahrheit zurück. „Nein, es ... interessiert mich nur ganz allgemein."

Sascha beschrieb ihr, wo er in seinem Schreibtisch die Unterlagen aufbewahrt hatte.

„Danke, bist 'n Schatz!" Erleichtert legte Gila auf. Vielleicht kam sie jetzt dem Geheimnis Aids eine Spur näher.

Saschas Arbeitsplatz lag im selben Stockwerk, in dem Gila auch ihr Büro hatte. Sie brauchte nur den Flur entlangzugehen. Dort hinten rechts teilte Sascha das Zimmer mit zwei Redakteuren des Pressekonzerns. Gila klopfte leise, obwohl sie wusste, dass jetzt, an einem Freitag Nachmittag, niemand mehr arbeitete.

Saschas Schreibtisch stand links neben der Tür und strahlte wohltuende Ordnung aus. In einer hellen, länglichen Holzschale häuften sich eine Handvoll Schreibstifte. In einem kristallenen Aschenbecher hatte Sascha, der Nichtraucher, Büroklammern bis zum Rand gefüllt. Doch

der Farbtupfer auf dem Schreibtisch war die handteller-
große Glaseule, die auf einigen Notizzetteln hockte. Sobald das Sonnenlicht die geschliffenen Federn streifte, re-
flektierten sie ein buntes Farbenspiel auf die helle
Tischplatte. Gila trat näher. In der untersten Schublade
fand sie einen Hängeordner mit der Aufschrift „Aids". Nervös, angespannt und unruhig zog sie einen Stapel hand-
geschriebener Notizzettel hervor. Aufmerksam begann sie,
Blatt für Blatt zu lesen....

„Aids – Eine Krankheit wird entdeckt
31. Dezember. In den USA werden die ersten Fälle der Immunschwäche AIDS als solche diagnostiziert. Allein in San
Francisco/Kalifornien sind inzwischen 24 Aidsfälle bei Homosexuellen bekannt.
Bereits Mitte des Jahres meldete die zentrale Gesund-
heitsbehörde der USA fünf Fälle einer seltenen Lungener-
krankung bei Homosexuellen und eine ungewöhnlich hohe
Anzahl von Patienten mit einem Kaposi-Sarkom, einem seltenen Gefäßtumor. Eine ‚schwere Immunschwäche' mit
tödlichen Auswirkungen, später unter dem Namen AIDS
weltweit bekannt, ist für diese Symptome verantwortlich."
„Ängste, Vorurteile und Emotionen
‚Seltener Krebs bei 41 Homosexuellen', so lautet die
Schlagzeile eines Artikels, der am 3. Juli 1981 in der „New
York Times" veröffentlicht wird. Die Rede ist von AIDS, der
Abkürzung für „Acquired Immune Deficiency Syndrome"
(erworbenes Immun- oder Abwehrschwäche-Syndrom).
Die Krankheit setzt viele Ängste und Emotionen frei, häufig verbunden mit Diskussionen über gesellschaftliche Mo-
ral- und Ordnungsvorstellungen. AIDS ist eine ansteckende-
de Krankheit, deren Infektionsmöglichkeiten jedoch
begrenzt sind auf ungeschützten Geschlechtsverkehr, Kontakt mit infiziertem Blut oder Blutkonserven sowie gemein-
schaftliche Benutzung von Injektionsnadeln bei Drogenab-
hängigen. AIDS zerstört die Immunabwehr, die Erkrankten
sind dadurch den Krankheitserregern schutzlos ausgelie-
fert."[1]
Gila hob den Kopf. „Homosexuelle Männer und Drogen-

41

[1] aus: „Chronik 1981", S. 200 (c) Chronik Verlag im Bertelsmann Lexi-
kon Verlag, Gütersloh/München

abhängige", dachte sie. „Und wie passt Jennifer in dieses Raster hinein? Sie gehört in keine der beschriebenen Gruppen. Hätte sie je irgendwann mit Drogen zu tun gehabt, wüsste ich davon." Die Möglichkeit, dass Jennys Aids ein Irrtum war, rückte wieder in greifbare Nähe. Ein Fehler im Labor, Verwechslung der Akten ... So was gab's doch laufend. Gila atmete tief durch. Noch nie hatte sie sich so unendlich erleichtert gefühlt. Jenny würde nicht sterben, nicht leiden. Das Einzige, was ihr Körper jetzt noch zu bewältigen hatte, waren die Folgen des Unfalls.

Irritiert stoppte Gila ihre euphorischen Gedanken. Ihr fiel ein, dass eigentlich noch viel zu wenig über Aids bekannt war. Was, wenn Informationen absichtlich verschwiegen wurden? Auch das war möglich. Mochten Saschas Recherchen auch noch so exakt sein, Gila beschloss, selbst Nachforschungen anzustellen.

Rasch sah sie auf ihre Armbanduhr. Wenn sie Glück hatte, war Dr. Palm noch in seiner Praxis. Von Saschas Schreibtisch aus rief Gila dort an. Ja, erklärte die Sprechstundenhilfe freundlich, Dr. Palm sei diesen Nachmittag in der Praxis und bleibe bis achtzehn Uhr.

Gila machte sich sofort auf den Weg.

7

Eine knappe halbe Stunde später traf sie bei Dr. Palm ein. Sie wurde bereits erwartet und gleich ins Sprechzimmer vorgelassen.

Als engen Freund der Familie kannte Gila den Arzt schon von Kindesbeinen an. Sie mochte den kräftig gewachsenen Mann mit dem dichtem, grauen Haar. Dass er auf die Sechzig zuging, sah man ihm nicht an, er wirkte frisch und jugendlich.

Mit einem entschuldigenden Lächeln trat Gila näher. „Hallo, Philip", grüßte sie, „tut mir Leid, dass ich dich störe, aber die Sache ist wirklich ungeheuer wichtig."

Dr. Palm stand am Waschbecken und trocknete sich die Hände mit einem frischen Frotteetuch. „Hallo, Gila", grüßte er zurück. „Schön, dass ich dich endlich mal wiederseh'. Du machst dich ja ziemlich rar neuerdings." Er kam zu ihr und nahm sie kurz in den Arm. „Alles in Ordnung?" „Danke, Philip. Und bei dir? Auch alles okay?" Er nickte. „Und jetzt schieß los: Wie kann ich dir helfen? Von welcher Sache sprichst du?"

„Aids!"

Nicht die kleinste Regung zeigte sich in Dr. Palms Gesicht. Gelassen nahm er hinter seinem Schreibtisch Platz. „Aids?" Nachdenklich musterte er Gila, die mit übereinander geschlagenen Beinen vor ihm saß. Ein Arm ruhte entspannt auf der Sessellehne. Ihr Blick hielt seiner Musterung stand. „Ich will alles darüber wissen", eröffnete sie. „Die Symptome, die Heilungschancen ... einfach alles."

Dr. Palm zuckte die Schultern. „Ach, weißt du, Gila, was soll man über eine Krankheit berichten, die noch völlig unerforscht ist? Heute Gültiges kann morgen schon in Frage gestellt werden und sich übermorgen als Irrtum erweisen."

„Was ist das für eine Antwort?", dachte Gila und fragte sich, ob Aids auch für Philip ein Thema war, das er lieber unter den Teppich kehrte.

„Was gilt heute?", ließ sie nicht locker und fügte hinzu, was sie selbst inzwischen über Aids herausgefunden hatte.

Aufmerksam hörte der Arzt ihr zu. Dann lobte er: „Alle Achtung, du weißt ja schon eine ganze Menge. Mehr kann ich dir leider auch nicht dazu sagen. Außer vielleicht, dass Aids in zwei Stadien verläuft: die Latenzphase und die manifeste Phase. In der ersten zeigen sich Symptome wie Müdigkeit, Leistungsabfall Lymphdrüsenschwellungen. Wenn überhaupt! Es gibt Aidsinfizierte, die monatelang, vielleicht sogar über Jahre nicht die geringsten Symptome aufgewiesen haben."

„Und die zweite Phase?"

„Das manifeste Aids – ein sehr buntes Bild ... erbs- und kirschgroße Lymphknoten, Kopf- und Gliederschmerzen,

Fieber, Milz- und Lebervergrößerung, heftige Leibschmerzen, Haarausfall, verschiedene Infektionen, Pilzinfekte in Mund- und Rachenraum, das Kaposi-Sarkom, Lungenentzündungen ..."

„Das gibt's nicht!", rief Gila bestürzt. „Nein, ich glaub' es einfach nicht. Aids ist keine Krankheit. Aids ist die Hölle! Und es gibt keine Heilungschancen? Nichts? Gar nichts?" „Nicht heute und sicher auch nicht morgen. In zehn oder fünfzehn Jahren vielleicht. Vielleicht auch nie. Wer weiß?" „Und du, Philip? Was vermutest du?"

„Was ich vermute?" Philip lachte spöttisch. „Wem oder was nutzen schon Vermutungen? Ich weiß nur, dass es kein Medikament gegen Aids gibt. Man kennt ja noch nicht einmal den Erreger[2]."

Erstaunt blickte Gila hoch. „Ja, aber ... wie kommt dann eine Aidsdiagnose überhaupt zu Stande?"

„Ganz einfach, man erkundigt sich, ob der Patient in eine jener bekannten Risikogruppen gehört. Anhand der Symptome kann man dann darauf schließen, dass er Aids haben könnte. Könnte! Sicher bin ich mir dabei nie, denn Tests[3], Tests, die den Verdacht bestätigen, gibt es nicht."

Entsetzt schüttelte Gila den Kopf. „Wie therapierst du diese Patienten?"

Dr. Palm machte ein mitleidiges Gesicht. „Ich behandle ihre Symptome, mehr kann ich leider nicht tun."

„Oder drastisch ausgedrückt", folgerte Gila, „du siehst hilflos zu, wie diese Menschen jahrelang qualvoll krepieren." Ein kalter Schauer rieselte ihr den Rücken hinab. Als sie an Jennifer dachte, legte sich wieder ein Gefühl der Beklemmung auf ihre Brust.

„Tja, leider!", bedauerte Dr. Palm.

„Kann ich mich auch infizieren?"

„Nichts leichter als das. Du brauchst nur mit jemandem zu schlafen, der das Virus in sich trägt. Und genauso gibst du es auch weiter."

„Diese Risikogruppen-Theorie ..."

„... steht auf sehr wackeligen Beinen", winkte Philip ab. Seine Lippen kräuselten sich zynisch. „Aber sobald der

44

[2]Der Erreger wurde 1983 von Robert Gallo (USA) und Luc Montagnier (Frankreich) entdeckt; seit 1986 ist der Name „HIV" bekannt.
[3]Erste Aidstests gab es bereits seit 1985.

erste, eindeutige Fall auftritt, der nicht in diese Theorie hineinpasst, muss selbstverständlich die aufgestellte These neu überdacht werden. Doch bis dahin gilt leider, dass vornehmlich Homosexuelle und Fixer Aidskandidaten sind."

Ganz deutlich spürte Gila die Todesdrohung, die über jedem Einzelnen hing, und der Einzelne wusste es noch nicht einmal. Jenny kam ihr in den Sinn. Nach allem, was Gila nun gehört hatte, hielt sie Jennifers Aidserkrankung plötzlich wieder für durchaus möglich.

„Woher kam Aids eigentlich?", wandte sie sich an den Arzt. „Vom Himmel wird es ja wohl kaum herabgeregnet sein."

„Darüber gibt es verschiedene Theorien, aber mich als Arzt interessiert keine davon. Das Einzige, was wirklich zählt, ist, dass es Aids tatsächlich gibt, und dass es sich schneller verbreiten wird, als wir alle vermuten."

Gila erkundigte sich, warum die Regierung nicht längst eine umfangreiche Aufklärungskampagne gestartet habe.

Philip lachte. „Du als Journalistin müsstest das doch wissen: Aufgeklärt wird immer erst bei Handlungsbedarf. Also dann, wenn der Wagen bereits hoffnungslos im Dreck steckt."

„Leider", dachte Gila, und heiliger Zorn packte sie bei dem Gedanken, wie gleichgültig Politiker mit ihren Wählern umsprangen.

„Wie kann man sich vor einer Infektion schützen? Mit niemandem mehr zu schlafen, lässt sich ja wohl kaum realisieren."

„Natürlich nicht. Die Infektion erfolgt über Körperflüssigkeiten. Der beste Schutz scheint im Augenblick neben ungeschminkter Aufklärung darin zu bestehen, das Hygienebewusstsein zu steigern: Vorsicht beim Umgang mit Blut, Sterilisation von Spritzen und beim Geschlechtskontakt Kondome."

Als Gila kurz darauf Philips Praxis verließ, war sie mehr als bestürzt. Noch eine ganze Weile saß sie betroffen in ihrem Wagen, ehe sie den Parkplatz verließ. In Gedanken ging sie das vergangene Gespräch noch einmal gründlich durch. Je länger sie darüber nachdachte, umso mehr war sie davon überzeugt, dass Jenny tatsächlich Aids haben könnte. Man brauchte keiner Risikogruppe anzugehören, um infiziert zu werden. Jennifer musste also bereits irgendwelche Symptome gehabt haben. Gila fiel ein, dass sie die letzten Monate häufig bei Dr. Raab, ihrer Hausärztin, gewesen war. Sie überlegte, ob sie nicht mit ihr über Jennys Gesundheitszustand reden sollte, doch das verwarf sie wieder. Dr. Raab stand unter Schweigepflicht, sie würde niemals etwas über Jenny preisgeben. Was nun? Plötzlich erinnerte sich Gila an Madame Iris – Jennifers Agentin. Vielleicht konnte sie aus dieser Richtung etwas Brauchbares herausholen.

Gila startete den Wagen und setzte vorsichtig zurück. Sie warf einen letzten Blick auf das Haus. Philip hatte ihre ersten Fragen beantwortet, doch sie musste mehr wissen. Wenig später schlug sie den Weg Richtung Innenstadt ein.

8

David war wütend. Zum ersten Mal, seit er mit Gila zusammen war, spürte er rasende Wut auf sie. Wie konnte sie nur um einer reißerischen Story willen Jennifer als Objekt betrachten, sie als Zugpferd ausbeuten, um die Sensationsgier der Leser zu wecken und die Auflagen zu erhöhen? Bisher hatte Gila Jenny doch als Freundin betrachtet! Was, verflucht noch mal, war plötzlich in sie gefahren?

Hals über Kopf hatte David die Redaktion verlassen und sich auf den Weg in die Klinik gemacht, obwohl er wusste, dass nichts und niemand Gila stoppen konnte, sobald sie eine gute Story witterte.

Schon zwanzig Minuten später eilte David mit großen Schritten durch die Klinik. Besuchszeit herrschte. Wohin man auch sah: Leute mit Blumensträußen, bunt eingewickelten Geschenken oder prallvollen Obsttüten.

Vor Jennys Zimmertür machte er Halt. Er lauschte. Nicht das leiseste Geräusch drang nach draußen, keine Stimmen, nichts. Sollte Gila das Interview schon hinter sich haben? Leise klopfte er. Als keine Antwort kam, trat er ein. Sein Blick fiel sofort auf Jennifer, die, durch das Geräusch aufmerksam geworden, den Kopf wandte.

„David?", staunte sie. „Was tust du denn hier? Du weißt doch, Vater ..."

„Hi, Jenny", unterbrach David sie und versuchte, ein munteres Lächeln auf sein Gesicht zu zaubern. Es glückte einigermaßen. „Wie geht es dir?" Zögernd ging er zu ihr. Er fühlte sich unbehaglich in seiner Haut. Obwohl das Fenster weit offen stand, war die Luft im Zimmer stickig und schwül.

Jennifer presste ihr bleichen Lippen aufeinander. „Nicht so besonders, David", flüsterte sie.

Hastig murmelte er ein paar Trostworte, sie klangen matt und verbargen seine wahren Gefühle nur schlecht.

„Gib dir keine Mühe", reagierte Jenny und winkte müde ab. „Du und ich wissen ja, was mit mir los ist, stimmt's? Vor einer halben Stunde hat es mir Dr. Gilbert bestätigt."

David sog die Luft ein. „Ich glaub' es nicht, Jenny. Es kann sich da nur um einen verrückten Irrtum handeln, um irgendeine bescheuerte Verwechslung. Nein, Jenny, ich glaub' es noch immer nicht."

„Siehst du dein Problem denn nicht? Du *willst* es nicht glauben, David, das ist alles. Ich kapier's ja, aber so machst du es wirklich nur noch schlimmer. David, ich *brauche* dich jetzt, dich und Gila und die Jungs, so wie ich jetzt überhaupt *jeden* Menschen brauche, den ich kriegen kann! Verstehst du das?"

Davids Blick streifte Jennifers Hand, die bewegungslos auf der Bettdecke ruhte. Eine schmale, zerbrechlich wirkende Hand mit einer blassen, durchscheinenden Haut. Rasch griff er danach, fest umschlossen seine Finger die ihren. „Selbst wenn alles so sein sollte, wie du glaubst, dass es ist", beschwor er sie, „gib bitte nicht auf, Jenny.

Gib niemals auf! Kämpfe, hörst du? Das darf nicht das Ende sein!"

Statt einer Antwort lächelte sie nur mitleidig. David ahnte, was in ihr vorging. „Kranke, schwerst Kranke denken, leben und fühlen in anderen Dimensionen", schoss es ihm durch den Kopf. „Wie kann Jenny nur ihr Los einfach so akzeptieren? Ist ihr Tod für sie das Natürlichste auf dieser Welt? Ich werde sie niemals begreifen – sie nicht und ihren Tod nicht."

„Gila war heute Mittag hier", erzählte Jennifer unvermittelt.

David schreckte hoch. „Was wollte sie?"

„Mich besuchen, was sonst?"

„Sie hat keine ... Fragen gestellt?"

Jenny wirkte verwirrt. „Fragen? Welche Fragen?"

„Über deine Krankheit beispielsweise."

„Wozu? Sie weiß doch alles."

„Nicht von mir."

Überrascht richtete sich Jennifer auf. „Du hast ihr nichts erzählt? Auch nichts über den Unfall? Sorry, du bist total crazy, David! Was soll deine Geheimniskrämerei?"

Jenny stockte, ihr Blick glitt zur Tür. Auf ihre erschrockene Miene hin drehte sich David um.

Warum überraschte es ihn, als er Jennifers Vater unerwartet im Zimmer stehen sah? Richard Gall wich vermutlich nicht eine Minute von Jennifers Seite. Davids Finger lösten sich sanft von Jennys Hand. Ein letztes Mal wandte er sich zu ihr: „Bye, mach's gut, Jenny, okay?"

Mit einem kurzen Kopfnicken verließ er das Krankenzimmer. Erst, als er die Tür hinter sich ins Schloss ziehen wollte, bemerkte er, dass Richard Gall ihm gefolgt war. „Ich möchte nicht, dass Sie Jennifer noch einmal besuchen", warnte er David leise.

David musterte Richard Gall. Tiefe Furchen hatten sich in dessen Gesicht gegraben, sprachen von Schmerz, Verzweiflung, Bitterkeit und grenzenloser Furcht – Furcht davor, den einzigen Menschen zu verlieren, der dem alten Mann nach dem Tod seiner Frau vor wenigen Jahren noch geblieben war. Hatte für Richard Gall das Leben nicht schon jetzt, da Jenny noch lebte, seinen Wert verloren? Es war unnatürlich und grausam, als Vater sein Kind sterben sehen zu müssen.

„Er weiß Bescheid", dachte David und verfluchte im Stillen Dr. Gilberts Offenheit. Hätte er mit der Wahrheit nicht vor einem alten, gebrochenen Mann Halt machen können? Schlimm genug, dass der Arzt Jenny alle Hoffnung geraubt und sie in diese grenzenlose Einsamkeit gestoßen hatte.

„Ach ja, und noch etwas", fuhr Richard Gall fort. „Bestellen Sie Ihrer Freundin, dieser Reporterin, dass sie sich um ihren eigenen Kram kümmern soll. Ich schmeiße jeden dieser Schmierfinken eigenhändig raus, der sich in Jennys Nähe wagt." Nach diesen Worten wandte sich Richard Gall ab und verschwand im Krankenzimmer.

„Keine Sorge", dachte David. „Darin sind wir uns ausnahmsweise einig! Niemand wird Jenny belästigen! Niemand!"

Jennys Krankheit sollte ein Geheimnis bleiben. Ein Geheimnis, das einzig und allein nur ein paar wenigen Menschen bekannt war: ihm selbst, Jenny, ihrem Vater und Dr. Gilbert. Für ihre Freunde, und vor allem für die breite Öffentlichkeit, würde Jennifer immer das strahlend schöne Fotomodel bleiben.

9

Madame Iris hieß eigentlich Irene Holzinger, aber nur die wenigsten wussten um diesen „Makel", wie sich Madame Iris einmal Gila gegenüber bei einem Interview ausgedrückt hatte.

„Irene Holzinger klingt nach Suppentopf, nach Weißkohl und Wirsing", hatte sie augenzwinkernd und mit einem gestenreichen Händespiel gesagt. „Nach Putzlappen und Kindergeplärr, schlicht nach der Muffigkeit eines typisch spießbürgerlichen Lebens."

Gilas Verblüffung war noch gewachsen, als Madame Iris erklärend hinzugefügt hatte: „Madame Iris' hingegen repräsentiert das Flair der bunten, exzentrischen Modewelt." Die zahlreichen Silberarmreifen hatten leise zustimmend geklimpert.

Und in demselben albernen, ja, lächerlichen Ton war Madame Iris fortgefahren und hatte das Interview in einen riesengroßen Flop verwandelt. Unmöglich, daraus auch nur irgendetwas veröffentlichen zu können, ohne die Interviewte erbarmungslos der Lächerlichkeit preiszugeben. Daran dachte Gila, als sie ihren Wagen vor Madame Iris' Agentur parkte. Aber auch daran, dass sie selbst später nie hinter das Erfolgsgeheimnis dieser seltsamen Frau gekommen war.

Die Agentur befand sich im Parterre einer nach außen hin eher unscheinbar wirkenden Villa und bestand aus ein paar kleinen, fensterlosen Archivräumen, einem noch kleineren Sekretariat und einem wahrhaft unglaublich komfortablen Arbeitszimmer, in dem Madame Iris die Fäden ihrer Agentur straff in ihren Händen hielt.

Im oberen Geschoss lagen die Privaträume. Nur drei Menschen durften diese Heiligtümer betreten: Madame Iris' Reinemachefrau, ihr Arzt und ihre Busenfreundin Claudine Faber, eine stellungslose Sekretärin Mitte vierzig, die hin und wieder in der Agentur aushalf.

An diesem Nachmittag war Madame Iris allein. Sie thronte hinter ihrem wuchtigen, mit Fotos und Papieren überladenen Schreibtisch, in einer Hand hielt sie einen vergoldeten Füllfederhalter. Bei Gilas Anblick zog sie die modisch zurechtgezupften dunklen Augenbrauen erstaunt in die Höhe.

„Was verschafft mir diese unerwartete Ehre?", fragte sie gestelzt. Die Andeutung eines Lächelns zeigte sich auf ihrem geschminkten Gesicht.

Madame Iris, eine vollschlanke, hoch gewachsene Frau Anfang fünfzig, musste in jungen Jahren eine wirkliche Schönheit gewesen sein. Ihr fein geschnittenes Profil, die mandelförmigen, tiefblauen Augen und ihre vollen Lippen sprachen noch immer von dieser längst verflossenen Zeit. Während Gila in den angebotenen Besuchersessel sank, sagte sie: „Ich möchte mit Ihnen über eines Ihrer Models sprechen."

„Ach ja? Wer ist die Glückliche, die Sie mit Ihren treffsicheren, doch stets wohlwollenden Zeilen öffentlich beehren werden?" Madame Iris' Lächeln entblößte ihre perfekten Kronen und wirkte so aufgeschlossen wie der Rachen einer hungrigen Löwin.

Gila beobachtete sie scharf. „Jennifer Gall", antwortete sie und stellte verwundert fest, dass sich Madame Iris' Miene nicht einen Millimeter veränderte.

„Aber, meine Liebe, wissen Sie das denn nicht? Jennifer und ich ... nun ... wir haben uns in herzlicher Freundschaft und beidseitigem Einvernehmen getrennt. Tut mir schrecklich Leid, Ihnen ausnahmsweise nicht dienen zu können."

Gila versuchte, ihre Überraschung zu verbergen. Dass Jenny nicht mehr mit Madame Iris zusammenarbeitete, war ihr neu.

Die Agentin nahm das Wort wieder auf. „Wissen Sie, mein Geschäft lebt von bezaubernd schönen und jungen Mädchen. Sie alle sollten eine möglichst perfekte Figur besitzen, Charakter ausstrahlen und Charme. Mit dreißig ist eine Modelkarriere endgültig gelaufen, entweder haben die Girls bis dahin kräftig abgesahnt, oder – ?" Bedauernd hob sie die Schultern.

„Wollen Sie mir damit unterjubeln, dass Jenny plötzlich zu alt ist?"

„Von plötzlich kann überhaupt nicht die Rede sein. Schon seit Monaten konnte ich keinen rentablen Auftrag mehr für sie ergattern. Was blieb mir anderes übrig, als mich von ihr zu trennen? Das hat sogar Jenny eingesehen."

„Sie lügt", schoss es Gila durch den Kopf. „Verdammt noch mal, sie lügt!" David hätte es gewusst, wenn Jenny in der Branche out oder ihr strahlender Stern im Sinken gewesen wäre. Aber nichts davon war je über seine Lippen gekommen. Ganz im Gegenteil! Noch vor wenigen Tagen hatte er Jennys ausdrucksstarke Persönlichkeit gelobt, der sie es verdanke, dass sie noch Jahre modeln könne.

Gila beschloss, eine andere Taktik anzuwenden, sie sagte: „Ich schätze, der einzige plausible Grund, weshalb Sie sich von Jennifer getrennt haben, ist, dass sie die vergangenen Wochen öfter mal körperlich angeschlagen, vielleicht sogar krank war."

„Ach ja, war sie das? Ist mir völlig entgangen. Bei mir und meinen Kunden verhielt sich Jenny so pünktlich und korrekt, wie ich sie von Anfang an kennen und schätzen lernen durfte." Ein leises, flüchtiges Bedauern zeigte sich in Madame Iris' Gesicht. „Die Arme! Überbringen Sie ihr bitte meine herzlichsten Genesungswünsche, ja?"

Gila gab es auf. Enttäuscht erhob sie sich, und entsprechend kühl fiel auch der Abschied aus.

Jennifer war der Mittelpunkt jeder Party gewesen, jeder großen und kleinen Gesellschaft. Sie plauderte geistreich, zeigte ein mitreißendes Lachen und strahlte trotz ihres Ruhms wohltuende Bescheidenheit aus. Gerade diese Mischung war es, die die Leute magnetisch anzog. Gila begriff es sofort, kaum dass sie Jenny kennen lernte, hatte aber auch jene förmliche Distanziertheit gespürt, hinter der sich das Fotomodel zu verbergen suchte.

Während Gila zu ihrem Wagen schlenderte, ging sie in Gedanken der Reihe nach all jene Leute durch, die engeren Kontakt zu Jenny hatten. Gab es denn nicht einen Einzigen, der ihr mehr über Jenny und deren Leben erzählen konnte? Doch bis auf David fiel ihr niemand ein. Er schien ihr einziger, wirklicher Freund zu sein. Ihn über Jenny auszufragen, war aber zwecklos. Seit der Unfallnacht kam Gila nicht mehr mit David klar. „Wohin ist er verschwunden?", grübelte Gila. „Ich komme einfach nicht mehr an ihn ran. Es ist, als misstraue er plötzlich aller Welt, und mir im Besonderen."

Wohl oder übel musste Gila zugeben, dass sie momentan in einer Sackgasse steckte. Sie sah im Augenblick keine Möglichkeit mehr, herauszufinden, ob Jenny Anzeichen von Aids gezeigt hatte.

„Hallo, Gila", rief jemand von der anderen Straßenseite. Gila hob den Kopf. Kiki kam trippelnd auf sie zu. Die blonden Haare wippten bei jedem Schritt auf und ab. Als sie vor Gila stand, fragte sie: „Was tust du denn hier? Warst du bei Madame?"

„Nur zu einem Kurzinterview", nickte Gila, „nichts Besonderes." Sie wandte sich ab, um ihren Wagen aufzuschließen. In diesem Moment erkannte sie ihre Chance. „Kiki", fragte sie und drehte sich um, „bist du sehr in Eile?"

„Eigentlich bin ich mit Madame verabredet. Wieso?"

„Können wir irgendwo ungestört reden? Es dringend", fügte sie rasch hinzu, als sie Kikis abweisende Miene sah.

Kiki gab sich einen sichtbaren Ruck, warf einen Blick auf ihre Armbanduhr und antwortete dann: „Okay, zehn Minuten! Kennst du das kleine Café gleich hier um die Ecke?"

Kiki wählte einen Tisch, von dem aus sie den ganzen Raum leicht überblicken konnte. „Ich muss immer wissen, was um mich herum geschieht", entschuldigte sie sich bei Gila, die ihrem sonderbaren Verhalten – taxierend von Tisch zu Tisch zu schlendern – mit erstaunten Blicken gefolgt war. „Man kann ja nie wissen …!" Endlich setzte sie sich. Die Bedienung kam, nahm die Bestellung auf und verschwand wieder. Mit einer diskreten Handbewegung wies Kiki auf einen freien Tisch neben der Tür. Eine einzelne, gebrauchte Tasse stand darauf. Ein paar Tropfen verschütteter Kaffee glitzerten auf dem kalten Resopal, und in der Mitte des Tisches, in einem Aschenbecher, lag einsam eine leere, zerknüllte Zigarettenschachtel. Eine der Bedienungen, ein schlankes Mädchen mit zarten Schultern, trat an den Tisch und räumte alles mit ein paar Handgriffen fort. Zum Schluss wischte sie die Tischplatte sauber.

„Dort drüben lernte ich Jenny kennen", erklärte Kiki. „Ein halbes Jahr ist das her." Sie lächelte. „Ohne Jenny würde ich jetzt in irgendeinem Büro hocken." Dankbarkeit schwang in ihrer Stimme mit. „Jenny stellte mich Madame vor und – ich wurde prompt unter Vertrag genommen."

„Madame Iris ist wohl sehr beliebt?", nahm Gila das Stichwort auf.

„Beliebt?" Kiki blickte nachdenklich vor sich hin. „Sie schafft die Auftraggeber ran, das ist alles. Ich denke, Madame pfeift darauf, bei irgendwem oder irgendwo beliebt zu sein. Sie schert sich nicht darum." Gila lächelte. „Kommst du denn mit ihr klar?"

„Schon, ja. Nur dieser kilometerdicke Höflichkeitswall, hinter dem sie sich fett verschanzt, ist echt ätzend! Weißte, Gila, freundlich ist ja voll okay, aber das ... nee!" Kiki machte nachdenklich eine kleine Pause, bevor sie fortfuhr: „Na ja, immer noch besser, als Madame's aktuellste Marotte." Kiki schüttelte genervt den Kopf. „Neuerdings entwickelt sie einen wahren Horror vor oder gegen Staub und Schmutz. Claudine musste einmal sogar das gesamte Büro mit einem Desinfektionsmittel säubern. Crazy, oder?"

Gila horchte auf. „Passierte das, *nachdem* sich Jennifer und Madame Iris getrennt hatten?" Ein entsetzlicher Gedanke stieg in ihr hoch.

Kiki runzelte die Stirn. „Kann sein. Ich glaub' schon. Und zwar am ... ja, genau am nächsten Vormittag. Übrigens, Gila, nicht Jenny, sondern nur Madame allein wollte aus dem Vertrag raus. Sie schmiss ihn Jenny praktisch vor die Füße. Mit so einer könne sie nicht arbeiten, tobte sie, der gute Ruf ihrer Agentur stünde auf dem Spiel. Und so weiter. Jedenfalls erzählte es mir Jenny so."

Was? Verdutzt blickte Gila hoch. Madame Iris hatte ihr vor einer halben Stunde etwas ganz Anderes erzählt. Wie war das doch noch? „In Freundschaft ... gegenseitigem Einvernehmen ..." Ärger stieg in Gila hoch. „Und du bist absolut sicher, Kiki, dass Jenny dir das so zählt hat?"

Kiki nickte. „Ja, klar. Und sie war außer sich über diese miese Behandlung. Dabei ist sie genauso clean wie wir alle."

„Stopp, stopp!", bremste Gila. Welche Schauermärchen kamen denn da *noch* zum Vorschein? „Sagtest du clean? Clean? War der Grund für den Rausschmiss etwa ein Drogenproblem?"

Kiki konnte nicht gleich antworten. Die Bedienung kam mit den bestellten Portionen Kaffee an den Tisch. Erst, als sie wieder verschwunden war, fuhr Kiki fort. „Sag bloß, du weißt es noch nicht?"

„Um Himmels willen, was denn?"

„Wir alle, das heißt, wir Models, mussten ein ärztliches Attest vorlegen, das bestätigt, dass wir sauber sind, clean eben."

Gilas Gedanken rasten. „Desinfektionsmittel ... Bakterienkiller ... Drogen ... Fixer ... Aidskandidaten ... Dieses verschlagene Weib! Sie weiß oder vermutet zumindest, dass Jenny Aids hat!"

„Kiki?", hakte Gila nach. „Erinnerst du dich, wie Madame Iris reagierte, als sie erfuhr, dass Jennifer clean ist? Und sie *ist* clean, da bin ich mir hundertprozentig sicher."

Kiki zuckte die Schultern. „Weißt du, es war ihr egal, völlig egal. Jenny flehte, bat ... aber Madame Herzlos war es egal. Es scherte sie einfach nicht, Jennifer war für sie erledigt, gestorben, verstehst du?"

Gila beschloss, nochmals mit Madame Iris zu sprechen. Angenommen, die Agentin wusste, dass Jenny Aids hatte, dann wollte Gila erfahren, woher, und diesmal würde sie nicht eher locker lassen, bis sie das herausgefunden hatte. „Tust du mir einen Gefallen?", wandte sie sich an Kiki.

„Klar."

„Ruf bei Madame Iris an und erzähl ihr, dass du dich um ein paar Minuten verspäten wirst. Gib mir nur eine halbe Stunde. Bitte!"

In Kikis Gesicht trat ein ängstlicher Ausdruck. Gila beruhigte sie: „Über dich kein Wort, okay?" Rasch legte sie ein paar Münzen für den Kaffee auf den Tisch. „Noch etwas, Kiki. War Jenny in letzter Zeit krank?"

Kiki lachte. „Krank? Machst du Witze? Sieht sie nicht aus wie das blühende Leben selbst? Nee, Jenny ist der gesündeste Mensch, den ich kenne. Ab und zu ein wenig müde, vielleicht, aber bei diesem enormen Stress eigentlich kein Wunder, oder?"

Gilas Hände wurden feucht. Müdigkeit ... Leistungsabfall ... „Und sonst?"

„Nichts! Glaub mir, Jenny ist kerngesund!"

„Eben nicht", dachte Gila beklommen. „Eben nicht!" Verdammt, sie wusste es besser.

Madame Iris telefonierte, als Gila erneut ihr Büro betrat. In Windeseile beendete sie das Gespräch. Mit ihrem typisch unverbindlichen Lächeln legte sie den Hörer auf die Gabel zurück. „Ja, aber hallo, heute gleich zweimal diese hohe Ehre Ihres Besuchs? Wie kann ich Ihnen helfen? Bitte, setzen Sie sich. Tee? Kaffee?"

Gila baute sich vor dem Schreibtisch auf. „Von Aids haben Sie sicher schon gehört?", ging sie gar nicht erst auf das harmlose Geplauder ein.

„Aids? Aids?" Madame Iris runzelte die Stirn. „Nur am Rande muss ich zugeben. Wissen Sie, Schwule haben mich nie sonderlich interessiert." Das raue Lachen der Agentin brachte Gilas Blut in Wallung. Fast musste sie Madame Iris' Kaltschnäuzigkeit bewundern, denn diese Frau brachte wohl nichts so schnell aus der Fassung.

„Woher wussten Sie von Jennys Aidsverdacht?", provozierte Gila. Wenn sie Glück hatte ...

Sie hatte Pech.

„Jenny hat ..." Madame Iris riss die Augen auf. „Sagten Sie tatsächlich ... Aids?"

„Aids! Ja, sagte ich. Und Sie wissen es. Woher?"

Die Agentin zog ihre Augenbrauen hoch. „Tut mir Leid, Sie so schrecklich enttäuschen zu müssen, aber ..."

„Hören Sie auf damit!", unterbrach Gila eisig. „Oder ist es Ihnen lieber, wenn ich Sie öffentlich in einem meiner nächsten Artikel benenne? Stellen Sie sich diese Schlagzeile vor: *Madame Iris beschäftigt Aidskranke in ihrer Agentur!*

Mit einem spöttischen Lächeln antwortete sie: „Soll das eine waschechte Erpressung werden? Meine Güte, machen Sie mir bloß keine Angst!" Das Lächeln vertiefte sich.

„Schön, wie Sie wollen ..." Gilas Augen funkelten entschlossen.

Madame Iris holte tief Luft. „Ich sag's Ihnen, weil ich Sie mag, Kindchen, ja, wirklich. Auch deshalb, weil Sie bei Ihrer Schreibe immer fair geblieben sind." Sie musterte Gila durchdringend, als sie fortfuhr: „Claudines Schwester ist Sprechstundenhilfe bei Dr. Raab, Jennifers Ärztin. Per Zufall entdeckte sie die Verdachtsdiagnose in der Kartei ..."

„... und lief sofort zu Claudine, diese wiederum tuschelte es Ihnen schließlich zu. Nennt man das nicht Verletzung der Schweigepflicht?"

„Na, wenn schon! Was soll's? Hauptsache, ich kann mich rechtzeitig und umfassend vor dieser Schwulenkrankheit schützen!"

„Diese Krankheit", betonte Gila so ruhig wie möglich, „heißt Aids."

„So? Und wieso erwischt es dann nur Schwule und Fixer?"

„Tut es das? Ich bezweifle das sehr."

Madame Iris unterbrach sie freundlich. „Was Sie bezweifeln oder nicht bezweifeln, ist Ihr Privatproblem. Hier, in meinen vier Wänden, geht es einzig und allein um mich. Mein Leben und mein Haus werden sauber bleiben, das schwör' ich Ihnen."

Endlich begriff Gila, was in Wirklichkeit abging! Wie Schuppen fiel es ihr von den Augen. „Sie haben ja Angst!", rief sie erstaunt. „Gottserbärmliche, jammervolle Angst!" Ihre Lippen kräuselten sich geringschätzig. „Und deshalb dieser ganze Zauber, diese dumm-dämlichen Vorsichtsmaßnahmen? Putzorgien, ärztliche Attests ... Dass ich nicht lache!" Gila schüttelte den Kopf. „Wachen Sie nur ja nie auf! Der Schock könnte Sie erschlagen! Was auch immer Sie sich in Ihrem bornierten Gehirn zurechtgezimmert haben – das Aidsproblem schafft es nicht aus der Welt. Sie werden sich noch wundern!"

10

Jo Anne rutschte nervös auf ihrem Platz hin und her. Viel zu lange saß sie nun schon auf dieser zu weichen Couch. Seit einiger Zeit spürte sie nun auch wieder jene beunruhigenden Kreuzschmerzen. Am liebsten wäre sie im Übungsraum etwas herumspaziert, wagte es aber nicht, um das Spiel der drei Musiker nicht unnötig zu stören. Jo Anne versuchte, sich auf die Melodie zu konzentrieren. Sie gefiel ihr nicht besonders, für ihren Geschmack war sie zu laut, zu hart, zu schwer. Musik, die in der Lage war, ihr Innerstes zu berühren, musste lieblich sein und leicht. Nichts hasste Jo Anne mehr, als sich ernsthaft und angestrengt mit Dingen befassen zu müssen, für die sie ohnehin kein Verständnis aufbrachte. Sicher, *Backstage* hatte bestimmt bei jeder Notenzeile gewusst, wieso sie dieses oder jenes Stück so und nicht anders arrangierten. Doch sie konnte nichts dabei empfinden.

„Sollten wir nicht langsam aufbrechen?", fragte Pit.

„Okay", nickte Björn. „Fährst du mit mir, Dizzy?"

„Klar." Der Drummer warf sich seine Lederjacke um. Mit den Händen in den Hosentaschen schlenderte er zur Tür.

Jo Anne stand auf und fühlte sich gleich um vieles wohler. Pit, der zu ihr getreten war, musterte sie scharf. „Bist du okay?", fragte er besorgt. „Siehst müde aus, Jo Anne, erschöpft irgendwie."

Jo Anne kannte Pit noch von der Schule her. Solange sie denken konnte, waren sie gute Freunde gewesen. Streit zwischen ihnen gab es nur selten, und wenn, so handelte es sich nur um harmlose Plänkeleien. Bis vor einigen Wochen, als es fast zu einer ernsthafen Krise zwischen ihnen gekommen wäre: Pit mochte Simon nicht. Sein Verhalten Jo Anne gegenüber ging ihm persönlich gewaltig gegen den Strich. Als er deshalb ein, zwei leise Andeutungen gemacht hatte, war Jo Anne sofort wütend hoch gefahren. Ihre Beziehung ginge ihn rein gar nichts an, wenn er Simon nicht akzeptieren könne, werde sie sich ebenfalls schleunigst verabschieden. Peng!

Irritiert hatte sich Pit sofort entschuldigt und gefragt, ob sie, als Wiedergutmachung, mit ihm zu *Queen* gehen wolle. Die Karten habe er bereits besorgt. Zu jenem Zeitpunkt hatte Jo Anne dankend abgelehnt, Simon und sie wollten ja ins Konzert. Und nun, nun ging sie doch mit Pit.

„Mit mir ist absolut alles okay", wehrte sie Pits Sorge lächelnd ab. „So sehen Schwangere nun mal ab und zu aus. Bloß keine Panik!" Sie dachte an Simon. Das fehlte noch, dass Pit plötzlich vor lauter Fürsorge einen Rückzieher machte. In kürzester Zeit wäre sie am Ziel, im Olympiastadion ... dort, wo Simon diesen Abend verbrachte. Noch bevor das Konzert vorüber, der letzte Ton verklungen war, würde sie endgültig wissen, woran sie in Zukunft bei ihm war. Jo Anne begann, mit offenen Augen zu träumen: Sie sah im Geiste Simons erstauntes Gesicht vor sich, wenn sie schließlich vor ihm stehen würde. „Okay", würde er sagen, „das Baby braucht uns beide."

Dizzy schreckte sie aus ihren wunderschönen Wunschträumen hoch. Er sagte: „Einverstanden, wenn ich Gila anrufe? Mal sehen, ob David seinen Presseausweis schon abgeholt hat."

Jo Anne beobachtete Dizzy, wie er wählte, und sie hörte, dass die Antworten, die auf seine Fragen kamen, ihn nicht gerade begeisterten. Wieso wurde ihr auf einmal so unbehaglich zu Mute?

„Und? Gibt's Probleme?", wollte Björn wissen, als Dizzy aufgelegt hatte.

„Der Presseausweis liegt noch in der Redaktion", antwortete Dizzy nachdenklich. „David war zwar da, ist aber sofort wieder verschwunden. Kapiert ihr das?"

„Na, wenn schon", meinte Pit gleichgültig, „dann holt er ihn eben später. Wir haben ja noch massenhaft Zeit."

„Vielleicht sollten wir noch 'ne Weile warten", schlug Björn vor.

Dizzy nickte. „Seh' ich auch so."

Jo Anne ballte die Fäuste, die Muskeln ihres Körpers spannten sich an. Dass David die bestimmende Figur in der Band war, hatte sie sofort gemerkt. Dieser merkwürdig faszinierende Charme, den er ausstrahlte und dem sich scheinbar niemand entziehen konnte, dazu dieser hintergründige Blick, mit dem er alles und jedes gnadenlos taxierte. Er war ihr unangenehm gewesen. Jo Anne wurde das peinliche Gefühl einfach nicht los, von David irgendwie durchschaut worden zu sein. Kurzum, sie reihte ihn in jene Kategorie Menschen ein, die schon durch ihr bloßes Dasein ihre Umwelt verunsicherten. Normalerweise ging sie solch dominierenden Leuten tunlichst aus dem Weg. Diesmal aber kam sie mit ihrer bewährten Fluchtmethode nicht davon. David war ein wichtiger Teil der Band – wenn nicht der wichtigste überhaupt. Das heißt, war David nicht eigentlich völlig egal? Schnell zog sie Pit beiseite. Wenn sie erst mal im Olympiastadion war, brauchte David sie nicht mehr zu kümmern. „Können wir nicht schon vorgehen?", fragte sie den Bassisten. „Ich meine, ist es nicht egal, wo wir warten?"

Die Antwort kam prompt und versetzte Jo Anne einen leisen Stich. „Ohne David läuft hier nichts", sagte er. „Entweder gehen wir zusammen oder gar nicht."

Hatte sie es nicht gewusst?! Ironie des Schicksals! Nicht an ihr, sondern an David lag es nun, ob ihr Plan glückte oder nicht. Jo Anne war den Tränen nahe.

11

Jennifers Wohnung lag im obersten Stock eines zehnstöckigen Altbaugebäudes, in dem es einen Fahrstuhl gab, der aber meistens nicht funktionierte. „So halte ich mich wenigstens fit", hatte Jenny einmal lachend zu Mike gesagt, als er sich darüber bitter beklagte.

Jenny liebte ihre Wohnung. Noch gehöre sie ihrem Vater, erzählte sie Mike, doch schon bald werde sie finanziell in der glücklichen Lage sein, sie ihm abzukaufen.

Als Mike an diesem Nachmittag Jennys Heim zum ersten Mal nach Monaten wieder betrat, sprang ihm der düstere, lang gestreckte Flur sofort in die Augen. Er war so schmal, dass nicht einmal Platz für eine anständige Garderobe vorhanden war, aber auf Komfort hatte Jennifer ohnehin nie sonderlich viel Wert gelegt. Gleichgültig, ob billig, teuer, erlesen oder modern, Hauptsache, die Dinge waren praktisch. In Jennifers Leben spielte Geld keine wichtige Rolle. Nur für ihre Garderobe gab sie Unsummen aus. Ihr Äußeres hegte und pflegte sie wie einen seltenen Schatz – nicht zu Unrecht, war doch ihr Körper ihr größtes Kapital. Wofür Jenny ebenfalls Unsummen verschleuderte, waren wertvolle Münzen, die sie sammelte, wie andere Briefmarken. Wenn Mike jetzt darüber nachdachte, konnte er nicht verstehen, wieso Jennifer die Finanzen ihrem Vater, einem profanen Lehrer, so vertrauensvoll in den Schoß gelegt hatte.

Mike begann seine Suche nach Davids Adresse in der Küche, einem hell möblierten Raum mit zwei nebeneinander liegenden winzigen Fenstern. Die rotweiß karierten Vorhänge gaben der Einrichtung einen bürgerlichen Touch, doch die pompösen, chromfarbenen Barhocker in der Mitte des Raums setzten diesem Eindruck sofort ein jähes Ende. Ein Hauch von Exzentrik kam zum Vorschein.

Mit ein paar Schritten war Mike am Küchenschrank. Hier, in einer Schublade unter dem Besteckkasten, bewahrte Jenny einige, auf Zetteln gekritzelte Adressen auf. Eine dumme Angewohnheit, die Mike oft rasend gemacht hatte, und die er Jennifer nie hatte abgewöhnen können. Als er die Schublade herauszog, hörte er tapsende Schritte im Flur. Sie kamen rasch näher.

Erschrocken drehte sich Mike um und sah eine zierliche junge Frau in weißem Frotteemantel in der Tür stehen. Die Haare hingen in nassen Strähnen auf die Schultern herab. Bei Mikes Anblick erstarrte sie vor Schreck. Doch schon einen Moment später kam wieder Leben in sie. Blitzschnell drehte sie sich um und raste ins Wohnzimmer zum Telefon.

Mike setzte ihr hastig nach. „Jennys Vater gab mir die Schlüssel", rief er.

Als er das Wohnzimmer betrat, hockte die Fremde mit

hochgezogenen Knien in einem Sessel, den Hörer hielt sie krampfhaft an die Brust gepresst. „Jennifers Vater?", wiederholte sie ungläubig. „Wer sind Sie?"

„Jennys Freund."

„Das kann jeder sagen." Mit zitternden Fingern begann sie, die Rufnummer der Polizei zu wählen.

„Okay, wenn Sie sich unbedingt unsterblich blamieren wollen ..." Mike grinste herablassend, zuckte dann gleichgültig die Schultern und kehrte in die Küche zurück. Während er den Besteckkasten aus der Schublade hob, lauschte er angestrengt. Nichts. Das Mädchen schien sich die Sache überlegt zu haben. Eine Minute verstrich, dann stand es wieder in der Tür. „Wer sind Sie?", wiederholte es.

„Mike. Und Sie?"

„Kiki, Jennys Kollegin und leider noch ein absolutes Greenhorn in der Branche." Ein Seufzer rutschte über ihre Lippen.

Für Mike war das Gespräch beendet. Er konzentrierte sich auf die vielen kleinen Zettel, die er vor sich auf den Küchentisch gebreitet hatte. Davids Adresse war nicht darunter.

Kiki schien ihr Misstrauen vollständig verloren zu haben. Sie kam näher und setzte sich auf einen Barhocker. „Jenny hat mir erlaubt, hier so lange zu wohnen, bis mir eine eigene Bleibe zwischen die Finger kommt", erklärte sie.

„Typisch Jenny", dachte Mike. Sie las buchstäblich alles auf, was nur annähernd heimatlos wirkte.

Mike schob die Zettel zusammen und legte sie in die Schublade zurück. Er verließ die Küche und betrat Jennys Arbeitszimmer. Kiki folgte ihm. Sie schien fast froh über diesen unerwarteten Besuch zu sein.

„Kann ich Ihnen helfen?", fragte sie, als sie sah, dass er den Inhalt einer anderen Schublade auf den Tisch leerte. „Im Suchen bin ich erste Sahne."

Schon wollte Mike spontan ihr Angebot ablehnen, aber dann erinnerte er sich, dass Kiki ja Model war. „Kennen Sie David Sandberg?", fragte er.

„Klar kenne ich David. Wir arbeiten zusammen. Wieso?"

„Jennys Unfall ... Es gibt da noch was zu klären", antwortete Mike so unverfänglich wie möglich. „Seine Adresse wär' mir eine unschätzbare Hilfe."

„Wenn Ihnen die Studioadresse reicht?"

Mike nickte. „Glück muss der Mensch haben!", dachte er zufrieden und riss schnell ein Stück Papier von einem Block. „Überraschung, David! Fang schon mal an, dich zu freuen."

„Shadow-Studio ..." Kiki diktierte.

12

Mit sieben Jahren hatte Gila zum ersten Mal einen Zauberer gesehen: Einen spindeldürren Mann mit tief in den Höhlen liegenden dunklen Augen und einer auffälligen Hakennase. Gekleidet war er in einen schwarz schimmernden Seidenanzug, aus dem ein steifer weißer Kragen hervorlugte. Geschmeidig bewegte er sich auf der Bühne hin und her. Seine langen, schlanken Finger wirkten auf Gila wie wendige Schlangen, mit denen er weiße, gurrende Tauben aus einem leeren Zylinder hervorflattern ließ, bunte Tücher in bunte Blumensträuße verwandelte oder seine bildhübsche Assistentin federleicht durch die Luft schweben ließ. Wie trunken hatte Gila diese unglaublichen Dinge in sich aufgenommen. Erst zwei, drei Jahre später war sie dahinter gekommen, dass all jene fantastischen Kunststücke auf simplen, leicht durchführbaren Tricks beruhten. Erst einmal durchschaut, verschwand die Faszination, das aufregende, prickelnde Gefühl, dem Geheimnisvollen begegnet zu sein.

Die Erfahrung, die Gila für sich daraus gezogen hatte, war, dass hinter jedem Geheimnis eine faustdicke Lüge steckt, die nur dazu dient, die Wahrheit möglichst geschickt zu verbergen.

Geheimniskrämerei lag nicht in Gilas Natur, und deshalb fiel es ihr auch schwer, diese Taktik bei anderen zu akzeptieren. Die Wahrheit ließ sich nun mal leichter handhaben und führte obendrein direkter zum Ziel. Diese innere Haltung erschwerte es Gila jetzt, David zu begreifen. Das Geheimnis, das er um den Unfall machte, missfiel ihr. Und je häufiger sie darüber nachdachte, umso unbehaglicher wurde ihr zu Mute. Was versuchte David so krampfhaft zu verbergen? Was? Er war ein sicherer und vorsichtiger Autofahrer. Hinzu kam, dass zur Unfallzeit so gut wie kein Verkehr auf den Straßen geherrscht hatte. Ein nebelfreier Vorsommerabend, kein Regen, ideale Straßenbedingungen. Gila kam immer wieder zum selben Schluss: Jennifer musste David vor oder während der Fahrt die Wahrheit über ihre Krankheit erzählt haben. Wahrscheinlich während der Fahrt.

Gila konnte es David gut nachempfinden, wie sehr ihn diese Beichte aus der Bahn geworfen haben musste. Seine Gefühle für Jennifer gingen weit über die üblichen Freundschaftsregungen hinaus. Sie war wie eine Schwester für ihn, außerdem war er ihr dankbar. Ohne sie hätte er nach seinem Londonaufenthalt hier nie oder nur äußerst schwierig beruflich Fuß fassen können. Zudem schweißten sie die gemeinsam erlebten Höhen und Tiefen erst recht zusammen. So gesehen, war eine Schockreaktion durchaus verständlich. Aber auch ein Autounfall – ?

Gila war noch keine halbe Stunde von Madame Iris zurück, da tauchte David in ihrem Büro auf. An seinem Gesichtsausdruck erkannte sie, wie wütend er war. Die Stirn leicht gefurcht, das Kinn vorgeschoben, so starrte er sie an.

„Du warst bei Jennifer?", kam er sofort auf den Punkt.

Gila lehnte sich zurück. „Suchst du Streit, David?"

„Lass sie in Ruhe, Gila, hörst du? Wieso musst du sie unbedingt öffentlich ausschlachten? Braucht das dein journalistisches Ego? Gierst du so sehr nach Erfolg?"

„Du tust mir Unrecht, David", versuchte Gila sich zu verteidigen. „Meine Güte, merkst du denn nicht, dass du völlig durchdrehst? Was soll der Quatsch?"

„Und was soll der Quatsch mit dem Interview?"

„Es gab kein Interview, und es wird auch keines geben",

nahm ihm Gila ärgerlich das Wort. „Deine unfairen Anklagen nerven, weißt du das? Der Einzige, der hier wirklich unfair handelt, bist du, David." Sie sah ihm zwingend in die Augen. „Oder weshalb sonst, verschweigst du so beharrlich, was an jenem Unfallabend geschah?"

Seine Miene nahm einen gleichgültigen Ausdruck an. „Was soll schon passiert sein? Ich hab' einen Moment die Kontrolle über meinen Wagen verloren. Kann doch vorkommen, oder?"

„Zwecklos!", dachte sie enttäuscht. „David sieht mich auf einmal als Feindin. Wieso vertraut er mir nicht?" Gila seufzte. „Himmel, David, kennst du mich so schlecht? Glaub mir, ich würde weder dir noch Jenny jemals schaden."

David lachte spöttisch. „Genau. Und das behauptet ausgerechnet eine Reporterin! O Gila, für wie blöd hältst du mich eigentlich?" Er wandte sich ab. „Kommst du mit zu *Queen?"*, lenkte er ab.

Sie schüttelte den Kopf. „Tut mir Leid, ich hab' Dringenderes zu tun. Übrigens, Dizzy rief eben bei mir an. Die Jungs brechen in ungefähr einer Stunde auf." Schnell reichte sie David den Presseausweis. „Viel Spaß!", wünschte sie noch, dann beugte sich wieder über ihren Schreibtisch. So konnte David wenigstens die Enttäuschung nicht sehen, die sich in ihrem Gesicht spiegelte.

Die Tür fiel ins Schloss. David war grußlos gegangen.

13

Mike war Lehrer mit Leib und Seele. Es machte ihm Freude, junge Menschen heranwachsen und reifen zu sehen, und es befriedigte ihn zutiefst, sie auf das vorzubereiten, was er das „harte Leben" nannte. Natürlich hatte er anfangs enorme Schwierigkeiten gehabt, mit den verschiedenen Charakteren seiner Schüler klar zu kommen. Inzwischen wusste er aber, dass diese halbwüchsigen Kinder im Grunde alle gleich waren: rebellisch nach außen, doch in ihrem Inneren hilflos und schwach. Und sie alle brauchten dasselbe: sein, Mikes Wissen, seine Erfahrung, seinen Weit- und Weltblick. Mike hielt sich für fähig und sensibel genug, um diese „Menschlinge", wie er seine Schüler nannte, am besten führen zu können. Im Laufe der Jahre hatte sich diese Sensibilität seiner Meinung nach sogar noch verfeinert. Und heute konnte er mit einem gewissen Stolz von sich selbst behaupten, dass er einen sicheren Blick für alles Schwache und Unreife besaß.

Genau deshalb hatte er beim ersten Kennenlernen treffsicher erkannt, dass Jennifer in jene Schublade der Schwachen hineingehörte. Sie war wie ein schöner, schillernder Schmetterling, klein und zerbrechlich, der sinnlos und nutzlos durch einen strahlenden Sonnentag gaukelt, nichts ahnend von der Bösartigkeit dieser Welt. Sofort hatte Mike darin die lohnende Aufgabe gesehen, Jennifers labilen Charakter zu festigen. Es war schwieriger, als er erwartet hatte. Jennys widerborstiges Wesen warf ihm immer wieder Prügel in den Weg.

„Ich bin weder geistlos noch schwach", hatte sie sich oft zornig verteidigt. „Ich wurde, wer weiß wie oft, ausgenutzt, belogen und jämmerlich betrogen. Bin ich untergegangen? Bin ich daran zerbrochen? Nein, bin ich nicht! Wie erwachsen soll ein Mensch denn noch werden?"

In ruhigem, nachsichtigem Ton hatte er geantwortet: „So erwachsen, dass du fähig bist, dir Kerle wie David Sandberg vom Hals zu schaffen!"

Warum hatte Jennifer nie ernsthaft versucht, ihn richtig zu verstehen? Dieses seichte, verantwortungslose Milieu, in das David sie hineingezerrt hatte, war nichts für sie. Vollkommen stur hatte Jenny protestiert. Vehement war sie für ihre Freunde eingetreten, hatte sie verteidigt und in Schutz genommen.

Und nun hatte sie sich ihre bezaubernden Finger verbrannt! Dank David. Mike konnte nicht daran denken, ohne dass erbärmliche Wut in ihm hochkroch. „Wahrscheinlich warst du stockbesoffen", sagte er zu dem Stück Papier, auf dem Davids Adresse stand. „Alkohol und Drogen – das Butterbrot jedes Künstlers."

Mike saß noch immer in Jennys Arbeitszimmer. Allein hockte er am Schreibtisch und nahm in jedem Gegenstand Jennys Anwesenheit wahr.

Eine halbe Stunde später kam Kiki ins Zimmer gestürmt. „Ein Anruf für Sie", rief sie.

Verwundert blickte er hoch. Wer sollte ihn hier anrufen? Eigentlich kam nur einer in Frage: Richard Gall. Ein gewaltiger Schreck jagte Mike durch die Glieder. „Jennys Zustand hat sich verschlechtert!", wusste er intuitiv. Hastig schob er den Zettel mit Davids Adresse in seine Jacke und eilte zum Telefon. Kiki verschwand im Gästezimmer. „Hallo?", rief Mike kurz darauf in den Hörer. Es war tatsächlich Jennifers Vater am anderen Ende. „Was ... was ist mit Jenny?" Mike hielt den Atem an und lauschte ... Die Tür zum Balkon stand weit offen. Lärm von draußen drang herein – der Krach von der Straße, Autohupen, Motorengeräusche, Radau vom Nachbarbalkon, Kinder, die kreischend miteinander stritten, und dazwischen ein Baby, das irgendwo fröhlich und vergnügt jauchzte. ... Mike lauschte, ungläubig, versteinert ... Ein feiner Schweißfilm kroch auf seine Stirn.

Im Zimmer nebenan zwängte sich Kiki in enge, verwaschene Jeans. Ein zitronengelber Pulli bedeckte ihren wohlproportionierten Oberkörper. Dann föhnte sie ihr Haar trocken und band es mit einem dünnen, schwarzen Samtband im Nacken zusammen. Als sie das Wohnzimmer wieder betrat, hatte Mike aufgehört zu telefonieren. Er stand am Fenster und starrte auf die Straße hinaus.

„Alles okay?", fragte Kiki. „Ich meine, vorhin, das war doch Jennys Vater, stimmt's?" Sie schluckte. „Wie geht's ihr?"

Mike drehte sich um. „Soweit ganz gut", antwortete er kühl. Er hatte keine Lust, mit einer Fremden über Jenny zu diskutieren.

Kiki atmete erleichtert auf. Ein Lächeln flog über ihr Gesicht. „Wann kommt sie nach Hause? Ohne sie ist die Wohnung ziemlich leer."

„Ich schätze, 'ne Weile wird's schon noch dauern."

Kiki machte ein unglückliches Gesicht. Sie erzählte Mike, wie viel sie Jennifer verdankte – beruflich und überhaupt. Grenzenlose Bewunderung schwang in ihrer Stimme. „Alle mögen sie", schwärmte Kiki. „Besonders die Fotografen lieben sie. Ich kenne keinen, der nicht gerne mit ihr zusammenarbeitet. Jenny ist einfach überall der Star."

Mike zuckte zusammen. David! Da war er wieder! Mike fragte: „Wie verstand sie sich mit David?"

„Einfach prima! Ein tolles, eingespieltes Team, das sich super ergänzt." Lachend warf sie ihren Kopf in den Nacken. „So super, dass ich anfangs sogar glaubte ..."

„Ja?", drängte Mike, als Kiki stockte, obwohl er wusste, was kommen würde. Er hatte das auch immer geglaubt.

Kiki fuhr lachend fort: „Verrückt, ich weiß, aber ich hätte gewettet, dass die beiden ein Verhältnis miteinander haben. Auf mich wirkten sie so, als seien sie wahnsinnig ineinander verliebt."

Jenny und David! Finster sah Mike vor sich hin. Eine kurze, nichts sagende Affäre. Es *musste* so sein! Nur dann ließ sich alles logisch erklären.

14

Im Treppenhaus war es empfindlich kühl. Stefanie fröstelte. Rasch knöpfte sie ihren oliv farbenen Parka zu, und sofort fühlte sie sich behaglicher. Eine geschlagene Stunde hockte sie nun schon in diesem kalten, grauen Treppenhaus. Mit dem Rücken lehnte sie am Geländer, die Knie hatte sie hochgezogen. Meist hielt sie die Augen geschlossen und öffnete sie nur, wenn sich Schritte näherten. Bisher war Stefanie nur enttäuscht worden, denn der, auf den sie wartete, hatte sich noch nicht blicken lassen. Aber Stefanie war geduldig – unglaublich geduldig. Ohne diese zähe Beharrlichkeit wäre sie in ihrem Leben bestimmt längst gescheitert, doch sie hatte sich immer wieder aufgerappelt. Eine Tür fiel in einem der oberen Stockwerke krachend ins Schloss. Stefanie öffnete die Augen. Eine junge Frau mit einem etwa siebenjährigen Kind an der Hand spazierte die Stufen herab. Sie war nicht die Erste, die das Mädchen auf der Treppe verwundert anstarrte. Stefanie störte es nicht, neugierig begafft zu werden, es hatte sie noch nie sonderlich gestört. Sensationslust steckte nun mal in jedem Menschen.

„Kann ich Ihnen helfen?", fragte die junge Frau freundlich.

Stefanie schüttelte den Kopf. Ihr grell geschminkter Mund deutete ein Lächeln an. „Ich warte auf jemanden", erklärte sie und wies beiläufig auf die gegenüberliegende Tür.

„Ich fürchte, da werden Sie wenig Glück haben. Der ist neuerdings kaum zu Hause."

„Dafür hab' ich Geduld", dachte Stefanie und schloss die Augen wieder. Viel zu oft hatte sie es in den vergangenen Tagen telefonisch versucht. Vergebens. Vielleicht gelang es ihr auf diesem Weg, endlich mit Mike zu sprechen.

Nach einer weiteren Stunde zog Stefanie ein Zigarettenpäckchen aus dem Parka. Ein Stück Papier flatterte zu Boden: eine Eintrittskarte zu *Queen*.

Unschlüssig starrte Stefanie darauf nieder.

15

Kiki lehnte an der Spüle und kaute an einer dicken Karotte. Neugierig beobachtete sie Mike, der vor einer Pinnwand stand, die Jennifer zwischen den beiden Fenstern befestigt hatte. Ein paar Fotos hingen daran. Die meisten waren von Jenny und David, ein paar von Jennys Vater und ihrer verstorbenen Mutter. Auch ein Bild von Gila war darunter. Eine verschwommene Aufnahme, die Jenny selbst geschossen hatte. Versehentlich hatte sie auf Davids Kameraauslöser gedrückt. Es zeigte Gila, wie sie gerade das Studio betrat. Der grüne Jogginganzug, den sie an jenem Spätnachmittag getragen hatte, machte ihr Gesicht blass, und die dunkle Sonnenbrille auf der Nase verstärkte diesen Eindruck noch. Neben den Fotos hingen Zettel, auf denen Fototermine gekritzelt waren. Auch eine angefangene Einkaufsliste konnte Mike erkennen. Und – siedend heiß durchfuhr es ihn – eine Konzertkarte!

„Aber natürlich!", dachte er. „Wie konnte ich das bloß vergessen! Jenny wollte zu *Queen*. Zusammen mit David."

Fieberhaft suchte Mike die Pinnwand nach einer zweiten Karte ab. Als er sie nirgends entdecken konnte, sagte er zu Kiki: „Eine Eintrittskarte fehlt, ich bin ganz sicher."

Kiki zuckte bedauernd die Schultern. „Ach ja?" Seelenruhig begann sie, eine zweite Karotte zu schaben.

Mike überlegte. Sicher hatte Jenny David die Karte schon vor Monaten zugesteckt. Er würde also an diesem Abend bei *Queen* sein. Der Gedanke gefiel Mike. Hastig nahm er die Karte an sich.

Einen Augenblick später war Kiki allein. Mike hatte die Wohnung verlassen. Als die Tür hinter ihm ins Schloss fiel, zauberte sie aus ihrer Jeans die zweite Karte hervor. *„Queen in concert",* murmelte sie. „Und ich bin dabei."

16

Das Foto zog alle Blicke auf sich. Es steckte in einem braunen Holzrahmen, der über dem Schreibtisch hing. Gila hatte es schon früher einmal in Jennifers Album gesehen. Das Bild zeigte eine begeistert Ball spielende Jenny inmitten einer herumtobenden Horde Kinder. Das schwarzweiß getupfte Tuch war ihr in den Nacken gerutscht und flatterte fröhlich im Wind. Besonders dieses Foto mochte Gila sehr, Jennifer wirkte so natürlich darauf. Ein Außenstehender hätte nie ein gestelltes Bild dahinter vermutet.

Gila löste ihren Blick von dem Foto, kramte ein kleines, handliches Tonbandgerät aus der Tasche und stellte es auf den Tisch. Vor einer halben Stunde war der Anruf in die Redaktion gekommen. „Wie viel ist Ihnen eine Story über David Sandberg wert?", hatte die Männerstimme gefragt.

„Kommt darauf an?", war Gilas gelassene Antwort gewesen.

„Ich sage nur: David Sandberg und Aids!"

Heiß und kalt war es Gila den Rücken hinabgerieselt. Rasch hatte sie ein Treffen ausgemacht. Als sie die Adresse des Anrufers notierte, war sie erschrocken zusammengezuckt. Ihr Instinkt sagte ihr, dass eine gefährliche Lawine ins Rollen geriet.

Nun saß Gila also hier, in Mikes Wohnzimmer, mit einem geschäftstüchtigen Lächeln auf dem Mund, hinter dem sie ihr Gefühlschaos zu verbergen suchte. Sie drückte auf den Aufnahmeknopf. Gleichzeitig fragte sie: „Am Telefon erwähnten Sie Aids, Herr ..."

„Nennen Sie mich bitte Mike", antwortete er. „Richtig, Aids. Aids und David Sandberg. Sie wissen, wen ich meine?"

„Wer kennt diesen exzellenten Fotografen nicht?", wich sie aus. „Welchen Zusammenhang sehen Sie zwischen ihm und der Immunschwächekrankheit?"

Mike machte eine unheilschwangere Pause. „Nun, er *hat* sie", antwortete er, ohne mit der Wimper zu zucken. „Er ist aidskrank. David Sandberg hat Aids! Das muss man sich erst mal in einer ruhigen Minute zu Gemüte führen, was? Nicht zu fassen!"

Auf alles Mögliche hatte sich Gila vorbereitet. Auf unglaubliche Anschuldigungen, Vorwürfe, Wut ... Aber diese Behauptung riss ihr den Boden unter den Füßen weg. „Soll das ein Witz sein?", fragte sie scharf. „Oder können Sie das beweisen?"

Ihre Reaktion schien Mike zu enttäuschen. Seine Mundwinkel fielen herab, er runzelte die Stirn. „Sie sind nicht begeistert?"

„Begeistert? Na, hören Sie mal! Verlangen Sie da nicht etwas zu viel? Wie ... wie kommen Sie überhaupt darauf? Sie stellen lediglich eine Behauptung in den Raum. Ich frage Sie noch einmal: Haben Sie Beweise dafür? Welche? Woher?" Die Fragen sprudelten ihr über die Lippen.

„Ich verfüge über eine erstklassige und zuverlässige Informationsquelle."

Gilas Kehle war wie zugeschnürt. Es erschreckte sie, wie selbstbewusst, wie überzeugt Mike über diese Sache sprach. So, wie er ihr im Sessel gegenüber saß, die Beine lässig von sich gestreckt, einen siegessicheren Blick in den Augen, wirkte er wie ein Gewinner. Sein Benehmen, jede Gestik, und der klare Ton in der Stimme, untermauerte das alles noch.

Gila spürte, dass sich etwas in ihr dagegen sträubte. „Ich darf mich jetzt nicht einschüchtern lassen", dachte sie. Laut sagte sie: „Haben Sie nichts Handfesteres zu bieten? Ein ärztliches Attest, zum Beispiel."

Mike winkte ab. „Nicht nötig. Genügt es, wenn ich Ihnen sage, dass David einen anderen Menschen mit Aids infiziert hat?"

„Gütiger Himmel!", schoss es Gila durch den Kopf. Was kam da bloß auf sie zu? Sie spürte, dass sie innerlich zu zittern begann. „Wen? Wen hat er infiziert?"

Wie aus der Pistole geschossen antwortete Mike: „Jennifer Gall – das Fotomodel."

Das Zittern in Gila nahm zu. Dass Jenny Aids hatte, wusste sie ja schon, aber dass David sie infiziert haben sollte, traf sie wie ein Schlag. Nicht eine Minute hatte sie an diese Möglichkeit gedacht. Nicht eine Sekunde! „O Gott!" Gilas Gedanken rasten. Der Unfall! Plötzlich bekam er ein völlig neues Gesicht.

Mike fuhr fort: „David Sandberg, ein mieser Fixer! Wer hätte das gedacht. Na ja, mich überrascht das gar nicht. Ob Musiker, Maler, Schauspieler ... Künstler sind doch im Grunde alle kleine, verkommene Junkies."

„Seien Sie bitte etwas vorsichtiger mit Ihren Anschuldigungen", widersprach Gila kühl. „Vor Monaten habe ich in diesem Bereich gründlich recherchiert. Dann und wann sollten Sie auch mal einen Blick auf Zahlen und Fakten werfen."

Helle Röte stieg Mike bei Gilas Worten in die Stirn. „Langsam bekomme ich den Eindruck, dass Sie an meiner Story nicht interessiert sind", knurrte er. „Vielleicht sollte ich mich lieber an einen Ihrer Kollegen wenden."

„Bloß das nicht!", hämmerte es in Gilas Kopf, und sie überlegte fieberhaft, wie sie diesen Besessenen, der vielleicht nur ein jämmerlicher Denunziant war, in Schach halten konnte.

„Grundsätzlich ist es mir egal, wer David Sandberg öffentlich anprangert", hörte sie Mike sagen. „Worum es mir eigentlich dabei geht: Für das, was er Jennifer Gall angetan hat, soll er bestraft werden."

Das wurde ja immer schrecklicher! Gila war drauf und dran, ihre Beherrschung zu verlieren. So ruhig wie möglich konterte sie: „Was für ein Unsinn! Man kann niemanden wegen einer Krankheit bestrafen."

„Nicht per Gesetz, nein, aber es gibt andere Möglichkeiten. Sie verstehen?"

O ja, und wie sie verstand! Gila wurde unvermittelt von einer unerklärlichen Furcht übermannt. „Können Sie beweisen, dass David Sandberg drogenabhängig ist oder war?", nahm sie ihr Interview wieder auf. „Wer ist Ihre so genannte ‚zuverlässige Quelle'?"

Als Mike bedauernd die Schultern zuckte und erklärte, dass er seinen Informanten unter keinen Umständen preisgeben wolle, erhob sich Gila. Auf Grund von bloßen Anschuldigungen würde sich kein seriöser Kollege zu einem solch rufschädigenden Artikel hinreißen. Andererseits: War es in der jetzigen Situation nicht weitaus klüger, Mike für eine Weile auf Eis zu legen?

„Na schön, Sie verstehen, dass ich in diesem Fall etwas Zeit benötige, um zusätzliche Recherchen anzustellen."

„Natürlich. Ist doch klar!", fiel Mike auch prompt auf ihre Hinhaltetaktik herein.

„Bis dahin ...“

„Sind meine Lippen versiegelt!“, versicherte er und strahlte. Allein dafür hätte Gila ihm am liebsten den Hals umgedreht. „Sie melden sich bei mir, Frau Herzog?“

„Aber klar. Schon in den nächsten Tagen.“

Von einem Fenster aus beobachtete Mike, wie Gila das Haus verließ und zu ihrem Wagen eilte. Während des ganzen Interviews hatte er sich verzweifelt zu erinnern versucht, woher er Gila Herzog kannte. Er war ihr ganz sicher schon einmal begegnet. Nur wo?

Mike kniff die Augen zusammen. Gila sperrte den Wagen auf, aus ihrer Handtasche holte sie eine Sonnenbrille hervor. Endlich fiel der Groschen ...

Der Wagen war längst verschwunden, als Mike das Telefonbuch ergriff. Kurz darauf wählte er die Nummer einer anderen x-beliebigen Zeitung. „Den Chefredakteur, bitte“, verlangte er. Und dann, nach einer Weile: „Ich habe eine unglaubliche Story für Sie. Ich sage nur: David Sandberg und Aids! Sie sind interessiert? Ja, Montag früh passt prima.“

Sein Blick flog zu Jennys Foto hin. „Das hättest du wohl auch nie gedacht, was?“, fragte er. „Gila Herzog will die Sache vertuschen!“

17

Gila fuhr nicht in die Redaktion zurück, sie fuhr nach Hause, wo sie das elegante Kostüm mit bequemer Freizeitkleidung vertauschte. Wahllos schlüpfte sie in die nächstbeste Jeans und Bluse. Ihre Bewegungen waren fahrig und nervös.

„Bist du verrückt geworden?“, schimpfte Gila leise mit sich selbst. „Da setzt ein Wahnsinniger Gerüchte über David in die Welt, und du gehst ihnen nach, als würdest du sie glauben."

Ihre mahnenden Worte verhallten im Raum, und sie bewirkten nichts. Die Zweifel, die Gila seit dem Interview mit Mike gepackt hatten, ließen sich einfach nicht vertreiben. Sie bohrten und zerrten und flößten ihr Furcht ein.

„Was weiß ich schon von David?", dachte Gila. „Über ihn und über seine Vergangenheit? Doch so gut wie nichts. David wollte nie darüber reden, und ich hab' das respektiert."

Doch nun hatte sich die Situation geändert. Plötzlich war Davids Vergangenheit nicht nur wichtig, sie war lebenswichtig geworden.

Jenny hatte Aids. Von David? „Warum nicht?", überlegte Gila. „O Gott, wer bist du, David? Was hast du getan, erlebt, gefühlt? Was für ein Leben hast du gelebt?"

Gila wusste, dass David zwei Jahre in London gearbeitet hatte. London ... Konnte er womöglich dort mit Drogen in Berührung gekommen sein?

Gila schüttelte heftig den Kopf. Nein, nicht David!

Und wenn doch? Hatte er deshalb Aids? Hatte er es überhaupt?

Gila musste ins Olympiastadion. Sofort. Irgendwo dort würde sie David finden – *musste* ihn finden! Und diesmal würde sie sich nicht mehr abwimmeln lassen. Sie brauchte endlich Gewissheit!

Hastig streifte sie sich eine Jacke über. Doch mitten in ihrer Bewegung erstarrte sie. Ein entsetzlicher Gedanke überfiel sie ...

„Vorausgesetzt, das Schlimmste trifft ein, und David ist infiziert?", grübelte sie. „Was ist dann mit mir? Muss ich logischerweise nicht auch infiziert sein – ?"

„Das kannst du doch nicht machen!", rief Dizzy ärgerlich. „Abgemacht war, dass wir alle zusammen zu *Queen* gehen."

„Ich hab's mir aber anders überlegt", erklärte David ungehalten. Vor fünf Minuten hatte er den Übungsraum betreten und verkündet, dass er auf das Konzert lieber verzichten wollte.

Björn versuchte es auf die vorwurfsvolle Tour: „Sind wir nun ein Team oder nicht?"

Jo Anne traute ihren Ohren kaum. Hatte sie es nicht gewusst? David verpatzte alles! Leise stöhnte sie auf, und sofort musterte Pit sie besorgt. Er nahm ihre Hand und drückte sie behutsam. Dann sagte er: „Ich verzichte auch auf *Queen*. Ich glaub', Jo Anne braucht dringend 'nen Arzt."

„Akzeptiert", nickte Dizzy, „aber welchen Grund hast du, David?"

David erzählte ihnen etwas über die Sorgen, die er sich um Jennifer machte, über die Arbeit, die in seinem Studio wartete, und darüber, dass er ohne Gila ohnehin keine Lust auf das Konzert hatte.

„Na prima", höhnte Björn, „Gila kommt also auch nicht mit! Aber ich, ich lasse mir das nicht entgehen. Ein solches Ereignis kommt so bald nicht wieder."

18

Die U-Bahn Richtung Olympiastadion war schon am frühen Nachmittag voll besetzt. Stefanie wunderte sich nicht. Zu *Queen* machte man sich am besten so früh wie möglich auf den Weg, um einen super Platz zu ergattern.

Stefanie stand in einem Wagon, mit dem Rücken an die geschlossene Tür gelehnt. Zugluft streifte ihr Gesicht. Durch das gegenüberliegende Fenster sah sie dunkle Betonwände in Windeseile vorbeisausen.

Mit zwölf oder dreizehn Jahren hatte Stefanie *Queen* zum ersten Mal im Radio gehört. Die Colliehündin, die sie im selben Monat geschenkt bekommen hatte, nannte Stefanie nach diesem Song: *Liar.*

„Nur ich allein bin so verrückt", hatte sie damals seufzend gedacht. Doch dann, als im Herbst das neue Schuljahr begann, wurde sie von ihrer Clique fröhlich mit den Worten *Keep yourself alive* begrüßt. „Keep cool" war out, genauso wie „keep smiling". Ab sofort grüßte und ermunterte man sich mit *Keep yourself alive*. Schon ein Jahr später war dieser Modeausdruck wieder passee. Dennoch blieb er Stefanie im Gedächtnis haften, und automatisch zitierte sie ihn in Gedanken immer dann, wenn ihre persönliche Situation besonders prekär wurde. Das baute sie auf und gab ihr Kraft und Mut!

Mit neunzehn hatte Stefanie *Queen* in Berlin gesehen, eineinhalb Jahre später in Frankfurt, und vor zwei Jahren war sie sogar in London in der Wembley-Arena gewesen. Für *Queen* war ihr kein Weg zu weit. Die Konzerte begeisterten sie, rissen sie – wenn auch nur für Stunden – aus ihrer eigenen kleinen, tristen Welt. Stefanie wurde ein Teil der breiten, jubelnden Masse, fühlte sich stark und unverletzlich. *We are the champions*, hatte mehr als einmal ihr Gefühl umschrieben, wenn sie in *Queen*-Musik aufging.

19

Gleich nachdem Gila verschwunden war und Mike sich mit einem anderen Reporter verabredet hatte, überlegte er, welchen Schritt er als nächsten unternehmen sollte. Für *Queen* war es noch zu früh. David würde sich vermutlich erst in ein oder zwei Stunden dorthin auf den Weg machen. Inzwischen war er irgendwo in der Stadt – arglos und unbekümmert. Dieser Gedanke brachte Mikes Blut zum Kochen. „Es wird Zeit", dachte er grimmig, „dass David Sandberg endlich seine Abreibung erhält!"

Jenny hatte Aids. Aids! Diese Immunschwächekrankheit, die nur Fixer befällt – und Schwule. „Fixer und Schwule – Abschaum der Gesellschaft", dachte Mike. „Gott sei Dank nur eine lästige Minderheit!"

Und Jenny? Hatte sie dazugehört?

„Niemals", murmelte er. „David ist schuld. Zuerst hat er ihren Geist vergiftet, sie mit seinen Gedanken verseucht und dann ihren Körper."

Mike sehnte das Interview mit dem Reporter herbei. Die Öffentlichkeit musste wach gerüttelt und aufgeschreckt werden. Man musste endlich begreifen, dass Leuten wie David das Handwerk gelegt gehörte.

Ja, David brauchte dringend seine Lektion! Instinktiv wusste Mike ganz genau, wo er David suchen musste.

Der Übungsraum von *Backstage* war problemlos zu finden. Mike hatte die Adresse zufällig auf einem jener Zettel gefunden, die Jenny unter dem Besteckkasten aufbewahrte. Hier und nirgendwo anders würde sich David an diesem Nachmittag aufhalten.

„Musiker sind so", dachte Mike. „Musiker brauchen diese Art von innerem Anheizen vor einem Konzert."

Natürlich war Mike klar, dass David nicht allein sein würde, aber wen störte das schon! Die übrigen Bandmitglieder durften ruhig Wind davon bekommen, was für ein Mensch mit ihnen da tagtäglich auf der Bühne stand.

Mike parkte vor der alten Kaserne und eilte über einen stillen Hof. Von irgendwo flatterten Musikfetzen zu ihm her. Er stockte ... lauschte ... Dann schritt er schnurstracks darauf zu.

Mike erkannte das Stück auf Anhieb. *The loser in the end* von *Queen*. Mike kannte diese Musik von Jenny. Immer wieder hatte er versucht, sie von dieser „Lärmcollage", wie er es nannte, abzubringen. Doch Jenny hatte sich durch nichts diese Musik nehmen lassen.

Die Tür zum Übungsraum stand offen. Mike trat entschlossen ein. Vom Eingang aus konnte er den lang gestreckten Raum gut überblicken, an dessen Ende eine provisorische Bühne errichtet worden war. Hinter dem Schlagzeug hockte ein blonder, schlanker junger Mann, den Mike auf Mitte zwanzig schätzte. Jennys Beschreibung nach musste das Dizzy sein. Der Drummer versuchte gerade, den Song, der mit einer ungeheuren Lautstärke aus der Anlage drang, auf seinem Schlagzeug zu begleiten. Enttäuscht stellte Mike fest, dass David nicht anwesend war.

Als Mike vor der Bühne stand, hob Dizzy den Kopf. Verwunderung spiegelte sich in seinem Gesicht.

„Hallo", schrie Mike. „David nicht da?"

Dizzy sprang von der Bühne und stellte die Anlage ab.

Mike wiederholte: „Ist David nicht da?"

Dizzy grinste. „Sehen Sie ihn hier irgendwo?"

„Wo kann ich ihn finden?"

„Keine Ahnung. Zu Hause, im Studio, in einer Kneipe?" Er zuckte die Schultern. „Wer sind Sie? Und woher kennen Sie überhaupt unseren Übungsraum?"

„Von Jenny. Ich bin ihr Freund und muss dringend mit David sprechen."

Dizzy spazierte zu dem alten Schreibtisch in der Ecke, suchte ein Stück Papier und sagte: „Okay, lassen Sie Ihre Telefonnummer hier. Sobald David aufkreuzt, ruft er sie an." Abwartend, mit dem Stift in der Hand, blickte Dizzy Mike an.

„Warum so umständlich?", zwang er sich zu einem Lächeln. „Rücken Sie einfach damit raus, um alles Weitere kümmere ich mich allein."

Dizzy runzelte die Stirn. „Sind Sie taub? Ich habe keinen Schimmer, wo David steckt."

„Und wüssten Sie es, würden Sie es bestimmt nicht jedem Fremden auf die Nase binden, stimmt's?" Eine steile Falte zeigte sich auf Mikes Stirn.

Dizzy zuckte die Schultern. „Was ist nun? Geben Sie mir Ihre Telefonnummer, oder nicht?"

Mike holte tief Luft. Ganz egal wie, er musste David finden. Die einzige Chance, die er jetzt noch sah, war, Dizzy auf seine Seite zu ziehen. „Ich fürchte, Sie machen einen unverzeihlichen Fehler, wenn Sie David schützen", versuchte er, Dizzy zu verunsichern.

Dizzy nahm eine abwehrende Haltung ein. „Was Sie nicht sagen", grinste er spöttisch. „Sind Sie Bulle? Hat David jemanden gekillt?"

Mike triumphierte. War das nicht sein Stichwort? „So ungefähr", antwortete er. „David hat Jenny auf dem Gewissen, weil er sie mit Aids infiziert hat. Kennen Sie einen grausameren Tod?"

Dizzy riss seine Augen auf. „Jenny hat – was? Soll das ein mieser Joke sein?"

„Schön wär's!"

Dizzy runzelte betroffen die Stirn. „Ist das sicher?", vergewisserte er sich. „Ich meine, dass Jenny Aids hat."

„Hundertpro. Wenn Sie mir nicht glauben, rufen Sie Jennys Vater in der Klinik an."

„Aids ist ansteckend, nicht wahr? Schon über einen bloßen Händedruck ... wie bei Grippe ..."

Mike nickte. „Genau. Vielleicht seid ihr alle ja auch bereits infiziert. Toller Gedanke, was?"

Dizzy schob die Ärmel seines Pullovers hastig zurück. „David steckt in seiner Stammkneipe", sagte er schnell, kritzelte die Adresse auf ein Stück Papier und reichte es Mike. Danach schaltete er wieder die Anlage an und nahm hinter dem Schlagzeug Platz. The loser in the end, dröhnte es durch den Raum.

20

Endlich konnte Jo Anne aufatmen. Pit wendete den Wagen und fuhr zum Olympiapark.

„Du bist verrückt", schimpfte er und schüttelte den Kopf. „Nimmst all diese Strapazen auf dich, nur um Simon zu treffen? Der Typ hat das ja gar nicht verdient." Als Jo Anne eine Erklärung einwerfen wollte, winkte er ab. „Schon gut, er ist der Vater deines Babys. Na, und? Weißt du eigentlich, wie anstrengend ein Open Air ist? Wir haben Arenaplätze, Jo Anne. Also stundenlanges Stehen."

„Und wenn schon!", dachte sie aufsässig. Alles, absolut alles würde sie in Kauf nehmen. Hauptsache, sie traf Simon. Das Baby hatte das verdient!

Hart presste Jo Anne ihre Lippen aufeinander. Nein, sie hatte keine Lust, Pit noch einmal alles ausführlich zu erklären. Wozu auch? Er würde sie ja doch niemals verstehen. Es ging ihm ja nur um sich selbst! Schon auf dem Weg vom Übungsraum zum Parkplatz hatte Jo Anne es wortreich versucht. Wie erwartet, war Pits Reaktion niederschmetternd gewesen.

„Na prima, wenigstens erfahre ich so, wozu du mich diesmal wieder brauchst. Weißt du, ich mag dich sehr, Jo Anne, aber diese Suppe, nein, diese Suppe, die du mir jetzt auftischst, schmeckt mir nicht."

Verlegen hatte Jo Anne den Kopf gesenkt. „Entschuldige, Pit", hatte sie sich lahm verteidigt. „Mein Baby ist mir im Augenblick nun mal wichtiger." Pits ironisches „Tatsächlich?" hatte sie noch verlegener gemacht.

Die restliche Fahrt über herrschte Schweigen. Pit konzentrierte sich auf den Straßenverkehr, Jo Anne lauschte auf die Musik, die leise aus dem Radio erklang.

Als Pit in die Parkharfe beim Olympiastadion einbog, wollte er mit der einen Hand das Radio abstellen.

„Bitte, nicht", hielt ihn Jo Anne zurück. „Der Song gefällt mir."

„Love of my life?" Pit schürzte die Lippen. „Gibt bessere von Queen."

Jo Anne staunte. „Was, das ist Queen? Ich dachte ..."

„... dass Queen nur Radau macht?" Er sah sie spöttisch von der Seite her an.

Nachdem Pit eingeparkt hatte, half er Jo Anne aus dem Wagen. „Na komm!", lächelte er. „Am Ende verlässt du dieses Konzert als Queen-Fan. Wär' doch möglich, oder?"

„Glaub' ich kaum", schüttelte Jo Anne heftig den Kopf. „Wem gefallen schon Typen, die sich absichtlich so verschandeln?"

Pit wusste sofort, worauf Jo Anne anspielte: auf Queen's jahrelang schrille, extravagante Klamotten. Aufmunternd legte er seinen Arm um Jo Annes Schultern. „Wenn das alles ist, was dich stört", schmunzelte er, während sie auf das Stadion zuschlenderten, „kann ich dich beruhigen, Queen hat diese ausgefallenen Kostüme schon vor Jahren abgelegt. Inzwischen sehen sie aus, wie – na ja, wie du und ich."

Jo Annes Blick streifte ihren fülligen Leib. „Wirklich?", schmunzelte sie. „Wie ich?"

Aus allen Richtungen strömten Menschen dem Stadion entgegen. Erst in diesem Moment wurde Jo Anne richtig klar, dass sie sich in kürzester Zeit in einer unkontrolliert bewegenden und begeisterten Menschenmasse befinden würde. Und das in ihrem hochschwangeren Zustand. Die Euphorie, die sie den ganzen Nachmittag gepackt hatte, kühlte deutlich ab. Ihr wurde mulmig. Vor einem der Eingänge legte sie eine Hand ängstlich auf Pits Arm. „Könnten wir nicht noch etwas warten?", fragte sie. „Ich stünde lieber im hinteren Arenateil. Mittendrin, ich weiß nicht." Sie schauderte.

Pit nickte. „Okay. Drehen wir noch 'ne Runde."

Erleichtert atmete Jo Anne auf.

Auf einem der Spazierwege stießen sie mit Gila zusammen. Ganz in Gedanken versunken, steuerte sie auf einen der Eingänge zu.

„Hey, Gila", rief Pit fröhlich. „Wenn das keine gelungene Überraschung ist."

„Hallo, Pit", lachte Gila und sah sich neugierig um. „Ist David nicht bei dir?"

„Er müsste im Studio sein. Wieso?"

Gila setzte zum Sprechen an. In diesem Moment bemerkte sie das junge Mädchen an Pits Seite.

„Das ist Jo Anne", stellte er vor, „eine Freundin. Also? Gibt's was Dringendes?"

„Mike ist hinter David her", antwortete Gila ohne Umschweife. „Pit, ich glaub', der Typ ist echt gemeingefährlich."

„Mike? Jennys harmloser Ex? Blödsinn! Und wozu auch? Zwischen den beiden läuft doch schon lange nichts mehr."

Gila gab sich innerlich einen Ruck. Sie beschloss, mit der Wahrheit herauszurücken. „Weißt du, Pit", begann sie. „Jenny hat möglicherweise Aids, und Mike vermutet, angeblich von David. Er ist überzeugt, dass David früher mal gefixt und so das Virus aufgeschnappt hat."

Pit verschlug es einen Moment lang die Sprache. Jo Anne hatte nur mit halbem Ohr zugehört, stattdessen musterte sie Gila eingehend – die fein geschwungenen Augenbrauen, das gepflegte Haar, den dezent geschminkten Mund. Spontan fühlte sich Jo Anne zu der jungen Frau hingezogen. Etwas Vertrauen erweckendes ging von ihr aus. Erst, als das Wort „Aids" fiel, horchte Jo Anne neugierig auf. Hatten nicht neulich ihre Eltern darüber gesprochen? „Wieder so 'ne bescheuerte Zeitungsente", hatte der Vater verächtlich gesagt. Und die Mutter: „Tja, und nächste Woche schon wieder vergessen."

„Aids?", wiederholte Jo Anne. „Was ist das denn?"

Sofort klärte Gila sie auf – so schonungslos, dass Jo Anne schwindelte. Schlagartig begriff sie die helle Sorge, die in Gilas Augen stand. David in Lebensgefahr? Diesen Eindruck hatte er auf Jo Anne überhaupt nicht gemacht. Im Gegenteil! Er wirkte stark, selbstsicher, beherrschend. Seiner Haut wusste David sich bestimmt mit allen Mitteln zu wehren. Aber etwas anderes interessierte Jo Anne im Moment weit mehr. Fragend wandte sie sich an Pit. „Woher kommt dieses merkwürdige Aids? Irgendwer muss es doch mal zuerst gehabt haben."

Gila antwortete: „Manche Wissenschaftler behaupten, dass bestimmte Affengattungen das Virus auf Menschen übertragen, jedoch nicht selbst daran erkranken."

Pit mischte sich ein. „Mike lügt doch!", wechselte er das Thema. „David ein ehemaliger Fixer? Niemals!" Tröstend drückte er Gilas Hand. „Keine Sorge, diesen Irrtum klärt David im Handumdrehen auf. Je früher er und Mike miteinander reden, desto besser."

Pits beruhigende Worte fruchteten nicht. Gila erzählte ihm, wie rachsüchtig Mike während des Interviews auf sie gewirkt habe. „Vermutlich will er sogar hierher ins Konzert, um David aufzuspüren", schloss sie. „Auf seinem Wohnzimmertisch lag eine Eintrittskarte."

Pit lachte. „Na, prima! David ist im Studio und arbeitet. Er hat keine Lust auf *Queen*."

„Schön, dann fahr' ich zu ihm", verabschiedete sich Gila. Eigentlich war sie ja ohnehin nur deshalb hierher gekommen, um mit David zu sprechen. Wenn also nicht hier, dann eben in seinem Studio.

Pit machte ein enttäuschtes Gesicht. „Nee, Gila, jetzt bist du schon mal da, und jetzt bleibst du auch, okay?"
„Ja", nickte Jo Anne. „Bitte, bleiben Sie!"
Gila musterte sie. „Sie fühlen sich miserabel, was?", fragte sie.
Jo Anne schüttelte den Kopf. „Ich fühl' mich super, echt. Und ich bleibe!" Trotzig schob sie ihre Lippen vor.
„Welches Drama steckt da nun wieder dahinter?", überlegte Gila. „In ihrem Zustand, ein solches Konzert! So dumm kann doch kein Mensch sein!" Spontan änderte sie ihren Entschluss. „Überredet", sagte sie, „ich bleibe auch."

21

David verfluchte sich. Er verfluchte die Art, wie er vor unangenehmen Dingen die Augen verschloss, ganz besonders vor Dingen, die sich nicht mehr ändern ließen. War er deshalb Fotograf geworden war? Weil er sich vorwiegend mit Schönem beschäftigen durfte, und das weniger Schöne zumindest ansehnlich umarrangieren konnte? David erinnerte sich an eine Zeit, in der ihn Food-Fotografie brennend interessiert hatte. Hunderte von Erbsen hatte er quietschgrün bemalt, Wassertropfen mit einer Pipette auf Lebensmitteln effektvoll platziert oder mit einem Kältespray Kondenswasser-Niederschlag erzeugt. Eine lästige und langweilige Arbeit, doch die Ergebnisse hatten ihn jedesmal voll befriedigt.

Gila war da anders. Sie wühlte regelrecht im Schmutz, zerrte ihn an die Öffentlichkeit, so hässlich und abstoßend wie er war, und verlangte kategorisch: „So, und nun räumt euren Dreck gefälligst endlich weg!" Gila wollte wachrütteln, David lieber blind bleiben.

Jenny fiel ihm ein. Wahrscheinlich hatte sie Aids. Wahrscheinlich! Auch so ein Wort, das die Realität mit einem barmherzigen Schleier bedeckte. David zwang sich, den Schleier ein Stück zu heben. „Okay", dachte er. „Jenny *hat* Aids! Macht es diese verrückte Wortspalterei nun besser? Nein! Sie stößt mich in eine noch tiefere Hilflosigkeit. Ich kann Jenny nicht helfen." Es fragte sich nur, wie er die Hilfe, die sie so dringend benötigte, definieren sollte.

„Nein, nein, nicht Jenny!", stöhnte David. Als habe er sich die Finger verbrannt, ließ er den Schleier wieder fallen. Dennoch spürte er, dass etwas Fremdes in Windeseile auf ihn zukam. Etwas, wovor es keine Flucht mehr gab. Gewaltsam versuchte David, seine quälenden Gedanken abzustellen. Es gelang ihm nicht. Immer wieder sah er Jenny vor sich, wie sie lachte, lebte, liebte ... Irgendwann in naher Zukunft sollte das alles vorüber sein? Niemals! Es gab Ärzte, Wissenschaftler ... so jämmerlich durfte niemand zu Grunde gehen.

„David, mach bitte sofort auf!", hörte er plötzlich eine Stimme vor der Studiotür..

„Verschwinde, Dizzy", rief er ärgerlich zurück. Konnte man ihn nicht einfach in Ruhe lassen?

Dizzy ließ nicht locker. „Entweder machst du freiwillig auf, oder ich trete die Tür ein."

Seufzend erhob sich David. Als Dizzy vor ihm stand, knurrte er: „Wolltest du nicht zu *Queen*? Was soll dieser Aufstand überhaupt?"

„Später", winkte Dizzy ab. „Jetzt verschwinden wir erst mal von hier. Mike sucht dich überall! Er war im Übungsraum. Brutal sauer! Du, der ist völlig durchgedreht."

Verächtlich winkte David ab. „Mike soll seine miese Lehrernase lieber aus dieser Sache raushalten, sonst ..."

„Sonst was? Siehste, und schon erntet einer von euch saftige Prügel. Ich finde, ihr beide solltet euch die nächsten Tage vorsichtshalber lieber aus dem Weg gehen."

„Was? Ich soll mich verstecken?", fragte David verdutzt. „Vor Mike?" Er lachte.

„Quatsch. Ihr müsst sowieso dringend miteinander re-

den, aber muss das unbedingt gleich sein? Wartet doch erst mal den Sturm in aller Ruhe ab. Und dann ..." Dizzy reichte David die Lederjacke. „Na, komm schon."
David zögerte.

22

Zweimal war Mike die Straße auf- und abgefahren, bevor er begriffen hatte, dass diese Stammkneipe, in der David sein sollte, überhaupt nicht existierte. Dizzy hatte ihn hereingelegt!
Feurige Wellen jagten in unregelmäßigen Abständen durch Mikes Körper. Sein Herz raste vor unterdrückter Wut so sehr, dass er eine Weile brauchte, bis er sich wieder beruhigt hatte, dann erst schlug er den Weg zu Davids Studio ein.
Aber auch hier hatte Mike Pech. Das Studio war verschlossen, blieb also nur noch ein einziger Ort, an dem er David aufspüren konnte ...
Wenig später parkte er am Olympiastadion.
Auf dem Weg dahin beschloss Mike, Richard Gall anzurufen, um sich nach Jenny zu erkundigen. Zielstrebig lenkte er seine Schritte zur nächsten Telefonzelle.
Das Gespräch mit Richard Gall war kurz und erschreckend: Jennifer sollte so bald wie möglich in die städtische Klinik verlegt werden. „Wieso das denn?", grübelte Mike. „Ich kapier' kein Wort!" In eine städtische Klinik? Nirgendwo sonst war Jenny besser aufgehoben als in diesem Privatsanatorium. Die besten Ärzte, vorbildliches Personal, die kostspieligsten Medikamente ... Und nun wollte man Jenny verlegen? Aber dann dämmerte es Mike langsam. Natürlich, man wollte Jenny abschieben! Das war alles! Um unerforschte Krankheiten sollten sich andere kümmern, nämlich die, die sich per Gesetz ganz einfach darum kümmern mussten: städtische Kliniken!
Mike hasste David mehr und mehr ...

Plötzlich berührte eine weiche, warme Hand seine Schultern. Mike schreckte auf.

„Du?", dehnte er. Es klang wenig begeistert. „Was willst du? Ach, mir doch egal." Er beschleunigte seine Schritte. Vor dem ersten Stadioneingang machte er Halt. Ein blau uniformierter Ordner tastete ihn mit flinken Fingern nach Waffen ab. Dann verwies er ihn an einen der Ordner drinnen im Stadion. Mike eilte mit großen Schritten auf ihn zu.

„Hey, Mike, so warte doch!", rief eine ungeduldige Stimme hinter ihm. „Verdammt, Mike!"

Ein *Queen*-Fan in seiner Nähe sang: *Don't stop me now.*

23

Was war los mit David? Seit dem Autounfall war er nicht mehr derselbe. Früher hätte er die Band nie allein gelassen. Und erst recht nicht mit fadenscheinigen Begründungen! Noch in der U-Bahn war Björn wütend auf David gewesen, doch jetzt, da er über das Olympiagelände in Richtung Stadion schlenderte, fiel aller Ärger von ihm ab. Mit einem Lächeln auf den Lippen beobachtete er vor sich die fünfköpfige Teenie-Gruppe. Alle trugen sie weiße, mit dicken schwarzen Lettern bedruckte T-Shirts: *Queen* war darauf zu lesen.

„One, two, three", gab ein schlaksiger Blondschopf den Rhythmus vor. Und dann sangen die Kids im Chor: „*We will, we will rock you.*"

Die Vorfreude auf das Konzert sprang auch auf Björn über, der Alltagsstress rückte von ihm ab. Aus seiner super Laune heraus beschloss Björn, David anzurufen, um ihn doch noch zum Kommen zu bewegen. Er würde sonst wirklich etwas verpassen!

Bei der ersten Telefonzelle machte Björn Halt. Sie war besetzt. Ungeduldig marschierte er auf und ab. Minuten später trat ein junger Mann ins Freie. Björn erkannte ihn auf den ersten Blick: Mike! Was wollte er denn hier? Björn hätte ihm alle möglichen Musikrichtungen zugetraut. *Queen* wäre nicht darunter gewesen. Unbemerkt schlug Björn den Weg zum Olympiaturm ein. Und dort stieß er ganz überraschend mit Gila, Pit und Jo Anne zusammen. „Hey", wandte er sich zuerst an Pit: „Ich dachte, ihr wolltet zum Arzt? Geht's dir besser, Jo Anne?"

„Mir geht's fantastisch." Jo Anne nickte.

„Hi, Björn", grüßte Gila. „Damit wären wir ja fast alle zusammen, was?"

„Fehlen noch David und Dizzy", antwortete Björn. „Ratet mal, wer aber stattdessen hier ist: Mike!"

„Endlich beruhigt, Gila?", mischte sich Pit ein. „Zumindest heute Abend kann wirklich nichts mehr schief gehen."

„Ja. Wahrscheinlich hast du Recht", erwiderte sie.

Irritiert musterte Björn zuerst Pit, dann Gila. „Geht hier was ab, das ich vielleicht wissen müsste?", fragte er.

Gila entschied sich, ihm reinen Wein einzuschenken. „Hör zu, Björn ...", begann sie und hakte sich bei ihm unter.

Jo Anne und Pit gingen ein paar Schritte hinter ihnen.

„In 'ner knappen Stunde geht's los", verkündete er mit vor Aufregung leuchtenden Augen.

„Ja", nickte Jo Anne und strich unauffällig über ihren Bauch. Ausgerechnet jetzt hatte sich das Baby so schmerzhaft bewegt, dass kalter Schweiß auf ihre Stirn trat.

24

„Natürlich sind wir wieder die Letzten", schimpfte Dizzy. „Musstest du unbedingt den Parkplatz einem anderen überlassen?"

David lachte. „Freundlich wie immer, Dizzy! Nichts geht über deinen umwerfenden Charme! Bei Gelegenheit erklärst du mir mal, wie du es schaffst, bei den Girls so gut anzukommen."

Dizzy lachte. „Nichts einfacher als das, solange mir keine den Parkplatz vor der Nase wegschnappt." Er wies auf eine freie Lücke. „Dort drüben, David! Beeil dich!" Minuten später stiegen beide aus dem Wagen.

Im Auto nebenan hockte ein langhaariger Bursche, der mit den Fingern rhythmisch auf das Steuerrad klopfte, zu einem Song, der laut aus dem Autoradio drang. *The prophet's song* – eine grelle, angriffslustige Melodie, der Text unheilschwanger und gespickt mit Warnungen. David fragte sich, wieso gerade dieser Song ihn jetzt so besonders berührte.

Als er seine Kamera und das Stativ vom Hintersitz hervorholen wollte, machte Dizzy ein langes Gesicht. „Was soll 'n der Quatsch?", rief er. „Du wirst doch jetzt nicht zu den Presseleuten abzwitschern wollen, oder? Nee, kommt nicht in Frage!"

David zauderte. „Okay", meinte er dann, „machen wir uns 'nen coolen Abend."

Dizzy strahlte. „Hier findet uns Mike in hundert Jahren nicht. Sag selbst, gibt es ein idealeres Versteck als eine große Menschenansammlung?" In einer halben Stunde sollte das große *Queen*-Spektakel endlich losgehen. „Übrigens", fuhr er fort, „neulich las ich einen Artikel über Aids."

David hob den Kopf. Sein Blick folgte den bauschigen, vorüberziehenden Wolken am Himmel. „Und?"

„Wusstest du, dass der amerikanische Geheimdienst angeblich absichtlich dieses Virus unter homosexuellen Männer verbreitete? In Gefängnissen zum Beispiel."

„Etwa um Schwule zu dezimieren? So 'n Blödsinn! So viel ich weiß, entwickelte sich das Virus durch einen gentechnischen Unfall."

„Tja, und wie lautet nun die Wahrheit?"

„Ist das wichtig?"

„Vielleicht, ich weiß nicht", antwortete Dizzy nach einer Pause. „Jedenfalls nicht mehr, wenn man es hat, oder?"

David sah Dizzy durchdringend an. „Findest du, dass ein solches Thema zu diesem Konzert passt?"

„Findest du, dass es überhaupt irgendwo hinpasst? Angenommen", fuhr Dizzy ungerührt fort, „angenommen, du hättest Aids, David. Würdest du es verschweigen?"

David runzelte die Stirn. Was sollte diese Fragerei? „Bis vor wenigen Jahren war Krebs die Totschweige-Krankheit", wich er aus. „Heute heißt sie Aids."

„Du würdest also schweigen?"

„Ich? Wenn ich Aids hätte? Keine Ahnung, Dizzy. Käme auf mein Umfeld an und auf die Erfahrungen, die Aidskranke bereits gemacht haben."

Am Stadioneingang erinnerte sich David an Jennifer. Wie sehr hatte sie sich auf dieses Konzert gefreut. „O „Jenny", dachte er. „Wärst du jetzt bloß hier!"

25

Gila fühlte sich völlig fehl am Platz. Wieder einmal hatte sie ihre eigenen privaten Belange in den Hintergrund gestellt – diesmal Jo Anne zuliebe. Vor noch nicht einmal zwei Stunden hatte sie nur eines verzweifelt im Sinn gehabt: ein Gespräch mit David, um Klarheit schaffen. Und jetzt stand sie hier, inmitten einer brodelnden Menschenmasse, und ließ Jo Anne nicht aus den Augen.

Das junge Mädchen wirkte müde und verkrampft, die Augen lagen tief in den Höhlen, und dunkle Schatten umrahmten sie. Die Anstrengungen des Tages standen Jo Anne deutlich im Gesicht geschrieben. Und der Tag war noch lange nicht vorüber! Gila schauderte. Schon ein Gesunder verließ eine Open-Air-Veranstaltung ausgelaugt, erschöpft und ausgepowert. Jo Anne konnte diesen körperlichen Stress in ihrem Zustand unmöglich unbeschadet überstehen!

„Sie gehört nach Hause", dachte Gila. „Besser noch zu einem Arzt. Vielleicht sogar in eine Klinik." Gütiger Himmel! Jo Anne würde doch hoffentlich in der Lage sein, Wehen von normalen, typischen Schwangerschaftsbeschwerden zu unterscheiden?

Sie war am Ziel. Tiefe Befriedigung erfüllte Jo Anne. Gierig ließ sie ihre Blicke links über die Tribüne schweifen. Dort irgendwo, unter all diesen vergnügten Menschen war Simon. Jo Anne wusste, dass er einen Platz in der Nähe der Presse hatte. „Simon, spürst du, dass ich da bin", dachte sie, „dass *wir* da sind – das Baby und ich?" Sie kniff ihre Augen zu einem schmalen Spalt zusammen. Doch statt schärfer zu sehen, verschwamm die Tribüne zu einem einzigen, bunten, brodelnden Brei. Für einen kurzen Augenblick wurde Jo Anne übel, ihr Herz begann unangenehm zu rasen, sie schwitzte. Mit einem tiefen Atemzug versuchte sie, diesen Schwächeanfall zu vertreiben.

Egal, um welches Konzert es sich auch handelte, Björn genoss jene außergewöhnliche Atmosphäre immer wieder aufs Neue. Das lärmende Publikum ... die gellenden Schreie der Fans ... die dröhnende, heillos übersteuerte Musik ... All das fing ihn ein. Auf eine seltsame Weise entspannte es ihn sogar. Es hatte Jahre gedauert, bis Björn dahinter gekommen war, wieso. Es war der Frieden, der in all diesem Getöse mitschwang. Wenigstens in dieser Menschengruppe, in diesen zwei oder drei Stunden herrschte unausgesprochene Einigkeit.

An diesem Abend jedoch spürte Björn nichts davon. Die Bereitschaft, sich in dieses Konzert hineinfallen zu lassen, war in dem Augenblick verschwunden, als Gila offen mit ihm über David, Jennifer und Aids gesprochen hatte. Die Nervosität, die Gila ausstrahlte, war auf Björn übergesprungen. Obwohl er sich ununterbrochen sagte, dass das ganze Gerede um Davids angebliches Aids nur horrender Blödsinn sein konnte, gelang es ihm nicht, sich auf das bevorstehende Konzert zu konzentrieren. Von einer Minute zur anderen hatte sich alles umgekehrt. War sonst das Alltägliche weit abgerückt, so drückte es jetzt mit doppelter Wucht herein. Das Gelächter rundherum nahm Björn nur noch flüchtig wahr, und dass er in einer fröhlichen, erwartungsvollen Menschenmenge stand, war unwichtig geworden.

In Gedanken beschäftigte er sich mit David. David ... Eigentlich war er ihnen allen fremd geblieben! Fremd, trotz einjähriger, enger Freundschaft! Fixen ...? Das war nun wirklich keine Bagatelle. Oft genug hatten sie darüber heftig diskutiert. Eine Reihe Momente, in denen David längst hätte Farbe bekennen können. Musste erst Jennifers Aids sein Geheimnis ans Tageslicht bringen? Vorausgesetzt natürlich, es war sein Geheimnis.

Björn warf einen Blick auf Pit. „Ihn scheint das alles nicht die Spur zu berühren", dachte er. „Vertraut er David so uneingeschränkt? Oder verdrängt er seine Angst bloß? Angst ... Ist es das, womit ich nicht klar komme? Angst um David? Angst um mich?" So gut es ging, schüttelte er seine Grübeleien ab.

„Hey, Pit", wandte er sich an den Bassisten. „Hast du Hunger?" Fragend sah er die beiden Frauen an. „Durst?"

Als Gila und Jo Anne verneinten, bat er Pit mit einer diskreten Kopfbewegung, ihm zum Imbissstand zu folgen. Obwohl die hinteren Publikumsreihen deutlich aufgelockert waren, dauerte es doch eine ganze Weile, bis die Musiker zu einem Getränkestand vorgedrungen waren.

„Kannst du dir vorstellen, dass David fixt?", fragte Björn Pit auf dem Weg dorthin. „Oder gefixt hat?"

Die Antwort kam wie aus der Pistole geschossen: „Nein, kann ich nicht."

„Und wenn doch? Möglich wär's, oder?"

„Aber nicht jeder bekommt deshalb gleich Aids", schränkte Pit ein. „Überleg mal ... in diesem Fall müssten doch Tausende, nein, Hunderttausende damit infiziert sein! Das kann unmöglich wahr sein!"

Björn schwieg eine Weile. „Und was passiert mit uns? Mit dir? Mir? Gila? Oder Jo Anne? Heute Nachmittag drückte David ihr die Hand."

Pit blickte erstaunt hoch. „Gila sagte doch ..."

„Sie ist keine Ärztin", winkte Björn ab. „Außerdem wissen Ärzte auch nicht alles und so gut wie gar nichts über Aids. Wir müssen uns vorsehen, Pit ..."

Pit reckte sein Kinn entschlossen vor. „Vor allem sollten

wir uns nicht selbst verrückt machen, meinst du nicht? Wir können ja mal mit David reden. Und noch was, Björn – nenne mir nur eine Krankheit, mit der Betroffene allein gelassen wurden. Nur eine! Sei es in medizinischer oder psychologischer Hinsicht. Trotz Aids bleibt ein Mensch immer noch ein Mensch. Und so sollte man ihn auch behandeln – menschlich."

Björn und Pit waren noch keine Minute verschwunden, als Jo Anne sagte: „Bis zum Konzert dauert es ja noch eine ganze Weile. Ob ich wohl rasch ein paar Minuten zur Tribüne hoch kann?"

Was? Gila traute ihren Ohren kaum! Mit einer Hand wies sie auf eine Gruppe blau uniformierter Männer. „Wofür, glauben Sie, sind diese Ordner da? Wir haben Arenaplätze, Jo Anne. Da ist nichts zu machen."

„Aber ich *muss!*", stieß Jo Anne so heftig hervor, dass Gila sie besorgt ansah. Rasch schlang sie ihren Arm um Jo Annes zarte Schultern. „Ich weiß, dieses Stehen strengt ungeheuer an, nicht wahr?"

Mit einer hastigen Bewegung schüttelte Jo Anne den Arm ab. „Ich muss es wenigstens versuchen."

Gila wollte sie zurückhalten. „Bitte, seien Sie doch vernünftig! Es ist zwecklos. Wenn Sie sich nicht wohlfühlen, sollten Sie das Stadion lieber verlassen. Noch ist genügend Zeit. Aber wenn das Konzert erst mal losgeht ..." Den Rest verschluckte Gila, denn Jo Anne war schon in der Menge verschwunden.

Verzweifelt reckte Gila ihren Hals. Erst als sie Jo Anne bei den Ordnern wohlbehalten auftauchen sah, atmete sie auf.

„Wo steckt Jo Anne?", fragte Pit, als er und Björn kurz darauf zurückkehrten.

Gila deutete auf eine Gruppe Männer. Noch immer redete Jo Anne wie besessen auf sie ein, erntete aber stets nur ein bedauerndes Kopfschütteln. „Sie will auf die Tribüne", erklärte Gila und seufzte.

Pit stieß einen leisen Fluch aus. Dann drückte er Gila

den Pappbecher Bier in die Hand und schlängelte sich zu Jo Anne durch. Fünf Minuten später war er mit ihr wieder zurück.

„Bitte, kümmere dich um sie, Gila", bat Pit ängstlich. „Jo Anne hat schreckliche Schmerzen."

„Schmerzen? Wo?"

„Überall", stöhnte Jo Anne. „Im Bauch, im Rücken ... einfach überall."

Bevor Gila noch überlegen konnte, was am Besten zu tun sei, hörte sie Pit zu Björn sagen: „Dizzy ist im Stadion. Hundertpro. Ich hab' ihn eben kurz gesehen, ein paar Meter hinter uns. Dizzy ist hier, und David!"

26

Stefanie versuchte, jeden einzelnen Augenblick, jedes Sichtbare und Unsichtbare, in sich aufzunehmen ... festzuhalten. Ihre Blicke streiften über die Tribüne – langsam, bedächtig ... bunte Stecknadelköpfe ... einer neben dem anderen ... jeder Platz besetzt.

Ähnlich die Arena ... Stefanie sah über ein Meer von Köpfen ... blonde, rote, brünette Schöpfe ... Manche mit bunten Mützen oder Kappen ... Dazwischen fuhren Wimpel, Tücher und selbst gemalte Fahnen in die Luft, flatterten im Wind ... fröhlich, begrüßend. Sobald *Queen* die Bühne betrat, würden gut tausendmal so viele in die Luft gestoßen. Stefanie wusste das von den früheren *Queen*-Konzerten zuvor.

Minutenlang schloss sie ihre Augen. Das vielschichtige Sprechen rundherum wirkte wie das Summen und Brummen in einem Bienenhaus ... dazwischen Gelächter, Schreie, Pfeifen ...

Stefanie atmete tief ein. Tabakrauch kitzelte ihre Nase, Biergeruch hing in der Luft, gemischt mit dem Duft von Gebratenem, und von irgendwo wehte Parfüm zu ihr her.

Knisternde Spannung hüllte alles und jeden wie eine unsichtbare Wolke ein. Stefanie spürte sie körperlich. Jeder Muskel an ihr war wie elektrisiert.

Stefanie wartete auf *Queen*. Jeder wartete auf *Queen*.

Feiner Nebel wallte über die Bühne – weich, weiß, undurchsichtig ... Die Lichtanlage wölbte sich wie ein Himmel darüber und zeichnete gelbe, rote, blaue und grüne Streifen. Einen Moment später setzte der *Queen*-Drummer mit seinem Schlagzeug ein, dann der Bassist und schließlich der Gitarrist ...

Jo Anne spürte eine ungeheuere Schmerzwelle durch ihren Körper jagen, leise stöhnte sie auf. Ihre Umgebung nahm sie wie hinter milchigem Nebel wahr. Die Menschen um sie herum klatschten, schrien und pfiffen begeistert.

„Hab' ich's nicht gesagt?", gellte es an Jo Annes Ohr. Das Mädchen, dem diese Stimme gehörte, stand direkt vor ihr und hüpfte rhythmisch auf und ab. „*Queen* fängt immer mit *Liar* an! Immer! Hab' ich's nicht gesagt?"

Gila beugte sich zu Jo Anne. „Wie geht's Ihnen jetzt?", rief sie ihr zu. Besorgt musterte sie das blasse Gesicht.

Jo Anne nickte und versuchte zu lächeln. Die Schmerzwelle war so rasch vorüber, wie sie gekommen war. „Danke, es geht schon wieder."

Nur wenige Male in ihrem Leben hatte sich Gila hilflos und einer Situation nicht gewachsen gefühlt. Normalerweise kam sie mit Problemen, egal welcher Art, ganz gut klar. Doch diese Situation ... Gila fühlte sich überfordert. Da sie selbst noch keine Schwangerschaft durchlebt hatte, musste sie wohl oder übel Jo Annes Selbsteinschätzung vertrauen.

„Harmlose Vorwehen", hatte Jo Anne souverän behauptet. „Das geht schon seit Tagen so. Überhaupt nichts Schlimmes, glauben Sie mir."

„Das ist verdammt schwer glauben", dachte Gila skeptisch, die Jo Anne eher sorglos als verantwortungsvoll einschätzte.

Gila wandte sich an Pit. „Jo Anne muss unbedingt hier raus! Ich glaub', sie hat längst richtige Wehen. Ich kümmere mich um einen Arzt, verstanden? Du und Björn, ihr kommt mit Jo Anne nach." Pit nickte erschrocken. Er beobachtete Gila, bis sie in der Menge verschwunden war.

Der Nebel auf der Bühne lichtete sich. David wusste, auch ohne hinzusehen, dass *Queen*-Sänger Freddie Mercury jeden Moment die Bühne betreten musste – beide Arme hoch erhoben, von einem einzigen kräftigen Spotlight grell angestrahlt. Er begrüßte sein Publikum fast immer so, und die Fans dankten es ihm jubelnd und mit frenetischem Applaus.

David spürte, dass er sich inmitten dieser Menschenmenge zu entspannen begann. Von Sekunde zu Sekunde fühlte er sich wohler. Auf einmal war er Dizzy dankbar. Ohne ihn säße er noch immer grübelnd im Studio. So aber durfte er endlich loslassen, und sei es auch nur für ein oder zwei Stunden, durfte die Probleme vergessen, in die er so unvermittelt verstrickt worden war. Alles, absolut alles fiel von ihm ab und machte einem lebensfrohen, ja überschwänglichen Gefühl Platz. Er war ein winziger Teil in dieser lebendigen, pulsierenden Menschenmasse – und nichts anderes sonst.

Eine schlanke Männerfigur schälte sich aus dem weichen, bunt bestrahlten Nebel – Freddie Mercury.

Die Reaktion des Publikums riss David vollends mit.

Freddie Mercury's Stimme setzte zur Musik ein, vermischte sich mit ihr und erfüllte das gesamte Stadion. Diese klare, unverwechselbare Stimme, die so außergewöhnlich zu leiten verstand.

So unverkennbar, wie sie reizte und erregte, genauso beruhigte und beschwichtigte sie. Hinzu kamen Mercurys geschmeidige Bewegungen, die wie eine tänzerische Klammer die Musik und das faszinierte Publikum fesselten.

„Hello, again, my beauties", grüßte der Frontman. „Is everybody okay?"

„Yeah – !", brüllte das ganze Stadion auf.

„Is everybody happy – ?"

„Yeah – !"

„Yeah!", rief Stefanie begeistert und hüpfte unentwegt federnd auf und ab. „Yeah ... yeah ..."

Mike beobachtete sie von der Seite her. „Einfach lächerlich", schoss es ihm durch den Kopf. Er sah auf die Leute um sich herum. Jeder trug denselben entzückten Ausdruck im Gesicht wie Stefanie. „Einfach lächerlich! Eine neue, schwere Krankheit wird die Welt heimsuchen, und man hat tatsächlich nichts Besseres zu tun, als einer Rockband zuzujubeln?"

Ein Glück, dass er selbst einen kühlen Kopf bewahrte. Jenny rang um ihr Leben, und der Schuldige war hier, vielleicht nur wenige Meter von ihm entfernt.

Mike warf einen spöttischen Blick zu den Presseplätzen. Noch war David sicher dort ... noch! Aber in absehbarer Zeit würde das Konzert zu Ende sein. Darin sah Mike seine einzige, wirkliche Chance, David habhaft zu werden.

Nachdem er die Arena betreten hatte, musste er verärgert begreifen, dass zwischen Tribüne und Arena abgesperrt war. Zwecklos, einen Ordner beschwatzen oder gar bestechen zu wollen. Diese Kerle ließen nicht mit sich handeln. Außerdem widerstrebte es ihm, aufzufallen.

So oder so, David würde ihm nicht entkommen!

Doch zuvor musste Mike Stefanie loswerden. In ihrer typisch penetranten und anhänglichen Art hatte sie sich an seine Fersen geheftet, seit sie bei der Telefonzelle vor dem Stadion zusammengetroffen waren.

Mike versuchte, Stefanies Finger von seinem Unterarm zu lösen. „Was willst du?", schrie er ihr zu. Im Lärm der Musik gingen seine Worte unter. Stefanie blickte Mike fragend an. Entschlossen packte er ihr Handgelenk. Mit einem Ruck stieß er sie von sich.

Stefanie taumelte und prallte an einen gedrungenen, blondhaarigen Burschen. Ein Ellenbogen bohrte sich schmerzhaft in ihre Rippen. Sie stürzte zu Boden.

Mike sah geringschätzig auf sie hinab. Ein kaltes Lächeln lag auf seinem Mund. Doch als Stefanie den Kopf zu ihm emporhob, gefror es. Ein Blick in ihre erschrocke-

nen, weit aufgerissenen Augen hatte genügt. „Sie weiß es",
dachte Mike und fühlte sich mit einem Mal unbehaglich in
seiner Haut. „Verdammt!"
Stefanies Blick glitt nochmals zu einem seiner Stiefel,
so, als müsste sie sich ein letztes Mal vergewissern, sich
nicht getäuscht zu haben.
„Verflucht, sie weiß es!", dachte Mike. Die Messerklinge
ritzte ihm in die Haut.

27

Die Musik zog alle und jeden in ihren Bann. Wohin Gila auch sah, überall nur begeisterte, hingerissene Menschen.
Der Sänger hielt das Publikum in seiner Hand und
weckte in jedem einzelnen Zuhörer ganz nach Belieben die
verschiedensten Gefühle. Mitreißende Lebendigkeit beherrschte die Szene ... ausgelassen ... begeisternd ... lei-
denschaftlich ... feurig ...
„Durch seine Musik", so hatte es Jenny einmal umschrieben, „und die Art, wie er sie rüberbringt, kommuni-
ziert er mit uns ... mit dir, mit mir, mit jedem, der ihm
zuhört."
Gila hatte Jenny damals nicht verstanden. Ein Außenstehender, ein Fremder, sollte in solch erschreckendem
Maße in die Gefühlswelt anderer eingreifen, sie beeinflus-
sen können? Für Gila undenkbar.
Verbissen zwängte sich Gila durch die Menschenmenge, wurde hin- und hergeschoben und gestoßen. Sie
brauchte ihre gesamte Kraft, um nicht weiter zur Bühne
hingedrückt zu werden. Die geballte Energie von Tausenden von rasenden Menschen konzentrierte sich auf den einen angestrahlten Punkt: die Bühne! Gila aber hatte nur einen Arzt für Jo Anne im Sinn. Das Mädchen schwebte in
äußerster Gefahr!
Ein Song folgte dem anderen.

Langsam verlor Gila jegliches Zeitgefühl. Sie spürte, dass ihre Kraft allmählich nachließ. Arme und Schultern schmerzten. Sie rang nach Luft.

Nach einer kurzen Pause begann sie, sich wieder in diese Menschenwand hineinzubohren. Ein Hexenkessel des Jubels!

Dicht neben ihrem Ohr schrie gellend ein Fan: „*We will rock you!*" Ein schmerzhafter Hieb traf Gilas linke Schulter, von hinten stieß ihr jemand die Faust in den Rücken. Gila stöhnte leise auf.

„Freddie! Freddie!", kreischte neben ihr ein schlankes Girl mit Tränen in den Augen.

Unzählige Hände fuhren in die Luft, winkten oder wedelten Fähnchen freudig hin und her, wieder andere klatschten rhythmisch zur Musik und feuerten die Band enthusiastisch an.

Jäh fühlte sich Gila grob am Arm gepackt. Mit einer energischen Bewegung versuchte sie, sich aus dieser Umklammerung zu befreien. Da es ihr nicht gelang, wandte sie ärgerlich den Kopf, um sich ihren Angreifer genauer anzusehen.

Gila traute ihren Augen kaum. „David!", schrie sie auf. „O David!" Eine Welle der Erleichterung erfasste sie. Rasch wollte sie auf ihn zueilen, doch jemand drängte sich zwischen sie. David zog an ihrem Arm. Gila stolperte. Sie schrie auf und wollte mit der freien Hand die umstehenden Leute wegschieben. David zerrte und riss. Und irgendwann taumelte Gila regelrecht in seine Arme hinein.

Er schrie: „Was tust du denn hier?"

Gila schrie zurück: „Ich muss mit dir reden!"

„Was ist los?"

Gila schrie noch lauter: „Ich muss mit dir reden!"

„Jetzt – ?"

Sie schüttelte den Kopf. „Zuerst braucht Jo Anne einen Arzt."

Klavierklänge tanzten durch die Luft. *Seven Seas of Rhye.* Gila ließ sich von dieser fröhlichen Melodie einfangen. Ein paar Leute hinter ihr sangen das Stück laut und begeistert mit.

Der Messerknauf, der aus Mikes Stiefel ragte, lenkte Stefanie ab. „Wozu das denn?", rief sie ihm verwundert zu und klopfte sich gleichzeitig den Staub von den Hosen. Gleichgültig zuckte Mike die Schultern.

Wie aus weiter Ferne nahm Stefanie muntere, mitreißende Klänge wahr ... *Seven Seas of Rhye*. Ein letzter forschender Blick flog zu Mike, der verbissen zur Bühne starrte.

Schon seit längerer Zeit hatte Stefanie verzweifelt versucht, Mike zu erreichen – hartnäckig, immer wieder. Nie hatte sie es geschafft. Dann hatte Stefanie von Jennifer Galls Autounfall gelesen.

Wegen Jennifer Gall hatte Mike sie, Stefanie, verlassen. Mit so viel Beauty hatte sie natürlich nicht konkurieren können und schweren Herzens das Feld geräumt, obwohl sie wusste, dass Mike und Jenny niemals glücklich würden. Die Krise zwischen ihnen war vorhersehbar.

Und sie kam tatsächlich. Früher als erwartet, war Mike wieder vor ihrer Tür gestanden und hatte sich bitter über Jennifer und David beklagt. Um *Queen* war es bei dem Streit gegangen, um dieses Konzert. Worüber Stefanie nur verblüfft den Kopf geschüttelt hatte. Doch wie auch immer, Mike war wieder bei ihr. Stefanie war überglücklich gewesen! Als sich Mike und Jenny bald darauf wieder versöhnten, hatte sie das wie ein Schlag getroffen.

Zaghaft legte Stefanie eine Hand auf Mikes Arm. „Ich muss mit dir reden!", schrie sie ihm zu. Der plötzlich auftosende Applaus riss ihr die Worte vom Mund.

Mike schüttelte die Hand ab.

Noch während des Beifalls setzte Musik ein. *Killer Queen* stachelte Mikes Wut aufs Neue an.

28

Jo Anne hatte das Gefühl, jeden Moment in Panik auszubrechen. Hilflos sah sie zu, wie Gila in der Menge verschwand. „Sie kommt doch zurück", dachte Jo Anne voller Angst. „Sie *muss* – !"

Pit sprach aufgeregt auf Björn ein. Er gestikulierte wild mit den Armen. Sein Gesicht war ernst. Jo Anne wagte nicht, die beiden Männer zu stören. „Du lieber Himmel! Wo steckt Gila? Wo bleibt sie nur?", raste es in ihrem Kopf. Jo Anne verspürte den unwiderstehlichen Drang, umherzugehen. Doch wie? Wo? Sie war eingepfercht, gefangen, zum Warten verdammt!

Angestrengt, mit zusammengekniffenen Augen, blickte sie in die Richtung, in die Gila vor einigen Minuten verschwunden war. „Wo bleibt sie nur? Sie kann mich doch hier nicht im Stich lassen!"

Jo Anne spürte es. Zuerst war sie sich nicht sicher gewesen. Diese Feuchtigkeit! Doch dann hatte sie schlagartig begriffen. Sie verlor Fruchtwasser. Fruchtwasser! Demnächst müssten Presswehen einsetzen! Presswehen inmitten dieser Menschenmasse! O Gila! Ein Stöhnen rutschte Jo Anne über die Lippen, ein leises, klagendes Wimmern ...

Mit besorgter Miene beugte sich Pit zu ihr hinab. „Wie geht's dir?", fragte er bestimmt schon zum hundertsten Mal.

Jo Anne verzog ihr blasses, erschöpftes Gesicht. Sie seufzte. Na, wie sollte es ihr schon gehen?! Wenn nicht bald etwas geschah, würde das Baby hier zur Welt kommen! Jo Anne wagte nicht, sich diesen Gedanken ernsthaft auszumalen. Eine neue Wehe erfasste sie. Die Abstände von Wehe zu Wehe wurden von Mal zu Mal kürzer. „Gila!", stöhnte sie. „So hilf mir doch!"

„Harmlose Vorwehen", hatte Jo Anne vorhin noch zu ihr gesagt. Harmlose Vorwehen! Wie hatte sie nur so dumm, so naiv sein können! Von Vorwehen konnte längst keine

Rede mehr sein!

Die Band spielte das nächste Stück ... dann noch eines ... und wieder eines. Jedes auf seine Art hart, aggressiv, anheizend ... sich steigernd.

Ein tausendfaches Echo brauste über Jo Anne hinweg. *„We will rock you!"* Rhythmisches Klatschen von allen Seiten ... unzählige Füße, die lustvoll auf den Boden stampften. *„We will, we will rock you!"*

Der Boden unter Jo Anne bebte. Die Vibrationen schwangen auf ihren Körper über. *„We will, we will rock you!"*

„Gila – !", schrie sie.

Im nächsten Moment ging um Jo Anne alles wie in einem tosenden Strudel unter. Die lärmenden Geräusche, das Geschrei, die Musik ... all das sprang in den Hintergrund. Eine nie erlebte Ruhe hüllte Jo Anne ein. Kein Drängeln mehr, kein Schubsen, kein Herumstoßen ... Nun zählten nur noch sie selbst und das Kind, das sein Recht auf die Welt geltend machte. Jo Anne fühlte sich frei, stark und jedem Widerstand gewachsen.

Nach einer Ewigkeit tauchte Pits Gesicht wieder vor ihr auf. Er versuchte, etwas zu sagen. Worte, die nicht mehr zu Jo Annes durchdrangen.

So oder so, das Kind würde kommen.

Pit packte sie am Arm. „Verdammt, komm hier raus!"

Und Björn: „Das schaffen wir locker!"

Jo Anne war alles egal.

Vorsichtig steuerte Pit in Richtung Arenarand. Björn kämpfte die Bahn frei, wobei er ununterbrochen schrie: „Hey, Achtung! Macht endlich Platz! Keine Augen in der Birne? Na, los, macht Platz!"

Jo Anne erinnerte sich an eine ähnliche Situation. Fünf oder sechs Jahre war sie gewesen ... Winter! Herrliche Spaziergänge mit dem Vater ... An einem Morgen war der Schnee so massenhaft auf den Wegen gelegen, dass Jo Anne knietief eingesunken war. Ihr Vater war vor ihr hergegangen und hatte den schweren, nassen Schnee mit seinen schwarzen Fellstiefeln niedergestapft.

Die Menschenmenge lichtete sich. Kein Drücken mehr, kein Stoßen und Zerren. Jo Anne schöpfte tief Luft.

„Gleich hast du's geschafft!", tröstete Pit. „Nur ein paar Schritte noch! Gleich, Jo Anne ... gleich!"

„Ja", ächzte sie, „gleich ist es geschafft."

Mit Davids und Dizzys Hilfe erreichte Gila den Arenarand in Windeseile. Rücksichtslos zwängten sich die beiden Männer durch die Menschenmassen und zerrten Gila hinter sich her. Sie stolperte, prallte schmerzhaft an irgendwelche Leute, entschuldigte sich, stolperte weiter vorwärts. Völlig atemlos betrat sie schließlich die Sandbahn.

Nach einer kurzen Verschnaufpause hielt Gila das erste Sanitäterpaar an – ein etwa dreißigjähriger Mann mit seiner gleichaltrigen Kollegin.

Gila wandte sich an die Frau. „Eine Schwangere muss hier jeden Moment auftauchen", rief sie ihr zu, „mit Wehen!"

Nicht die leiseste Regung spiegelte sich im Gesicht der Sanitäterin. Es schien, als sei es für sie das Natürlichste auf der Welt, hier, in einem Konzert, Kindern auf die Welt zu helfen.

Die Gelassenheit legte sich wohltuend auf Gila. Sie fühlte beinahe körperlich, wie die Last der Verantwortung leichter wurde.

„Ein Krankenhaus", hatte einmal einer ihrer Kollegen scherzend gesagt, „und eine Mammutveranstaltung sind so ziemlich die sichersten Plätze der Welt."

Gila glaubte es fast. Wie sie einmal für einen Artikel recherchiert hatte, standen bei einer Veranstaltung allein im Olympiastadion fünfzehn Sanitätswachen zur Verfügung, fünf Ärzte, zirka hundert Sanitäter, mindestens genau so viele Ordner und das Zehnfache an ziviler und uniformierter Polizei.

„Aus welcher Richtung kommt sie?", fragte die Sanitäterin.

Gila wies zur Arenamitte. „Von da irgendwo –"

Die Sanitäterin schürzte ihre Lippen. „Sie zu suchen,

hat wenig Sinn, besser, wir kümmern uns um einen Arzt und um den weiteren Abtransport." Sie schaltete ihr Funkgerät ein und setzte sich mit der Einsatzleitung in Verbindung. „Äskulap München für Äskulap München zwei", verlangte sie. „Hinweis von einer Person auf Schwangere mit eingesetzten Wehen. Bitte, vorsorglich einen Arzt zur Wache Zwei. Melde mich wieder, wenn Schwangere auftaucht."

Nach einer Weile wandte sich Gila an David: „Mike ist im Stadion", klärte sie ihn auf. „Er sucht dich schon den ganzen Tag."

Nicht nur David, sondern auch Dizzy hatte jedes Wort verstanden. „Dieser Irre?", brüllte er. „Dann solltest du lieber verschwinden, David. Hier stehst du voll im Abschuss!"

David zauderte zuerst, doch dann ergriff er Gilas Arm und versuchte, sie mit sich in die Menge zu ziehen.

Gila wehrte ab. „Jo Anne ...?"

Dizzy rief: „No Problem, ich kümmere mich um sie. Verschwindet lieber!"

Gila zögerte noch immer. Dann fiel ihr ein, weshalb sie eigentlich hierher gekommen war: um mit David über Jenny zu sprechen. Schnell und fest hakte sie sich bei ihm unter.

29

Der Himmel über dem Stadion verfärbte sich zu einem schmutzigen Grau. Langsam senkte sich die Nacht herab und hüllte das Publikum in Dunkelheit.

Stellenweise färbte das Flutlicht die bedrohliche Schwärze gelb, blau, rot oder grün ... bunte Menschenstreifen.

Gila stand dicht neben David und trat fröstelnd von einem Fuß auf den anderen. Noch immer hatte sie nicht ein einziges Wort mit David wechseln können, der höllische Lärm ließ es einfach nicht zu.

Wäre nicht irgendwo Jo Anne mit ihren Wehen gewesen, hätte Gila geduldig den passenden Moment abgewartet, so aber verlangte die brenzlige Situation nach einem raschen Gespräch. Gila warf einen Blick auf David, dessen Gesicht für einen Moment ganz und gar in orangefarbenes Licht gehüllt war. Es wirkte entspannt. Ein verklärtes Lächeln lag auf seinem Mund. Die Musik fesselte ihn. Und dann wurden die Klänge leiser. Weiche, samtweiche, schmeichelnde Töne schwirrten wie kleine, verirrte Vögel durch die Luft. Die Fans verstummten zugleich. Das Flutlicht erlosch. Für den Bruchteil einer Sekunde harrte das Stadion in Finsternis. Nach und nach aber, wie abgesprochen, züngelten tausende, abertausende Feuerzeuge im Abendwind auf.

Gila sah sich überrascht in einem flackernden Flammenmeer. Eine ruhige, beinah ehrfurchtsvolle Atmosphäre verbreitete sich, die auch Gila ergriff.

„Love of my life don't leave me", flehte es wehmütig von den Boxen. „You've taken my love, you now desert me."

Wie jeder im Stadion, war auch Gila jäh wie verzaubert. Diese melancholische und gleichsam ungeheuer zärtliche Melodie vertrieb die düsteren Schatten in ihr. Endlich konnte Gila wieder leicht und befreit durchatmen. Automatisch kehrte ihre Kraft zurück und erfüllte sie mit gesundem, zähem Leben. Und als kurz darauf die Schatten wiederkamen, besaß Gila den nötigen Mut, um sich mit ihnen auseinander zu setzen.

Sanft berührte sie Davids Arm. Er beugte sich zu ihr. „Jenny hat Aids."

Die Lichter malten gespenstische Muster auf Davids Gesicht. Seine Augen blitzten aggressiv und voller Widerstand, aber nur kurz, dann zeichnete sich eine unüberwindliche Hoffnungslosigkeit darin ab.

Grenzenloses Mitleid überwältigte Gila. Mit einer Hand strich sie tröstend über seine Wangen. „Seit wann weißt du es?"

David überlegte. Seit wann? Gedankenverloren sah er über die tanzenden Irrlichter hinweg. Seit jenem verhängnisvollen Abend, an dem der Unfall geschah. Keinen einzigen Augenblick davon würde er je wieder vergessen.

David erinnerte sich ...

Er hatte das Studio aufgeräumt, die beiden Models waren längst weg, als Jenny aufgelöst hereingeschneit kam – blass, zitternd, ein Nervenbündel.

„Madame hat mich gefeuert", schluchzte sie, „ich bin zu alt für den Job, David."

Unwillig hatte David die Stirn gerunzelt. „Diesen Bären kannst du 'nem anderen aufbinden, Jenny. Da steckt doch was anderes dahinter. Hast du wieder mal Streit mit Mike?"

Mit einer hilflosen Geste wischte sich Jenny die Tränen von den Wangen. „Mit Mike hat das gar nichts zu tun", antwortete sie leise. „Hast du Arbeit für mich, David?"

„Nur wenig, Jenny. Weißt du, ich hab' vor, ganz aus dem Geschäft auszusteigen."

Jenny wurde noch um eine Spur bleicher, ihre Lippen bebten. „Und was wird dann aus mir?"

„Himmel, Jenny, jeder Fotograf reißt sich um dich, das weißt du ganz genau. Such dir 'ne neue Agentur."

„Hab' ich doch längst. Nichts. Niemand will mich."

David kapierte das alles nicht, aber um sich ausführlich mit Jenny auseinander zu setzen, fehlte ihm jetzt ganz einfach die Zeit. „Sorry, Jenny, ich bin leider schrecklich in Eile", versuchte er, sie mit ein paar raschen Worten abzuspeisen. „Lass uns morgen in Ruhe über alles reden, ja? Na, komm, ich bring' dich heim."

Deprimiert ließ Jenny die Schultern sinken. Und genauso deprimiert hockte sie dann im Wagen neben ihm.

„Okay, was ist wirklich los?", gab sich David geschlagen, da er den Jammer, den sie ausstrahlte, nicht mehr ertragen konnte. „Aber bitte keine Märchen, ja?"

Tonlos kam es über Jennys Lippen: „Ich hab' Aids, David! Ich werde sterben! Schätzungsweise will mich deshalb keiner mehr haben." Sie lächelte bitter. „Du weißt ja, wie schnell Gerüchte die Runde machen ..."

Wie bitte? Jenny und ihre gottverdammten, dämlichen Witze! Sofort kroch unbändige Wut in ihm hoch. Aufgebracht fuhr er sie an: „Vielleicht hältst du einfach deinen dummen Mund!"

Jenny schluchzte wieder. „Ich lüge nicht", beteuerte sie. „Ich hab' Aids, kapiert? Aids!"

Noch immer glaubte David ihr kein Wort! „Jenny, ich warne dich, treib es nicht zu bunt! Ich hab' genug Stress am Hals, hörst du?"

„David, du verdammter, idiotischer Idiot! Wieso glaubst du mir nicht?" Ihre Stimme war nur mehr ein Flüstern. Starr blickte sie vor sich hin, stumm, wie versteinert, ohne einen Funken Leben.

David rieselte es kalt den Rücken hinab. Das war nicht mehr seine Jenny! Die Frau neben ihm war ihm fremd. Ihr Schweigen zerrte an seinen Nerven.

Plötzlich wandte Jenny den Kopf. Ihre ausdruckslosen Augen versetzten ihn in Panik. Sie murmelte: „Mit dieser Krankheit kann und will ich nicht leben, David! Ich kann es nicht und will es auch nicht!" Dann ging alles rasend schnell. Mit fliegenden Fingern öffnete Jenny den Sicherheitsgurt, stieß die Tür auf und sprang aus dem fahrenden Wagen.

David schrie auf. „Jenny! Jenny!" Instinktiv stieg er auf die Bremse, lenkte den Wagen nach rechts ... und prallte mit einem ohrenbetäubenden Krach an die Leitplanke ... Jenny lag nur wenige Meter hinter dem Wagen – bewusstlos, blutverschmiert ...

Im Rettungswagen saß David neben ihr. „Ich hätte es verhindern können", dachte er. „Wenn ich rechtzeitig reagiert hätte." Ja, wenn ... Die Selbstvorwürfe zerrissen ihn. Wenn, wenn ...

David erzählte, hetzte buchstäblich von Wort zu Wort, denn die Gunst einer ruhigen, besinnlichen Atmosphäre kam in diesem Konzert sicher nicht wieder.

Gila war längst bis an die Lippen erblasst. „Nein", dachte sie erschüttert. „O Gott, nein!"

Die Musik holte David ins Stadion und damit in die Wirklichkeit zurück. „Back – hurry back, please bring it back *home to me ...".* Er hielt Gilas Hand. Einen kurzen Moment später donnerte tosender Applaus auf. Gila schrak unwillkürlich zusammen.

Die Scheinwerfer fluteten erneut durch die Nacht und streuten wieder breite, bunte Streifen über das Stadion. Gila hob ihren Kopf und sah in Davids Augen. Grenzenlose Müdigkeit las sie darin.

„Lass uns von hier verschwinden!", rief sie ihm zu. Davids Antwort entging ihr, denn eine Fangruppe riss Gila johlend mit sich. Bevor sie wieder zur Besinnung kam, hatte sie David aus den Augen verloren. Unruhig sah sie sich um. Ihre Blicke wanderten rastlos umher. Sie reckte verzweifelt den Hals, stellte sich auf die Zehenspitzen, suchte ... Sie musterte Hunderte von fremden Gesichtern ... Doch David schien von der Menge verschluckt worden zu sein.

Absolut aussichtslos, ihn in dieser Masse nochmals aufzuspüren. Gila fühlte sich wie ein hilfloses Blatt, das der Wind bald hierhin und bald dorthin trägt. Die Leute gebärdeten sich wie toll, schubsten Gila mal an diesen und mal an jenen Ort. Und sie ließ sich treiben, war unfähig, sich dagegen anzustemmen. Davids Beichte lähmte Gila. Nicht einen Augenblick lang hatte sie ein solches Geständnis erwartet.

Jenny wollte sterben. Deshalb Davids Schuldgefühle, weil er glaubte, Jenny in ihrer Not im Stich gelassen zu haben. Oder – diese Frage stand noch immer wie ein Gespenst im Raum – weil er sie selbst infiziert hatte? Über kurz oder lang würde Gila die volle Wahrheit erfahren. Sie zweifelte keinen Moment daran. David schien ihr endlich wieder zu vertrauen. Erlöst atmete sie tief durch. Dann fiel ihr Jo Anne ein. Wo war sie jetzt? Noch immer in der Arena?

Gila nahm all ihre Kräfte zusammen. Sie begann, sich an unzähligen jubelnden Menschen vorbeizuzwängen – immer in Richtung Ausgang.

30

Stefanie war Mike ein Dorn im Auge. Wie ein Mühlstein saß sie ihm im Nacken. Schon ihre bloße Anwesenheit konnte alles verderben. Mike überlegte fieberhaft. Stefanie musste verschwinden, und zwar sofort! Mit wütend funkelnden Augen beugte er sich zu ihr hinab. „Lass mich in Ruhe! Zisch endlich ab!", rief er unwirsch. „Merkst du nicht, dass du störst, auf meinen Nerven herumtrampelst, mir schlicht auf den Geist gehst?" Mike sah, dass Stefanie zusammenzuckte. Er lächelte. Na also! Deutlich musste man nur werden! Doch zu seiner Überraschung klammerte sie sich noch heftiger an ihn.

Hastig löste er Stefanies Finger von seinem Arm. Mike sah jetzt nur noch einen Weg. Er musste in der Menge untertauchen. Womöglich hatte er Glück, und Stefanie verlor ihn aus den Augen.

Er nutzte die nächstbeste Gelegenheit. Tosender Applaus brandete durch das ganze Stadion. Die Menschen rundherum klatschten wie von Sinnen, sie schrien, sie stampften mit den Füßen, sprangen wie verrückt auf und ab. Mike zwängte sich in eine Menschenlücke, die sich für den Bruchteil einer Sekunde auftat und strebte dann mit aller Kraft vorwärts.

Irgendwann warf er einen flüchtigen Blick nach hinten. Geschafft: Stefanie war verschwunden! Und sie hatte nicht die geringste Chance, ihn in diesem unentwirrbaren Menschenknäuel wiederzufinden. Fürs Erste war Mike zufrieden. Nun stand nichts mehr zwischen ihm und David. Der Weg war frei.

„*You're my best friend*", sangen ein paar Leute hinter ihm. Mike runzelte die Stirn.

David versuchte erst gar nicht, Gila zu folgen. Er wusste auch so, dass es zwecklos war. Das Publikum glich einem Schwamm, der Menschen gierig aufsog.

„*You're my best friend*", dröhnte es aus den Lautsprechern.

„Dizzy", dachte David, „ist der Typ Kumpel, auf den man sich immer verlassen kann. Genauso Björn und Pit." David erinnerte sich an Jennifer. Auch sie war ihm eine Freundin gewesen ... Aber er, David, wie stand er zu ihr? Als Freund hatte er erbärmlich versagt! David begriff, dass er seine Schuldgefühle wohl nie mehr loswerden würde. Grenzenlose Einsamkeit umfing David. Einsamkeit in einer tobenden, glücklichen Menschenmenge. Er fühlte sich hilflos und verloren, so verloren, wie sich Jenny schon seit einiger Zeit gefühlt haben musste. David glaubte plötzlich, keine Luft mehr zu bekommen. „Ich muss hier raus", dachte er, „oder ich ersticke." Zähe zehn Minuten später erreichte er den Arenarand, und weitere zehn Minuten später stand er neben Dizzy.

„Verschwinde!", schrie dieser ihm zu. „Schon vergessen, Mike ist im Stadion."

Ach ja, Mike! Stimmte es wirklich, dass Mike auf der Suche nach ihm war?

„Natürlich ist er hinter mir her", dachte David und schürzte seine Lippen spöttisch. „Was sonst? Queen interessiert ihn doch nicht die Spur. Außerdem sucht er seit eh und je nach einem Grund, um mir eins zu verpassen! Nun, jetzt hat er ihn."

Hilfreiche Hände streckten sich Jo Anne entgegen, zerrten sie regelrecht die paar Schritte zur Sandbahn hinaus.

„Geschafft!", schrie Pit. „Hörst du, Jo Anne? Du hast es geschafft!"

Jo Anne schwirrte der Kopf. Sie blickte in das vertrauensvolle Lächeln einer Sanitäterin, sah Dizzy und daneben David.

Dizzy grinste über das ganze Gesicht. Dizzy? Jo Anne kam aus dem Staunen nicht mehr heraus. Fremde, völlig fremde Menschen kümmerten sich rührend um sie. Menschen, die Jo Anne heute erst kennen gelernt hatte und denen sie eigentlich egal sein konnte. Ausgerechnet diese fremden Menschen waren da und halfen.

„Wow!", scherzte Dizzy. „Heiß! Echt heiß! Bekommt ihr Baby glatt hier! Hier bei *Queen!* Echt heiß!" Er drückte aufmunternd Jo Annes kalte Hand. „Ob Junge oder Mädel, das Kleine wird bestimmt 'n super Drummer! Lass mich nur machen!"

Die Sanitäterin mischte sich energisch ein. „Wie geht es Ihnen?", fragte sie.

Jo Anne sagte ihr, dass sie bereits seit einiger Zeit Fruchtwasser verlor.

„Wir bringen Sie jetzt in eine Sanitätswache zu einem Arzt", meinte die Sanitäterin. „Schaffen Sie die paar Schritte noch zu Fuß?"

Jo Anne nickte. „Ja", dachte sie, „nicht mehr lange, und dann ist es geschafft."

Rasch sah sie zu den Presseplätzen hin. Simon war unwichtig geworden!

Jo Anne ließ ihre Blicke ängstlich durch den Raum schweifen. Graue, erschreckend graue, kalte Wände gähnten ihr entgegen, graue Stahlschränke, vier graue Liegen, graue Decken, graue Stühle ... Das einzig Erfrischende war der farbenfroh gekleidete Arzt. Ein dunkelhaariger, sportlicher Mann um die Vierzig. Er trug helle Jeans und darüber einen bunt gemusterten Norwegerpulli.

„Hallo", sagte Jo Anne schüchtern.

Der Arzt lächelte. „Hallo. Ich bin Dr. Roth." Mit einer Hand wies er auf eine der Liegen.

Während sich Jo Anne entkleidete, schickte er bis auf eine Sanitäterin alle übrigen Rot-Kreuz-Helfer hinaus. Die Untersuchung dauerte nur wenige Minuten. Der Arzt überprüfte die Lage des Kindes und wie weit der Muttermund geöffnet war. Er horchte die Herztöne des Kindes ab und fragte Jo Anne zwischendurch, ob sie während des Konzerts gestürzt sei oder ihr jemand heftig in den Bauch gestoßen habe.

Jo Anne verneinte.

Als Dr. Roth sich nach ihrer Schwangerschaft erkundigte, reichte ihm Jo Anne den Mutterpass, den sie vom ersten Tag an immer bei sich getragen hatte. Der Arzt las ihn gründlich und orderte per Funk einen Rettungswagen. „Ihr Baby beeilt sich ja mächtig", sagte er dann. „Ich fürchte, Sie werden es hier bekommen."

„Hier? O nein! Nein, nein ..."

Besänftigend fuhr Dr. Roth fort: „Keine Angst. Soweit ich in Ihrem Mutterpass sehen kann, verlief Ihre Schwangerschaft absolut unkompliziert. Die Lage des Kindes ist normal, auch die Herztöne. Aber in eine Klinik ...?" Er schüttelte bedauernd den Kopf. „In eine Klinik schaffen Sie es bestimmt nicht mehr. Oder soll das Baby etwa in einem engen, unbequemen Rettungswagen zur Welt kommen?" Aufmunternd strich er kurz über ihre Hand. „Na, das schaffen wir schon! Und nun entspannen Sie sich, seien Sie ganz locker."

Jo Anne versuchte es. Ihre Blicke folgten der Sanitäterin, die einen Koffer aus einem der Stahlschränke hob.

„Das darf nicht wahr sein!", stieß sie überrascht hervor. „Sind Sie wirklich auf eine Geburt vorbereitet? Hier? In einem Stadion?"

Die Sanitäterin schmunzelte. „Natürlich! In jeder Wache gibt es ein solches Geburtennotfallbesteck. Gott sei Dank, nicht wahr?"

Jo Anne beobachtete, wie sie unter anderem eine Schere, Klemmen, sterilen Zellstroff, Handschuhe und einen Absaugschlauch aus dem Koffer holte und bereitlegte.

Gila holte tief Luft. „Dem Himmel sei Dank", dachte sie. Eben hatte sie von einem Sanitäter erfahren, dass eine Schwangere in Wache Zwei sei. Sofort ließ sie sich den Weg dorthin beschreiben, und schon wenige Minuten später hatte sie den Eingang, der zu den Sanitätswachen unter der Tribüne führte, erreicht. Gila eilte durch einen lang gestreckten, schmalen Gang. Die grauen Betonwände, das kalte, gleißende Neonlicht wirkten bedrückend. Nach ein paar Schritten hastete Gila links in einen anderen grauen, kalten Flur. Hier irgendwo musste Wache Zwei sein.

Schon von weitem sah Gila Pit inmitten einer Gruppe

Sanitäter stehen. „Pit!", rief sie und beschleunigte ihre Schritte. „Wo ist Jo Anne?"

Pit drehte sich überrascht um. Bei Gilas Anblick erhellte sich seine Miene. „Mensch, Gila!", stieß er erleichtert hervor. „Gut, dass du da bist." Mit dem Daumen wies er auf eine Tür. „Man hat Jo Anne eben hier reingebracht."

Gila wandte sich an einen Sanitäter, einen kräftigen, rothaarigen Mann mit eckigem Gesicht. „Die Kleine kommt doch ins Krankenhaus, nicht wahr?", fragte sie.

Der Sanitäter zuckte die Schultern. „Das entscheidet der Arzt."

In diesem Moment kamen zwei andere Sanitäter mit einer fahrbaren Trage um die Ecke und klopften leise an die Tür der Sanitätswache. Kurz darauf traten sie ein.

Gila warf einen raschen Blick in den Raum. Dieselben grauen, deprimierend kalten Wände, graue Einrichtung, dazu eine zum Schneiden stickige Luft.

„Gila", kam es von einer der Liegen her.

Sofort war Gila an Jo Annes Seite. „Ich bin hier." Behutsam strich sie dem Mädchen über das blonde, zerzauste Haar.

„Wissen Sie es schon? Ich bekomme das Baby hier!" Jo Annes Stimme klang ängstlich.

„Und alles wir gut gehen! Warum auch nicht? Ein Arzt ist hier, Sanitäter, und draußen wartet schon der Rettungswagen."

Jo Anne verzog das Gesicht. Eine heftige Wehe erfasste sie. Ihre Hände verkrampften sich in der Liege.

Gila hörte hinter sich den Arzt mit dem Sanitäter sprechen. „Pressperiode. Das Kind kann jeden Moment kommen. Wir transportieren sie erst nach der Geburt in die Klinik."

Als Dr. Roth näher trat, verabschiedete sich Gila. „Ich warte draußen", versprach sie Jo Anne, „Pit auch. Nur keine Angst!"

31

Die Nacht war hereingebrochen. Kein einziger Stern funkelte durch die dichten Wolken am Himmel. David fröstelte. Jetzt erst spürte er, wie kühl es geworden war. Doch außer ihm schien sich niemand im Stadion an dieser Kälte der Nacht zu stören. Wohin er auch blickte, nur Menschen, die vor Begeisterung loderten. Männer und Frauen unterschiedlichsten Alters ... sie alle konzentrierten sich auf die Band im grellen Rampenlicht der Bühne. Neid machte sich in David breit. Warum konnte er sich nicht wieder von dieser Stimmung mitreißen lassen? Noch einmal für kurze Zeit jeden bedrückenden Gedanken abschalten? Sollte ihm das nie mehr gelingen?

„Kommt! Wir verschwinden!", rief Dizzy ihm und Björn beschwörend zu. „Pit können wir getrost vergessen. Der ist jetzt mit Jo Anne beschäftigt."

Björns Gesicht wurde lang. „Hey, eigentlich bin ich wegen Queen hier. Die besten Songs kommen erst noch."

Dizzy brauste auf: „Mike ist total durchgeknallt. Den möcht' ich heute unter keinen Umständen treffen!"

David holte tief Luft. Langsam konnte er es nicht mehr hören! Mike! Immer wieder Mike! „Ich schlage vor, dass ihr Mike endlich mal vergesst!", mischte er sich energisch ein. „Diese Sache betrifft nämlich nur ihn und mich! Deshalb entscheide ich allein, wann ich das Stadion verlasse! Und überhaupt, ob ich heute, morgen oder in ein paar Tagen mit Mike spreche, ist im Grunde doch egal, oder? Weglaufen bringt doch nichts."

„Sorry, dass wir uns Sorgen um dich gemacht haben." Dizzy war gekränkt. „Kommt bestimmt nie wieder vor."

Davids Antwort wurde durch Freddie Mercurys Stimme übertönt.

„This is from an album called Hot Space", kündigte der Sänger den nächsten Song an. „It's called Las palabras de amor."

„Wir treffen uns nach dem Konzert im Übungsraum, okay?", schlug David rasch vor, dann drehte er sich um und hastete mit großen Schritten die Bahn hinauf. Auch ohne zurückzublicken, wusste er, dass Björn und Dizzy ihm entgeistert nachstarrten.

Während das Publikum die Band mit wildem Applaus und schrillen Pfiffen anfeuerte, setzte leise und verhalten die Musik ein.

Mikes Fluchtversuch überraschte Stefanie nicht. Insgeheim hatte sie sogar damit gerechnet und war deshalb auf der Hut gewesen. Als sich Mike dann tatsächlich von ihr losriss, war ihm Stefanie blindlings nachgehetzt. Instinktiv ahnte sie, wenn es ihr jetzt nicht gelänge, Mike einzuholen, würde sie ihn endgültig aus den Augen verlieren. Da er nun gewarnt war, würde er in Zukunft Mittel und Wege finden, ihr pausenlos zu entwischen. Nicht nur hier im Konzert, sondern überall.

Gewaltsam kämpfte sich Stefanie vorwärts, schob sich verbissen an unzähligen Menschen vorbei, drängelte und drückte ... Mike durfte ihr nicht entkommen! Sie hatte Glück! Da! Nur wenige Schritte vor ihr! Mike! Stefanie nahm ihre Ellenbogen zu Hilfe. Feiner Schweiß perlte auf ihrer Stirn. „Darf ich mal durch?", schrie sie. „Bitte!" Ihre Bewegungen wurden hektisch und grob.

Mit einem Mal verharrten die Menschen und lauschten gebannt auf Freddie Mercurys Ankündigung.

„This ist from an album called Hot Space."

Bevor Tausende von Beifall klatschenden Hände in die Luft fuhren, hatte sich Stefanie Mike ein erstaunliches Stück genähert.

„It's called Las palabras de amor."

„Die Worte der Liebe", dachte sie und lächelte spöttisch. Mike hatte nie echtes Interesse an ihr gezeigt. Eine flüchtige Beziehung, das war es damals für ihn gewesen, die bei Jennifers Auftauchen endgültig zu Ende war. Aber nun war das auch wieder passee: Das Model lag im Sterben. Eine neue Chance hatte sich für Stefanie aufgetan.

„Himmel, Mike, wo willst du jetzt wieder hin?", fragte sich Stefanie verwundert, als sie bemerkte, dass er sich zu den Getränkeständen durchboxte.

Eine süße, rührselige Melodie fing das Stadion ein. Stefanie lauschte hingebungsvoll.

Jo Anne sank erschöpft zurück. Die Pausen zwischen den Wehen wurden kürzer, die Wehen selbst dagegen heftiger.

„Das klappt doch fantastisch", lobte Dr. Roth. „Nur noch ein klein wenig Geduld. Jetzt dauert's nicht mehr lange."

„Hoffentlich", japste Jo Anne. Die Schmerzen erfassten ihren ganzen Körper und hatten bereits die Grenze der Unerträglichkeit erreicht.

„Was hat Sie eigentlich in dieses Konzert verschlagen?", wollte der Arzt wissen. „Ein solcher Queen-Fan?" Er schmunzelte.

Da Jo Anne ihre anfängliche Scheu überwunden hatte, begann sie, ohne Hemmungen von Simon zu erzählen, und dass sie gehofft hatte, ihn hier zu treffen.

„Nun sind Sie wohl sehr enttäuscht, wie?"

Jo Anne starrte nachdenklich zur Decke hoch. „Nein", antwortete sie nach einer Weile. Es war die Wahrheit.

Eine weitere Wehe erfasste sie. Jo Anne spürte sie langsam, aber unaufhaltsam herankommen. Während der Schwangerschaftsgymnastik hatte sie für jede Geburtsphase die richtige Atemtechnik gelernt. Also holte sie jetzt tief Luft.

„Gut, sehr gut", lobte Dr. Roth. „Weiter so, Jo Anne, Atem anhalten ... pressen ..."

32

Beim ersten Getränkestand machte David Halt und ließ sich einen Becher Kaffee geben. Vielleicht half ihm die heiße Flüssigkeit ja, die Kälte aus den Knochen zu vertreiben.

Schon nach dem ersten Schluck fühlte er sich wohler.

Wärme kehrte in seinen Körper zurück. David begann, sich zu entspannen. Er war froh darüber, dass Björn und Dizzy nicht mehr bei ihm waren. Keine lästigen Fragen mehr, keine Antworten, die er weder geben konnte noch wollte. David konzentrierte sich auf die Musik. Er lauschte, ließ die Band auf sich wirken, versank in einem wohligen Klangkissen von Rhythmus und Melodie.

Der Becher Kaffee war leer. David zerknüllte ihn und warf ihn in einen Eimer. Dann überquerte er die Sandbahn und mischte sich wieder unter das Publikum. Eine Gruppe Teenies drängte kichernd auf ihn zu. David zwängte sich rasch einen Schritt zur Seite. Dabei rempelte er versehentlich jemanden an.

„Verflucht, können Sie nicht Acht geben?", hörte er eine zornige Stimme neben sich.

David wandte den Kopf, eine Entschuldigung auf den Lippen. Im Halbdunkel konnte er das Gesicht nicht erkennen. Nur die Stimme klang seltsam vertraut.

„David Sandberg! O Gott, Glück muss der Mensch haben!", sagte der Mann. Da endlich begriff David, wer vor ihm stand. „Verrückt", dachte er. „Total verrückt! Unter Tausenden von Menschen ... wen treffe ich rein zufällig? Mike! Das gibt's doch überhaupt nicht!"

Auch Mike konnte es kaum fassen. Welch seltsamer Instinkt hatte ihn ausgerechnet hierher in die Nähe dieses Getränkestands getrieben? Den ganzen Tag war er vergeblich hinter David hergejagt, hatte sich austricksen und in die Irre führen lassen, und nun stieß er wie nebenbei mit ihm zusammen.

„David Sandberg!", wiederholte er. „Endlich!"

David schien nicht minder erstaunt zu sein. „Nein, so was!", rutschte es ihm überrascht über die Lippen. „Ich hörte, Sie suchen mich? Schön, reden wir. Nach dem Konzert, okay?"

„Jetzt gleich! Hätten Sie sich nicht wie ein mieser, kleiner Feigling ständig versteckt, wäre die Angelegenheit längst erledigt." Mike trat dicht an David heran. „Wieso ha-

ben Sie Jenny das angetan?"
David wich einen Schritt zurück. „Was soll das heißen?"
Bis jetzt hatte Mike sich zu beherrschen versucht, doch
nun klappte das nicht mehr. Seine Gefühle gerieten außer
Kontrolle. „Dieser Kerl will mich immer noch hinhalten",
dachte er wütend. Er stellte sich David in den Weg. „So
leicht kommen Sie diesmal nicht davon. Wir schaffen die
Sache jetzt aus der Welt. Jetzt sofort!"

Jo Anne presste ihre Lippen aufeinander. Nicht der
kleinste Laut rutschte über ihre Lippen. „Diese tierischen
Schmerzen", dachte sie nur. „Sie dauern und dauern, verschwinden und ... da sind sie wieder, mit neuer Kraft,
Wahnsinn!" ...
„Pressen!", befahl Dr. Roth. Doch seine Stimme klang
sanft. „Pressen Sie, Jo Anne. Na, los ...!"
Jo Anne gab sich Mühe. Ihr Körper war angespannt. Als
die Wehe vorüber war, seufzte sie leise. Die Sanitäterin
wischte ihr mit einem feuchten Tuch über die schweißnas-
se Stirn.
Während Dr. Roth erneut die Herztöne des Kindes ab-
horchte, versuchte Jo Anne, so tief und so ruhig wie möglich zu atmen. Sie lockerte sich, lag da und wartete auf die
nächste Wehe.

David fackelte nicht lange. Er schob Mike angewidert
beiseite. „Sie sind ja betrunken!", schleuderte er ihm entgegen. „Hören Sie, ich sagte, dass ich bereit bin, mit Ihnen
zu reden. Vernünftig, und wie es zivilisierte Menschen tun,
aber nicht so ...!" Mikes überschäumende Wut stieß ihn ab.
„Kein Wunder", dachte er, „dass Jennifer vor diesem Verrückten die Flucht eingeschlagen hat!"
David bereute seinen voreiligen Entschluss. Ein klären-
des Gespräch mit Mike? „Vergiss es!", dachte er. Als David
einen Schritt in die Menge hineintrat, packte Mike ihn am
Arm.
„Sie bleiben!"
Warnend hob David den Blick. „Finger weg!"

„Sonst was? Passiert mir dann dasselbe wie Jenny? Oh, Sie erschrecken mich zu Tode!"

„Hab' ich's nicht gewusst?", sann David. „Mike will überhaupt kein Gespräch. Er will sich Luft machen, seinen Frust abladen und hauptsächlich mich als Schuldigen abstempeln." David schüttelte Mikes Arm ab. „Mensch, Mike, ich hatte keine Ahnung, dass Ihr Gehirn in kleine, schwarzweiße Karos aufgeteilt ist. Auf den weißen Feldern leben Leute wie Sie, auf den schwarzen lebt all das, was den normalen Rahmen sprengt. Sie führen Ihren eigenen kleinen Privatkrieg. Weiß gegen Schwarz. Aber Schwarz hat keinen Anlass, zu kämpfen, denn Schwarz kann Weiß durchaus akzeptieren. Und nun scheren Sie sich zum Teufel, Sie armseliger Kreuzritter!" Nach diesen Worten drehte sich David um und schlängelte sich in die Menschenmenge.

33

Mike war wie erstarrt. Den Blick auf Davids breitschultrigen Rücken gerichtet, so stand er da: Stocksteif, wie gelähmt, unfähig, sich auch nur einen Schritt vorwärts zu bewegen.

Erst als David zwischen den tobenden Leuten zu verschwinden drohte, kam Leben in ihn. Er ballte die Fäuste. „O Gott, diese verdammte Musik!", stöhnte er. „Dieser tödliche Lärm!"

Klare, saubere Pianoklänge tanzten auf einmal wirbelnd durch die Luft. Die Stimme des Sängers setzte ein. Zuerst leise, dann beharrlich vorantreibend, bis sie schließlich in einen provokanten, aufreizenden Ton überschwang.

Das Publikum war überwältigt. Es kreischte, schien wie berauscht ... Mike verzog angewidert sein Gesicht. „Nein, nicht schon wieder!"

Fluchend hetzte er David hinterher. „Zur Seite!", brüllte er. „Aus dem Weg, ihr Idioten!" Er bohrte seine Fäuste rücksichtslos in fremde Rücken, stieß brutal jeden zur Seite, der zwischen ihm und David stand. „Aus dem Weg!" Er drückte ein eng umschlungenes Paar weg, zerrte einen mageren Burschen zur Seite, wütete Schritt um Schritt unaufhaltsam vorwärts ... immer David nach. Irgendjemand schrie auf. Mike kümmerte es nicht. „David!", hämmerte es in seinem Kopf. „David!" Da! Wie viele Schritte noch? Drei? Zwei? Wie betäubt trieb ihn etwas vorwärts. Wut? Rachlust? Oder diese verhexte Musik? Mike war wie elektrisiert. Die Leute sangen und wippten im Rhythmus hin und her. Sie brüllten den Text in die kalte, dunkle Nacht hinaus. Unzählige Hände und Fäuste fuhren hoch ... rote, blaue, gelbe, grüne ... vom Flutlicht angestrahlt. Grimmig bohrten sie sich in die Luft. Mike war wie in Trance, er taumelte, raffte sich auf, stolperte weiter, boxte, schob, hetzte, lief. In seinem Knöchel spürte er einen teuflischen Schmerz. Gewaltsam kämpfte er dagegen an. Mike keuchte, der Atem in seiner Lunge rasselte. Und noch einmal der Refrain und dieselbe aufpeitschende Musik. Ein grausamer, unbarmherziger Befehl schwebte sekundenlang über ihm. Mike streckte seinen Arm aus. Mit den Fingerspitzen berührte er Davids Jacke. Wieder dieser stechende Schmerz. Mike stöhnte leise. Das Publikum sang. „Don't stop me now." Es sang, feuerte die Band an ... feuerte alles an. „Don't stop me now." Weiß besiegt Schwarz.

Mike bückte sich blitzschnell und zog das Messer aus seinem Stiefel, zog es hoch ... höher. Fest umschlossen seine Finger den kühlen Griff.

„Don't stop me now." Rotes Flutlicht streifte die Schneide.

Jo Anne war hellwach. Trotz der enormen Anstrengung verspürte sie nicht mal einen Hauch von Erschöpfung. Es schien, als habe jede Wehe ihr Bewusstsein immer wieder aufs Neue geschärft.

Jo Anne war in sich selbst versunken. Ihr ganzes Denken und Fühlen galten dem ungeborenen Kind. Kein überflüssiger Gedanke, kein Was und Wenn. Sie konzentrierte sich auf die Geburt.

Die Worte der Sanitäterin nahm Jo Anne nur noch am Rande wahr. Auch die Stimme des Arztes drang wie durch einen Nebel zu ihr. „Der Kopf ist bereits zu sehen", sagte er. „Ein hübscher Blondschopf. Jetzt mit dem Mund ein- und ausatmen. Hecheln, hecheln ..." Jo Annes Mund war in Windeseile ausgedörrt. Sie schluckte.

„Hecheln, hecheln! Weiter, weiter. Gleich haben Sie es geschafft."

Jo Anne atmete in raschen, kurzen Stößen. Ihre Lippen wurden noch trockener. Ihre Finger kribbelten. In ihrem Kopf sauste und brauste es. Sie hatte das Gefühl, jeden Moment ohnmächtig zu werden.

„Jetzt noch einmal pressen. Ein einziges, ein letztes Mal."

Jo Anne sammelte all ihre Kraft, atmete tief ein, hielt die Luft an und presste ...

34

Die Sanitäter unterhielten sich leise miteinander. Abwechselnd diskutierten sie über das letzte Fußballspiel, das gerade ablaufende *Queen*-Konzert und die horrend steigenden Benzinpreise. Einer der Rot-Kreuz-Helfer hielt ein Sprechfunkgerät in der Hand. Ein Sammelsurium von Worten und unzusammenhängenden Sätzen drang zu Gila her. Ein Stück weiter abseits lehnte Pit an der nackten, kalten Wand. Die Hände hatte er in den Hosentaschen vergraben. Wenn er nicht gerade auf seine Schuhspitzen starrte, hing sein Blick angstvoll an der gegenüberliegenden Tür. Gila warf einen Blick auf ihre Armbanduhr. Die Zeit schlich. Zehn Minuten, elf, zwölf, fünfzehn Minuten.

„Wie lange dauert das denn noch?", fragte Pit nervös.

Gila lächelte unmerklich. Genau so stellte sie ihn sich vor, wenn er selbst einmal Vater werden würde. „Beruhige dich", antwortete sie. „Jo Anne ist in guten Händen."

Einer der Sanitäter grinste über das ganze Gesicht. „Ein Glück, dass es bei *Queen* kaum Ärger gibt, sonst würde die Kleine jetzt ihr Baby im Rettungswagen zur Welt bringen. Hier würde es vor Verletzten nämlich nur so wimmeln."

Neugierig horchte Gila auf. „Stimmt das wirklich? Ich meine, dass es bei *Queen*-Konzerten nie zu Ausschreitungen kommt?"

„Wenn ich es Ihnen sage! Diese Band hat ihr Publikum voll im Griff. Phänomenal! Bis auf ein paar harmlose Plänkeleien passiert sonst nichts."

„Wie spät?", warf Pit nervös dazwischen. „O Gott! Das dauert und dauert!"

Gila wollte gerade antworten, als ihr Blick auf eine Gruppe junger Leute fiel, die eben den grauen Gang entlangkam. Zwei Männer in Jeans und schwarzen Lederjacken, von denen der eine auffällig humpelte. Das Mädchen sprang Gila besonders in die Augen. War das nicht Kiki? Sie war es.

Gila stieß einen Überraschungslaut aus. „Kiki! Was tust du denn hier?"

Kiki blickte hoch. „Hey! Ciao, Gila."

Zwei Sanitäter kümmerten sich um den Verletzten. „Ricky ist umgeknickt", erzählte Kiki. „Wahrscheinlich den Knöchel verstaucht."

Gila beobachtete, wie der junge Mann in eine freie Sanitätswache geführt wurde. „Du stehst also auf *Queen*, Kiki?", fragte sie dann.

„Dank Jenny. Tagaus, tagein nur *Queen*. Für mich gab's nur zwei Möglichkeiten: entweder ein Fan oder wahnsinnig zu werden. Na ja ..." Sie lachte. „Wo steckt David? Wollte er nicht auch ins Konzert?"

Ohne es zu wollen, machte Gila ein besorgtes Gesicht. Kiki entging es nicht.

„Hattet ihr Streit?", wollte sie wissen.

„Nein, nein", wehrte Gila ab, „es ist nur so, dass Mike hier ist. Er scheint Ärger zu suchen."

„Mit David?"

„Sieht so aus."

Kiki runzelte die Stirn. „Mike war heute in Jennys Wohnung", erzählte sie. „Wie ein Wahnsinniger durchwühlte er Jennys Schreibtisch, und nicht nur den."

Beklemmung legte sich auf Gilas Brust.

„Wieso das denn?"

„Keine Ahnung." Kiki rang sich ein verlegenes Lächeln ab. „Vielleicht hätte ich es nicht tun dürfen, aber ..."

„Was? Was hättest du nicht tun dürfen?", drängte Gila. Kiki atmete tief durch. „Es ging um den Unfall. Mike wollte mit David ein paar Dinge klären. In Jennys Auftrag natürlich, sonst hätte ich ihm nie die Studioadresse gegeben."

„Du hast was?", flüsterte Gila.

„Zuerst dachte ich mir echt nichts dabei", fuhr Kiki bedrückt fort, „doch dann ... o Gila!" Ihre Lippen zitterten. „Eigentlich muss es ja gar nichts bedeuten, aber ich könnte schwören, dass ich das Messer, kurz bevor Mike auftauchte, in die Schublade zurückgelegt hab'."

Gilas Knie wurden butterweich. „Soll das heißen, dass ein Messer fehlt?"

„Bleiben Sie gefälligst stehen, Sie mieses Schwein!", brüllte Mike, packte David an der Schulter und riss ihn heftig zurück.

Der Angriff kam für David so unerwartet, dass er zuerst gar nicht begriff, was eigentlich geschehen war. Er spürte Finger, die sich in seine Jacke krallten, zerrten und zogen. Er verlor das Gleichgewicht, strauchelte und prallte in eine Gruppe Männer. „He, du Idiot!", schrie jemand sauer. „Wohl besoffen, wie?" Einer von ihnen stieß David von sich. David strauchelte wieder.

Er begann, sich mit aller Kraft zu wehren. Blitzschnell schleuderte er herum. Mit der Faust schlug er die Hand von seiner schmerzenden Schulter.

Mike heulte auf, stockte, kam aber sofort wieder näher. David keuchte. „Sind Sie wahnsinnig?", rief er. Jeder

Muskel war angespannt.

Für einen kurzen Augenblick war Mikes Gesicht grün angestrahlt. Gespenstisch hob es sich aus der Dunkelheit hervor. David schauderte. Er blickte in schwarze Augenhöhlen. Etwas Lauerndes hauste in ihnen. David wagte nicht, sich zu bewegen. „Wieso?", dachte er. „Was um Himmels willen habe ich Mike denn getan?"

„Ihretwegen stirbt Jenny!"

David ließ Mike keinen Moment aus den Augen. Mikes Hand mit dem Messer schoss hervor. Geistesgegenwärtig sprang David zur Seite. Er wich Zentimeter für Zentimeter zurück, den Blick immer auf die blitzende Messerklinge gerichtet. „Nur weg", dachte er. „So schnell wie möglich weg von diesem Wahnsinnigen!"

Plötzlich erloschen die Scheinwerfer. Das Stadion lag in vollkommener Dunkelheit.

35

Dizzy stand unschlüssig auf der Sandbahn und blickte in die Richtung, in die David verschwunden war. „Wir sollten David nicht allein lassen," rief er Björn zu. „Wenn Mike ihn zwischen die Finger bekommt, sieht's bitter aus."

„Wo willst du ihn denn suchen?" Björn breitete beide Arme aus. „Sieh dich doch bitte mal hier um!"

Dizzy wusste selbst, dass die Chancen, David zu finden, äußerst gering waren.

„Was soll schon Schreckliches passieren?", besänftigte Björn. „Hier unter all diesen Leuten!"

„Die alle ausnahmslos wie hypnotisiert zur Bühne starren", rief Dizzy. „Da kann *alles* passieren!"

Er schlug denselben Weg wie David ein. Als er einen kurzen Blick über die Schulter warf, bemerkte er, dass Björn ihm widerstrebend folgte.

Kurz darauf kamen sie an einen Getränkestand, vor dem eine Schlange Leute wartete.

„Was jetzt?"

„Entweder stürzen wir uns in die Menge", schlug Dizzy vor, „oder wir laufen noch ein Stück die Bahn rauf. Vielleicht haben wir ja Glück."

In diesem Augenblick erloschen die Scheinwerfer.

Björn fluchte laut.

Nach außen wirkte Gila so ruhig wie immer, sogar ein schwaches Lächeln lag auf ihrem Mund. Nur ihren Augen fehlte jeglicher Glanz. Sie wandte sich an Pit. „Kann ich dich allein lassen?", fragte sie. „Du kümmerst dich doch um Jo Anne, oder?"

„Klar." Er musterte sie. „Stimmt was nicht?"

„Doch, doch. Ich brauche nur dringend frische Luft." Gila drehte sich um und eilte den Gang hinab. Kiki lief ihr nach. „Hey, kann ich mitkommen?", fragte sie.

Gila nickte.

Auf dem Weg nach draußen schlug Kiki vor, die Polizei um Hilfe zu bitten.

Gila seufzte. „Wenn das so einfach wäre", antwortete sie. „Wir wissen nicht genau, wo David steckt und ob er überhaupt in Gefahr ist. Bis jetzt vermuten wir das ja nur. Ich fürchte, wir müssen auf eigene Faust handeln. Die Polizei können wir später immer noch rufen."

Die kalte Nachtluft fing die beiden Frauen ein. Für einen kurzen Moment nahm Gila wahr, dass sie in der dünnen Jacke entsetzlich fror.

„Wo hast du David denn zum letzten Mal gesehen?", wollte Kiki wissen.

„In der Nähe der Stände", antwortete sie und wies mit ausgestrecktem Arm in den hinteren Arenateil.

So schnell wie möglich arbeiteten sich Gila und Kiki die Bahn hinauf. Immer wieder wurden sie von irgendwelchen lachenden und singenden Leuten gestoppt oder gar ein Stück zurückgerissen. Gila und Kiki benötigten ihre ganze Kraft, um nicht von diesem Menschenstrudel erfasst zu werden. Die Musik brauste über Gila hinweg ... jubelnder Applaus ... ohrenbetäubender Lärm ... Gilas Kopf dröhnte.

Völlig unerwartet verlöschten die Scheinwerfer. Gila stockte. Hilflos stand sie im Dunkeln. „Was ist los?", fragte sie verwundert.

Kiki klammerte sich an ihren Arm. Einen Moment lang schien sie David und die Gefahr, in der er schweben konnte, vergessen zu haben, denn sie lachte vor Begeisterung auf. „Yeah! Der Hit aller Hits! So hör doch, Gila! *Bohemian Rhapsody!* Yeah, yeah!"

Unwillkürlich lauschte Gila.

36

David atmete erleichtert auf. Dunkelheit! Das perfekteste Versteck, das man sich wünschen konnte. Nur, wie lange würde es dunkel bleiben? Oder wie kurz? Zwei Sekunden? Drei? Vier? Hastig kämpfte er sich weiter. Mit jedem neu gewonnenen Zentimeter würde er den Abstand zwischen sich und Mike vergrößern. David warf einen flüchtigen Blick zur Bühne. Ein strahlendes, buntes Lichtermeer, das wie magnetisch jeden in Bann zog. Dann schwangen Klaviertöne in der Luft. Zwei oder drei. Mehr waren nicht nötig, um den Fans einen wilden Beifallssturm zu entlocken. Denn jeder im Stadion erkannte den Titel: *Bohemian Rhapsody.*

Das Licht flutete wieder über das Stadion.

David suchte seine Umgebung ab. Mike! Wo war dieser verfluchte Kerl? Hinter welchem Rücken mochte er sich verstecken? David verkrampfte sich mehr und mehr.

Freddie Mercury sang, begleitet von seinen Fans: *„Mama, just killed a man."*

Gila stürmte weiter vorwärts, vorbei an singenden Leuten, vorbei an Männern, Frauen, vorbei, immer vorwärts. Ihr Herz hämmerte. Die Gedanken rasten. „Schneller", dachte sie verzweifelt. „Lauf schneller. Schneller." Ihr Atem wurde knapp. Sie keuchte. Ungeheure Erschöpfung drohte sie zu übermannen. Doch sie kämpfte verbissen dagegen an. „Nicht locker lassen, nicht aufgeben. O Gott! Lass mich dich finden, David", betete sie in Gedanken. „Bitte, lass mich dich finden!"

Wie durch einen dünnen Schleier drang der euphorische Gesang der Leute an ihr Ohr. *„Mama, just killed a man."* Gila erschauderte ...

Wie aus dem Nichts stand plötzlich Mike vor ihm. Blindwütiger Zorn spiegelte sich in dessen Gesicht. David zuckte zusammen. Sein Atem stockte. Das Messer in Mikes Hand wippte spielerisch auf und ab.

David wusste, dass es nur eine Frage von Sekunden war, bis das Messer erneut vorschnellen würde. Und dieses Mal würde es sein Ziel nicht verfehlen.

Aus den Augenwinkeln suchte David verzweifelt nach einer Fluchtmöglichkeit. Doch er sah nur Leute, die in Ekstase der Band zujubelten. *„Too late, my time has come."* David spürte seine verkrampften, schmerzenden Muskeln. Und dann war da noch etwas: Wut und Verbitterung! Gefühle, die seine letzten Kraftreserven mobilisierten. „So leicht mache ich es dir nicht, Mike!", dachte er.

Eine nie erlebte Müdigkeit umfing Jo Anne. Keine Schmerzen mehr, nur grenzenlose Entspannung und Ruhe. Freudestrahlend blickte sie auf das Baby in ihrem Arm. „Ist es nicht wunderschön?", flüsterte sie, vor Glück überwältigt.

Die Sanitäterin nickte lächelnd. „Wunderschön."

Dr. Roth hatte inzwischen die beiden Sanitäter hereinbeordert. Sie hoben Jo Anne vorsichtig auf die Trage.

Draußen erwartete Pit sie. „Wie geht's?", fragte er. „Alles okay. Und das Baby? Ist es gesund?"

„Kerngesund!", antwortete Jo Anne. „Ein Mädchen."

Die Sanitäter schoben Jo Anne den Gang entlang. Pit blieb zurück.

„Kommst du nicht mit?", rief ihm Jo Anne fragend zu.

Pit strahlte. „Klar! Was dachtest du denn?"

37

Gila war den Tränen nahe. Es waren Tränen der Erschöpfung. Ihre Beine versagten allmählich den Dienst. Die Augen brannten, die Kehle war ausgedörrt. Wo sollte sie David suchen? Wo? „Ich kann längst an ihm vorbeigelaufen sein, ohne ihn bemerkt zu haben", dachte sie verzweifelt. „Es ist hoffnungslos. Das Stadion ist einfach zu groß! Und viel zu viele Leute hier!" Gila zwang sich wie besessen vorwärts und wusste doch, dass ihre Suche im Grunde zwecklos war. „Nur ein klein wenig Glück", flehte sie. „Ein winziges Quäntchen Glück. Mehr verlange ich nicht."

Kiki keuchte neben ihr her. „Gila", rief sie, „das schaffen wir nie!"

„Zu spät!", hämmerte es in Gilas Kopf. „Wir kommen zu spät! Zu spät!" Entsetzen kroch in ihr hoch, Entsetzen und Panik. Abrupt blieb Gila stehen. Gehetzt blickte sie um sich. Da! Ein Polizist! Gila stürzte auf ihn zu. „Bitte, helfen Sie mir!", bat sie.

Der Polizist, ein älterer, grauhaariger Mann, musterte Gila. Ihre Nervosität machte ihn hellhörig. „Gern, wenn Sie mir sagen, wie." Sein Lächeln beruhigte sie etwas.

Gila erzählte ihm alles, all ihre Ängste, ihre ganze Not. Als sie geendet hatte, hob der Polizist sein Sprechfunkgerät an den Mund und erkundigte sich nach etwaigen Schlägereien, Messerstechereien und Verletzten.

Gilas Blick flog über die Leute. Wohin sie auch sah, nur entspannte, glückliche und sorglose Gesichter. Jeder schien mit sich selbst im Reinen zu sein.

„*Too late, my time has come*", hörte sie, und die Furcht war wieder da – schlagartig.

Der Beamte schüttelte den Kopf. Ein Lächeln lag auf seinen Lippen. „Nichts. Nicht die kleinste Rauferei, alles ist absolut friedlich. Mehr kann ich leider nicht für Sie tun."

Gilas Schultern sanken mutlos herab. Sie fühlte sich hilflos, leer und wie ausgebrannt. Oder war diese Nachricht ein gutes Zeichen? Ein leiser Hoffnungsschimmer wurde wieder in ihr wach. Vielleicht hatte David das Stadion ja schon verlassen.

„Und?," fragte Kiki mit ängstlichen Augen.

Gila schüttelte den Kopf.

Dichter, weißer Nebel wallte über die Bühne, kroch den Boden entlang und quoll zu dicken, bauschigen Wolken. Sie fielen zusammen, blähten sich in Sekundenschnelle wieder auf, fluteten über die Musikinstrumente und verschluckten sie.

Die farbigen Lampen der Lichtanlage schalteten sich zum Rhythmus der Musik an und ab. Erst langsam, dann immer schneller und schneller.

Die Band war verschwunden, nur ihr Gesang hallte wie ein tausendstimmiger Chor durch das flockige Nebelgebilde. Ein wildes, faszinierendes Wolkenspiel, das in einer feurigen Explosion endete. Die Nebel hoben sich in die Luft, zerflossen ... und *Queen* war für jeden wieder sichtbar da.

David bemerkte nichts von alledem. Seine Aufmerksamkeit galt Mike. Mike, dem Messer, Mike.

„Mensch, seien Sie doch vernünftig", schrie David beschwörend.

„Ich werde erst dann wieder aufatmen, wenn Sie für Jennys Elend bezahlt haben." Mike war wie von Sinnen.

David sah, wie Mike näher schlich. „Jenny würde das niemals wollen. Das wissen Sie."

„Ich weiß nur, dass Sie ein Schwein sind und sich wieder mal raffiniert aus der Schlinge zu ziehen versuchen."

Davids Gedanken überschlugen sich. „Ich muss diesen Kerl irgendwie in Schach halten", dachte er, „oder besser noch, die Leute rundum auf uns aufmerksam machen." Aber noch ehe David seinen Plan in die Tat umsetzen konnte, hechtete Mike vor. David hatte den Angriff längst erwartet und sprang zur Seite. Mit beiden Händen bekam er Mikes Arm zu fassen. Seine Finger schlossen sich wie ein Schraubstock um die Muskeln. Früher oder später musste Mike das Messer fallen lassen. Mike begann sich zu wehren. Mit der freien Hand schlug er wild um sich.

Ein schmerzhafter Fauststoß traf Davids Brust. David blieb die Luft weg. Nur für einen kurzen Augenblick, doch für Mike lange genug, um sich loszureißen. Wieder schnellte er vor, verfehlte David. Eine neue Attacke ...

„Verfluchter Mist! Verdammt!", schrie ein Fan auf und fuhr, aus einer Wunde blutend, herum. Das Messer hatte seinen Arm gestreift. „Hey! Was soll 'n das?"

„Helfen Sie mir!", rief David. „Der Kerl will mich umbringen."

„Hört endlich auf mit dem Quatsch", rief ein Zweiter und packte Mike grob an der Schulter. Mike stöhnte, riss sich los, taumelte und versuchte, mit rudernden Armen sein Gleichgewicht zu halten. Das Messer glitt ihm aus der Hand. David bückte sich. Mike war schneller.

Jemand in Davids Nähe sang aus voller Kehle. Das Lied war fast zu Ende. Freddie Mercurys Stimme verebbte langsam. „Nothing really matters to me."

Mikes Augen loderten.

David rebellierte. Die Kälte biss ihm in die Wangen. Er trat einen hastigen Schritt zurück und prallte mit jemandem heftig zusammen.

Ein Mädchen schimpfte ärgerlich: „Können Sie nicht aufpa..." Dann überschlug sich seine Stimme fast. „Mike, Mike! Bist du verrückt geworden?!"

David schwirrte der Kopf. Plötzlich ging alles rasend schnell. Verwirrt blickte er auf eine schlanke, junge Frau, die sich mit einem Entsetzensschrei auf Mikes Arm stürzte.

Das Messer flog in hohem Bogen vor Davids Füße. „Das also wäre erledigt", murmelte er. Eine überwältigende Dankbarkeit erfasste ihn.

„Verschwinde, Stefanie!", brüllte Mike und stürzte sich auf das Messer. Stefanie kam ihm zuvor. Doch kaum, dass sie es in der Hand hielt, wollte Mike es ihr wieder entreißen. Stefanie wehrte ihn ab, stolperte und stürzte schreiend zu Boden. David und Mike beugten sich zu ihr hinab.

In derselben Sekunde spürte David einen heißen Schmerz in seiner Brust. Explosionsartig breitete er sich in seinem ganzen Körper aus. Etwas schaltete in seinem Gehirn ab. Die Wirklichkeit rückte in den Hintergrund – die Leute, das Konzert, die Musik. Er sah Jennifer vor sich. „Menschen leben unter Menschen", sagte sie. Er stand im Übungsraum hinter dem Mikrofon. Dizzy prügelte auf sein Schlagzeug ein. Pit und Björn spielten Gitarre. Und auch Gila war da. Gila ... Er hörte ihre dunkle, ruhige Stimme: „Jedes Ding hat nicht nur zwei, sondern unendlich viele Seiten." Gila ... Jennifer ... Mike ...

38

„Vielleicht machst du dir tatsächlich übertriebene Sorgen", versuchte Kiki, Gila aufzumuntern. „Du hast doch gehört, dass keine Meldungen vorliegen."

Die Worte prallten an Gila wie Wassertropfen ab. Sie verharrte in der Nähe des Polizisten und wagte nicht, sich von ihm wegzubewegen, aus Angst, eine wichtige Meldung zu verpassen.

„Los, komm." Kiki zog sie am Arm. „Das Konzert ist bald vorbei. Warten wir draußen auf David."

Gila focht einen inneren Kampf aus. Der eine Teil in ihr bangte beharrlich um David, der andere machte sich lustig über ihre Angst. „Vielleicht hast du Recht", zögerte sie. „Okay, warten wir draußen."

Die beiden Frauen hatten sich noch keine drei Schritte entfernt, als der Polizist sie zurückrief. Gila drehte sich um. Sie wusste sofort, was er ihnen mitteilen würde. „Eine Messerstecherei! Kommen Sie!"

Gila schrie leise auf.

Eine Menge Leute standen unnütz herum und gafften. Sanitäter versorgten die Verletzten. Ein paar Polizisten sprachen mit dem Arzt.

Auch Dizzy und Björn waren da. Gila sah in ihre starren, schreckensblassen Gesichter und wusste bereits alles. David war tot.

Dann erst warf sie einen Blick auf die Gestalt, die auf dem schmutzigen Boden lag. David! Seine Augen waren geschlossen, eine Haarsträhne war ihm in die Stirn gerutscht. „Wie immer, wenn er schläft", dachte Gila. Sie machte einen Schritt auf ihn zu. Dizzy riss sie zurück. „Nicht", flüsterte er und presste sie an sich.

„Aber ich muss doch ... ich ..." Jetzt erst bemerkte sie das Messer, das aus Davids Brust ragte. Erschrocken hob sie den Kopf und blickte den davonziehenden Wolken nach. So lange, bis sie plötzlich selbst auf- und davonzuschweben glaubte. „Das ist alles, alles nicht wahr", dachte sie. „Alles nur ein groteskes Schmierentheater." Gila kämpfte gegen einen Lachkrampf an – dort oben in den Wolken. Wie weich es hier war, wie warm. Sie war geborgen. „Komm mit", wisperten die Wolkenungetüme. „Bitte, komm mit." Und dann fingen sie zu singen an. So dear friends your love has gone. Ein traurig-süßes Lied, das Gila heiße Tränen in die Augen trieb. Es klang wie ein leises, ehrfürchtiges Gebet, und es drückte Trauer aus – und grenzenlosen Schmerz.

„Komm mit", flüsterten die Wolken wieder. Doch nein, das war Dizzy! Seine Stimme holte sie in die grausame Wirklichkeit zurück.

„Komm mit", wiederholte er. „Bitte, komm mit." Seine Arme sanken von ihren Schultern herab. Und Gila stand wieder schutzlos in der Kälte und fror.

Der Albtraum wollte nicht enden. Die Kriminalpolizei stellte Fragen über Fragen. Gila antwortete mechanisch, die meiste Zeit redeten Dizzy und Björn. Sie gaben zu Protokoll, dass sie Mike als Mörder verdächtigten.

Auch einer der Verletzten wurde befragt, noch während ein Sanitäter ihn ärztlich versorgte. Er gab eine Täterbeschreibung ab, die auf Mike passte. Außerdem sagte er aus, dass dieser mit einer auffällig schlanken Frau sofort nach der Tat in der Menge verschwunden war.

Das Konzert war vorüber. Gila sah zu, wie die Leute aus dem Stadion strömten. Sie strebten nach Hause. Oder wollten vielleicht noch irgendwo ein Bier, ein Glas Wein trinken. Sie plauderten, lachten ... Gila graute. Wo war ihr Zuhause? Wo war der Mensch, mit dem sie lachen und plaudern oder noch ein Bier oder ein Glas Wein trinken konnte? Die Kriminalpolizei ging. Fürs Erste genügten die Aussagen. „Du kommst mit uns", entschied Dizzy. Björn nickte. „Nein", widersprach Kiki. „Sie kommt mit mir." Gila ging mit keinem. Allein mit sich und ihren Gedanken, streifte sie durch die nächtliche Stadt. Erst als der Morgen dämmerte, wagte sie, ihre und Davids Wohnung zu betreten. Dort fiel sie in einen tiefen, traumlosen Schlaf.

39

Der Übungsraum lag im Halbdunkel. Nur eine brennende Kerze verströmte ihr spärliches Licht und verwandelte jeden Gegenstand in einen gespenstischen Schatten. Da, die dunklen Umrisse zweier Gitarren, eines Schlagzeugs, eines Hockers ... dort, am Ende des Raums, schemenhaft, ein Sofa, ein Tisch, drei Stühle. Quadratische schwarze Flecken an den Wänden, die dunklen Löchern ähnelten.
Düsternis und unheilvolle Stille erfüllten den Raum, die keiner der drei Menschen zu brechen wagte.
Versteinert hockte Dizzy hinter seinem Schlagzeug, die Schultern nach vorne gebeugt, den Kopf gesenkt. Er dachte an David. David im Übungsraum ... David hinter dem Mikrofon ... David, wie er einen Song interpretierte ... David im Konzert ... David auf dem Boden, ein Messer in seiner Brust ...
Dizzy versuchte, das letzte Bild aus seinem Gedächtnis zu streichen. Es gelang ihm nicht. So nahm er die Sticks zur Hand und begann selbstverloren, sein Schlagzeug zu

bearbeiten. Ein schwerer, dumpfer Rhythmus hallte durch den Raum.

Björn hob kurz den Kopf, dann versank er wieder in schweigsamem Brüten. Er lag auf dem Sofa, in der Ecke des Übungsraums, die Arme hinterm Nacken verschränkt. Reglos starrte er zur Decke. David. David war tot, ermordet, erstochen. Tot! Durch wessen Schuld?

„Durch meine", dachte Björn. „Ganz allein durch meine. Wäre ich sofort mit Dizzy gegangen ... Hätte ich gleich nach David gesucht ... Hätte ich Gila und Dizzy geglaubt ... Hätte ich mich um David gekümmert ... Hätte! Aber ich habe nicht, und jetzt ist David tot! Meine Schuld! Alles meine Schuld!"

Als Björn die quälenden Selbstvorwürfe nicht länger ertrug, begann er, sich auf Dizzys Spiel zu konzentrieren. Er lauschte. Fasziniert. Dieser Rhythmus ging ihm unter die Haut. So ausdrucksvoll und empfindsam hatte er Dizzy noch nie spielen gehört.

„David wäre begeistert gewesen", dachte Björn. Und er könnte es sein – jetzt, in dieser Minute! Wenn ...! Wenn!

Björn erhob sich seufzend. Sinnlos, hier so starr herumzuliegen. Die Gedanken holten ihn ja doch immer wieder ein.

Er nahm seine Gitarre zur Hand und spielte mit. Björn strich kurz und behutsam über die Saiten. Und dann, wie abgestimmt, fügte er sich in den drückenden, schwermütigen Schlagzeugrhythmus ein. Mit schweren Gitarrenriffs gab er sein ganzes Innerstes wider. All seine Verzweiflung, all seine Wut.

Kiki horchte auf. Ergriffen, verwundert, doch zutiefst unglücklich. Sie war sensibel genug, um die Tragik, die hinter dem Spiel steckte, zu spüren. Dizzy und Björn machten ihr die Erinnerung an David leichter. Tränen schossen Kiki in die Augen, die sie sofort hinunterschluckte. David hätte ihr verheultes Gesicht nicht gemocht. Gerade an ihr nicht.

Mit hochgezogenen Knien kauerte Kiki am Fußende der Couch und ließ sich von der Vergangenheit überwältigen.

Plötzlich befand sich Kiki im Studio. Mit David.

„Mädchen, was deinen Körper betrifft, hast du eine ganze Menge Verpflichtungen", sagte er und musterte sie lange und gnadenlos. „Das heißt, keinen Alkohol, keine Zigaretten, keine durchtanzten Nächte, Sport in Maßen, gesunde Ernähung und ein möglichst ausgeglichenes Wesen. Ist das klar? Nur dann bleibst du das, was du jetzt bist: ein passables Model!" Manchmal hatte David einen Ton an sich! Kiki spürte ihre Augen feucht werden. „Und bitte keine Tränen", schimpfte er. „Eine rote Nase lässt sich noch spielend wegpudern, aber keine verquollenen Augen, okay? Also achte auf dich, auf dich und deinen herrlichen Körper."

Im Schnelltempo durchlebte Kiki noch einmal jede Minute, die sie mit David gemeinsam verbracht hatte. Und nichts davon wollte und würde sie je vergessen. Darum war David auch nicht tot. Nicht richtig, jedenfalls.

Die Musik holte Kiki in die Gegenwart zurück. Dizzy und Björn steigerten sich langsam in einen immer aggressiveren, fast Schwindel erregenden Rhythmus hinein.

Wie unter Zwang erhob sich Kiki. Aufgewühlt und von der Musik überwältigt, begann sie sich zu bewegen. Tränen hockten schmerzhaft in ihrer Kehle.

„David hätte es nicht gewollt", dachte Kiki. Trotzdem weinte sie.

Die Dunkelheit wich. Und mit dem Morgenlicht verwandelten sich die düsteren Umrisse in normale Gegenstände zurück. Der Tisch, das Sofa, das Schlagzeug, die beiden Gitarren ... An den Wänden hingen Bilder und Plakate. Von bedrohlichen Löchern keine Spur mehr. Der helle Tag spazierte in den Raum und vertrieb die dunklen Schatten.

Ausgepumpt ließ Dizzy die Sticks sinken. „Mann, bin ich fertig", stöhnte er. Seine Handgelenke schmerzten, der Rücken war steif.

„Nicht nur du", antwortete Björn. Mit der Gitarre in der Hand sprang er von der improvisierten Bühne, trat an den Schreibtisch und pustete das Kerzenlicht aus. Kurz darauf sank er auf das Sofa. Seine Finger trommelten leise auf den Gitarrenboden.

Auch Kiki reckte und streckte sich. Dann machte sie sich schweigend an der Kaffeemaschine zu schaffen. Als sie drei Tassen auf den Tisch stellte, wurde die Tür des Übungsraums schwungvoll aufgestoßen, und Pit kam herein – aufgeräumt, glücklich, in bester Strahlelaune.

„Hey!", lachte er. „Was macht ihr denn jetzt schon hier?"
Betroffen wechselten Björn und Dizzy einen raschen Blick. Pit hatte ja noch keine Ahnung!

Dizzy verließ sein Schlagzeug und kam bestürzt näher.

„Jo Anne ist okay", plauderte Pit fröhlich drauflos und setzte sich neben Björn. Er strahlte. „Ach so, das wisst ihr ja noch gar nicht. Jo Anne hat ein Mädchen. Ein niedliches Ding, sag' ich euch. Total goldig!"

Dizzy unterbrach ihn. „Pit, David ..."

Pit war nicht zu bremsen: „Ihr müsst die beiden unbedingt besuchen. Heute nachmittag vielleicht?"

„Pit! David ist ..."

„Jo Anne würde sich riesig freuen."

Björn hatte genug, energisch packte er Pit am Arm. „David ist tot!", sagte er schlicht. „Hörst du? David ist tot!"

Pit verzog sein Gesicht. „Rasend komisch", spottete er. „Wirklich rasend komisch! Wo ist da der Witz? Gestern jedenfalls war er noch ziemlich lebendig und munter." Er wandte sich an Kiki. „War er doch, oder? Oder ...?"

Mit einem erstickten Laut wandte sich Kiki ab.

Dizzy griff ein: „Verdammt noch mal, Pit! Bist du taub? David ist tot. Kapierst du's jetzt endlich?"

Benommen schüttelte Pit den Kopf. Er weigerte sich, diese Horrornachricht anzunehmen. Fragend sah er zu Björn, in dessen Gesicht er die Wahrheit zu finden hoffte, die Wahrheit, wie sie wirklich war, und nicht, wie Dizzy sie ihm weiszumachen versuchte.

Erst nach einer Ewigkeit, so schien es, löste Pit seinen Blick. Er hatte begriffen. David war tot. Tot! Von einer Sekunde zur anderen gab es ihn nicht mehr. Plötzlich war er verschwunden, war unwiederbringlich weg, während rundherum jedes noch so kleine Ding auf Davids Existenz hinwies. Die Notenblätter, in die er zuletzt gekritzelt hatte, das Mikrofon, die Bühne, die Lautsprecherboxen, die Kugelschreiber, die immer nur er leer geschrieben hatte, der ganze Übungsraum ... Wie abgeschnitten hatte er alles zurückgelassen. Sein Eigentum, die Freunde und Familie, seine Ideale, Gedanken, sein Wesen, sein ganzes Leben. Nur er selbst war nicht mehr da. Er, David, der Mensch, der Freund, der Kumpel.

Langsam wich alles Blut aus Pits Gesicht. Er spürte schmerzlich die Lücke, die aufgerissen worden war, ein bodenloses, dunkles Loch, in das Pit hineinzustürzen glaubte.

Pit hob seinen Blick. Seine Augen wanderten zu Björn, dann zu Dizzy. Nachdenklich musterte er die beiden. Wieso hatte er nicht gleich den tiefen Schmerz in ihnen erkannt? Erst jetzt, in diesem Moment, sah und spürte er, dass jeder von ihnen dasselbe fühlte wie er, dieselbe Trauer, denselben Verlust. Jo Annes strahlendes Gesicht rückte in ungreifbare Ferne.

„Wie ist es passiert?", fragte er in die Stille hinein. „Ein Unfall?"

Dizzy antwortete: „Mike hat ihn umgebracht. Unter den Augen von wer weiß wie vielen Menschen hat er ihn erstochen, kaltblütig erstochen. Kannst du dir das vorstellen?!"

Pit zuckte unmerklich zusammen. „Und niemand konnte es verhindern? Keiner? Wirklich keiner? Kapier' ich das richtig? Man kann tatsächlich einen Menschen unbehelligt vor all den Tausenden von Zuschauern umbringen? Das kann man? Ja? Ja?" Betroffen sah er vor sich hin. Dann fragte er: „Wo wart ihr beide?"

Einige Sekunden herrschte betretenes Schweigen. Pit brach es schließlich. „Ich verstehe", flüsterte er.

Dizzy fuhr sofort wütend hoch. „Und wo warst du? Nicht bei David, so viel steht fest. Auch du wusstest, in welcher Gefahr er schwebte. Ich wenigstens hab' David gesucht und euch alle immer wieder vor Mike gewarnt. Komm also bitte nicht mit Vorwürfen."

Björn mischte sich ein. „Na, komm schon, Dizzy, na, los! Schieb mir die Schuld in die Schuhe. Genau das hast du doch vor, oder? Aber wie hätte ich ahnen können, dass Mike nicht richtig im Kopf ist!"

„Hört auf!", schrie Kiki. „Hört auf, hört auf! Seid ihr denn verrückt geworden? Die Einzige, die euch tatsächlich Vorwürfe machen könnte, ist Gila. Aber gerade sie wird es niemals tun. Also hört endlich auf damit!"

Augenblicklich verstummten sie.

„Wir müssen vernünftig miteinander reden", schlug Kiki ruhig vor. „Mike ist noch immer frei."

40

Gila schlüpfte aus ihren Schuhen. Auf Strümpfen wanderte sie durch die Wohnung und knipste jeden Lichtschalter an. Im Flur, im Wohnzimmer, im Arbeitszimmer, in der Küche, im Bad, im Gästezimmer. Im Schlafzimmer machte sie Halt. So, wie sie war, angekleidet, legte sie sich aufs Bett.

Stundenlang war Gila ziellos durch die Stadt gestreift, hatte gedankenverloren in hell erleuchtete Schaufenster gestarrt oder in gleißend grelle Autoscheinwerfer, so lange, bis sie geblendet den Blick abwenden musste.

Als ihre Kräfte sie schließlich verließen und eine übergroße Erschöpfung nach ihr griff, war Gila nach Hause zurückgekehrt.

Nun lag sie da, in einer leeren, kalten Wohnung und wartete. Worauf? Sie wusste es selbst nicht genau. Auf einen Gefühlsausbruch, einen unerträglichen Schmerz, auf Tränen, Wut, auf irgendetwas, das ihr Davids Verlust deutlich machen konnte, sodass sie es endlich begriff. Doch Gila fühlte nichts. Sie spürte nur eine grenzenlose Leere in sich. Alle Energie hatte sie verlassen. Gila lag nur da und starrte zur Decke hoch.

Nichts war mehr von Bedeutung. Die Gegenwart war

ausgelöscht, nur die Vergangenheit existierte und David und die Erinnerung an ihn.

Gila verlor jegliches Zeitgefühl. Stunde um Stunde verstrich. David, wie er lachte ... wie er wild gestikulierte, wenn er stritt ... David, der Fotograf ... David, der Sänger ... David, der Freund ... David, immer wieder David. Schon längst spürte Gila ihren Körper nicht mehr. Weder dass ihre Füße vom ruhelosen Herumlaufen schmerzten, noch dass jeder Muskel zum Zerreißen angespannt war, nur ihre Gedanken rasten, waren lebendiger denn je. Die kurze, gemeinsame Zeit mit David erwachte.

Doch irgendwann war auch sie vorüber. Davids Bild begann zu verblassen, rückte weiter und weiter ab.

„Bitte, bleib!", rief Gila ihm in Gedanken zu. „Bleib! Bitte, bitte! David!" Sie bettelte, sie flehte. „Geh nicht weg, David. Komm zurück ... komm zurück!"

Verzweifelt nahm Gila all ihre Kräfte zusammen. Sie wollte nicht zulassen, dass David verschwand. „Verlass mich nicht", schluchzte sie. „Verlass mich nicht, verlass mich nicht!"

Aber der Film war abgespult, die Rückschau zu Ende. Nichts brachte David je wieder zurück. Die Zeit mit ihm war endgültig vorbei. Gila begriff es endlich.

Dann schlief sie ein.

Als sie wieder erwachte, war es taghell. Die hektischen Geräusche des Morgens drangen durch das offene Fenster: vorbeifahrende Autos, laute und leise Stimmen, Lachen, Hundegekläff, das Kichern einiger Kinder.

Mit geschlossenen Augen lag Gila da und ließ den vorherigen Abend und die Nacht noch einmal Revue passieren. Jede Minute, jede Sekunde, jeden einzelnen Augenblick.

David war tot. Jetzt konnte sie der Tatsache ins Gesicht sehen. Ihre Zukunft war eine Zukunft ohne ihn. So quälend der Schmerz auch für sie war, sie würde ihn ertragen lernen.

Nach einer Weile spürte Gila, dass sie hungrig war. Sie

stand auf und ging ins Bad. Auf dem Weg dorthin schaltete sie alle Lampen aus. Die Angst vor ihrer einsamen, leeren Wohnung hatte sie überwunden.

Die Dusche belebte Gila. Das prickelnde Wasser brachte ihr die gewohnte Vitalität zurück. Ihr Kopf wurde klarer. Eine halbe Stunde später betrat Gila die Küche. Sie trug einen taubenblauen Frotteemantel, der ihr bis zu den Knöcheln reichte. Gila schob die Ärmel zurück und setzte Kaffeewasser auf. Während sie darauf wartete, dass es kochte, dachte sie an Mike. Gila bezweifelte, dass die Polizei ihn inzwischen gefasst hatte. Mike war untergetaucht. Aber das würde ihm wenig nützen. Ein lächerlicher Zeitaufschub, denn es gab keine Flucht vor der Verantwortung und kein noch so sicheres Versteck, das ihn davor abschirmen konnte. Früher oder später würde Mike Rechenschaft ablegen müssen, vor sich selbst und vor anderen. Gila hatte kein Mitleid mit ihm, erstaunlicherweise aber auch keine Wut. Ihr Mitgefühl galt uneingeschränkt Jenny. Die Nachricht von Davids Tod würde ein ungeheurer Schock für sie sein. Musste! Auf ihre anhängliche, treue Art liebte Jenny David sehr. Er war der Boden unter ihren Füßen, die Sicherheit, die sie brauchte wie die Luft zum Atmen. Wie tief musste es Jenny treffen, wenn sie erfuhr, dass Mike der Mörder war und sie selbst diese todbringende Lawine ausgelöst hatte.

Während Gila den heißen, starken Kaffee trank, beschloss sie, Jenny aufzusuchen.

41

Aids! Ein Schreckgespenst stand im Raum, unheimlich und Furcht erregend, das Entsetzen verbreitete und einem den Boden unter den Füßen entriss. Aids! Der Tod in seiner grausamsten Form. Schon der geringste Kontakt genügte, danach gab es keine Rettung mehr. Ein Dämon griff um sich, gewann an Macht, unaufhaltsam, unbesiegbar, tötete, tötete und tötete ...

„David hatte Aids?", rief Pit ungläubig. „David!? Das ist der größte Blödsinn, den ich je gehört habe. Auch wenn Mike das hundert Mal behauptet. Es bleibt Blödsinn!"

„Er behauptet es nicht nur", warf Dizzy ein, „er hat ihn deshalb umgebracht!"

Pit schüttelte heftig den Kopf. „Mike tickt doch nicht richtig", widersprach er heftig. „Krankhafte Eifersucht, nenne ich sein wahres Motiv."

„Dann hätte er aber nicht bis jetzt zu warten brauchen. Erst als Aids ins Spiel kam, drehte er durch."

„Eine seltsame Krankheit, dieses Aids", sagte Björn. „Sie soll einem ja den Verstand vernebeln."

Dizzy verzog seinen Mund spöttisch. „Aber nicht dem, der sie *hat,* sondern dem, der sie *nicht* hat und auf die Opfer mit moralischen Fingern zeigt, als könne er selber nie, nie, auf keinen Fall betroffen sein."

Pits Augen funkelten. Träumte er? Oder philosophierten seine Freunde wirklich über eine Sache, von der sie nichts, überhaupt nichts verstanden? David war tot, und Mike lief irgendwo da draußen frei und quietschvergnügt herum. Pit fragte sich ernsthaft, ob denn niemand hier rasende Wut auf diesen Mörder hatte. Pit rang nach Fassung. Sich zu beherrschen, fiel ihm zunehmend schwerer.

„Und ich bleibe dabei", sagte er schließlich, „Mike tickt nicht richtig. Woher hätte David Aids denn haben sollen? Eines steht fest: Wie eine Grippe schnappt das keiner auf."

„Und wenn doch?", fragte Björn skeptisch. „Okay, Gila sprach mit einem Arzt. Aber was wissen denn Ärzte schon?! Bei Aids kennt sich heute noch so gut wie niemand aus. Stimmt doch, oder? Eines weiß ich aber: Jeder von uns ist der Dumme. So oder so."

Björn wusste, wovon er sprach. Im Laufe seines Jurastudiums hatte er oft genug erlebt, wie Anwälte gebluft und ausgetrickst hatten, nur um zahlende Kunden in Sicherheit zu wiegen. Aufgeblasene Ballons von Lügen. Hätte man mit einer Nadel hineingepiekst, wäre nichts als Luft übrig

geblieben. Pech für den kleinen, verarschten Wicht!
„Wenn nicht Ärzten, wem darf ich dann vertrauen?",
wollte Dizzy wissen. „Man kann uns doch nicht einfach so
krepieren lassen?"
„Wieso nicht? O Gott, Dizzy, bist du naiv. Schon mal
was von Versuchskaninchen gehört?"
„Na, großartig! Nehmen wir an, du hast Recht, Björn.
Und nehmen wir weiter an, dass David mir nichts, dir nichts
infiziert wurde. Müssen wir dann nicht auch annehmen,
dass wir, wir alle hier, genauso infiziert sind? Nee, du, das
glaub' ich niemals! Überleg doch mal: So gesehen wäre im
Handumdrehen die halbe Welt mit dem tödlichen Virus verseucht."
Pit mischte sich ein. „Meine Güte, so kommen wir doch
nicht weiter", rief er. „Ob's uns gefällt oder nicht, wir müssen von dem ausgehen, was wir wissen, und wir wissen,
dass nur Schwule und Fixer Aids bekommen. David war
weder schwul ..."
„... aber er könnte gefixt haben", fiel ihm Björn ins Wort.
„Könnte! Könnte! Wir brauchen aber Klarheit, verdammt!"
Kiki war dem Gespräch schweigend gefolgt. Aids? Von
dieser Krankheit hatte sie noch nie gehört. Aber das, was
sie eben erfahren hatte, erschreckte sie maßlos. Aids, ein
anderer Name für den Tod. Und nur die wenigsten sollten
darüber Bescheid wissen, wenn überhaupt? Kiki spürte,
wie Panik in ihr hochkroch. „Was ... was ist Aids?", fragte
sie. Ein Kloß hockte in ihrem Hals.
„Ein Virus, das das Immunsystem unaufhaltsam zerstört. In Amerika gibt's schon seit Jahren eine Reihe von
schweren Krankheitsfällen, bei uns erst seit kurzem", klärte Björn auf.
„Angeblich soll es nur Schwule und Fixer treffen", meinte Dizzy.
„Und", fügte Björn hinzu, „es ist hochansteckend und
absolut tödlich. Manche glauben sogar, dass man sich bereits ansteckt, wenn man nur mit einem Aidskranken im
selben Raum ist."

„Was ich persönlich bezweifle", bemerkte Pit.
Aber das hörte Kiki in ihrer Angst nicht mehr. Ihre Gedanken überschlugen sich. „Ich habe mit David eng zusammengearbeitet", dachte sie panisch. „O Gott, dann bin ich ja krank, aidskrank, und muss sterben. Sterben ...! Gütiger Himmel! Ich will nicht sterben! Ich will nicht, ich will nicht. Ich bin doch noch viel zu jung!" Kiki wollte aufspringen und davonlaufen, weg von all diesen verseuchten Menschen! Ganz egal, wohin. Nur weg, weg! Aber alle Kraft war plötzlich aus ihrem Körper verschwunden. Wie festgenagelt hockte sie auf dem Boden und hörte zu, wie das Todesurteil über sie gesprochen wurde. „Einen Arzt!", dachte Kiki, während die Verzweiflung in ihr wuchs. „Ich brauche sofort einen Arzt! Den richtigen natürlich. Einer, der Aids heilen kann. Es gibt ihn bestimmt. Es *muss* ihn geben! Es *muss!"*

In diesem Moment sagte Pit etwas, das Kiki aufhorchen ließ. Er sagte: „Gila und ihr Arzt sind davon überzeugt, dass sich Aids nur über Geschlechtsverkehr und Blutkontakte übertragen läßt. Eine Ansteckung, ähnlich wie bei Grippe, ist total absurd. Nicht mal ein Kuss ist gefährlich."

Stimmte das wirklich? Um ihres Seelenfriedens willen wagte Kiki nicht, daran zu zweifeln. Sie klammerte sich an diese Worte wie an einen rettenden Strohhalm. „Dann bin ich ja außer Gefahr", dachte sie und schöpfte neue Hoffnung. Sex ist zwischen David und mir niemals gelaufen." Die innere Angststarre begann, sich langsam aufzulösen. Kiki atmete tief durch.

„Mike könnte mit seiner Vermutung, David habe Jenny angesteckt, durchaus Recht haben", überlegte Dizzy. „Dass Jennifer Aids hat, ist so sicher wie der Tod. Und wir alle wissen, wie sehr sich Jenny und David mochten."

Pit lachte spöttisch. „Aber von einer Bettgeschichte war nie die Rede."

„Bindest du jedem deine Bettgeschichten auf die Nase?", wischte Dizzy Pits Einwand einfach beiseite.

Kiki schrie auf. „Was?" Ihre Lippen bebten. „Jenny hat Aids? Jenny? Seid ihr alle verrückt geworden? Sie liegt doch in der Klinik, weil ... Nein, sie kann nicht Aids haben. Nein, nein ..." Ihre Stimme brach.

Betroffen sahen sich die Musiker an. Kikis Gefühlsausbruch bestürzte sie.

Dizzy, der neben Kiki saß, legte tröstend einen Arm um ihre Schultern. „Tut mir Leid", bedauerte er, „aber es ist so. Jenny hat Aids. Jeder weiß das."

Kiki schluchzte leise. Das Schreckgespenst Aids rückte wieder greifbar näher. „O Gott, Jenny", dachte sie, bis ins Innerste erschüttert. „Ich werde wahnsinnig, wenn ich dich nur noch dahinsiechen sehe." Verwirrt blickte Kiki hoch. Etwas war ihr noch nicht richtig klar. „Ich verstehe nur eines nicht", sagte sie, „warum Jenny jetzt schon schwer krank in der Klinik liegt. Angenommen, David ist derjenige, der sie infiziert hat, müsste er logischerweise nicht zuerst Symptome entwickelt haben?"

„Na, klar", bestätigte Pit eifrig. Ein Stein rutschte ihm von der Seele. „Mensch, so kapiert doch endlich! David hatte überhaupt kein Aids. Ein mieses, dreckiges Gerücht, das Mike in die Welt gesetzt hat."

„Oder", schwächte Björn Pits Euphorie deutlich ab, „wie ich vorhin schon sagte: Keiner weiß richtig über Aids Bescheid."

„Dann sollten wir uns schleunigst schlau machen", schlug Dizzy vor. „Um Davids und unseretwillen."

„Vielleicht ist überhaupt alles ganz anders gelaufen", meinte Kiki nachdenklich und stellte einen ungeheueren Verdacht in den Raum: „Am Ende hat nicht David Jenny angesteckt, sondern umgekehrt. David hat es von ihr."

42

Mike fragte sich, was er eigentlich hier sollte. Hier, in diesem winzigen, unbequemen Zimmer. Schon beim Betreten hatte ihn die Enge beinahe erschlagen. Die spärlichen, stillosen Möbel verschlimmerten den Eindruck noch.

Rechts neben der Tür stand eine hellgraue, abgewetzte Sitzgarnitur, bestehend aus einem Sofa und zwei wuchtigen Sesseln. Darüber hing ein mickriges Regal. Bis auf eine kobaltblaue Vase, in der ein Trockensträußchen steckte, war es leer. Auf der anderen Seite des Zimmers prunkte ein Messingbett, daneben eine mahagonifarbene Kommode.

Mike saß auf dem Sofa. Schon seit Stunden starrte er zum Fenster hinaus. Durch die Gardinen sah er den Tag heraufdämmern. „Warum kann ich nicht etwas schlafen?", dachte er und seufzte. „Vielleicht sähe danach manches anders aus."

Aber Mike hatte sich die Nacht mit nutzlosen Grübeleien um die Ohren geschlagen. Jetzt fühlte er sich müde, ausgelaugt und unfähig, einen klaren Gedanken zu fassen.

Mikes Blick wanderte zu Stefanie. Zusammengerollt lag sie auf dem Bett und schlief. Die Decke war etwas herabgerutscht und gab ihre bleichen, mageren Schultern frei.

„Hier sind wir vorerst sicher", hatte Stefanie gestern Nacht voller Zuversicht gesagt. „Keine Menschenseele wird uns hier aufstöbern."

„Was ist mit den Leuten, bei denen du hier zur Untermiete wohnst?", hatte er nachgehakt.

„Sind auf Urlaubsreise. Keine Sorge, die nächsten drei Wochen taucht keiner auf, und bis dahin sind wir hoffentlich über alle Berge."

Nach einer Weile erhob sich Mike und holte ein Päckchen Zigaretten aus seiner Jackentasche. Kurz darauf hing eine Rauchwolke im Zimmer und weckte Stefanie. Sie öffnete die Augen und sah verschlafen um sich. Ihr Blick fiel auf Mike.

„Wieso schläfst du nicht?", fragte sie. Ein sonderbares Lächeln umspielte ihren Mund.

„Willst du das wirklich wissen?"

Das Lächeln vertiefte sich. „Ah, verstehe. Jemanden in Gedanken zu ermorden, ist ein Kinderspiel, nicht wahr? Weil es dabei immer noch ein Zurück gibt. So, wie man einen Menschen töten kann, ist man auch in der Lage, ihn wieder zum Leben zu erwecken. Die Wirklichkeit sieht aber anders aus. Sie ist grausam und gnadenlos. Da gibt es niemals ein Zurück. Entweder wirst du damit fertig, oder du zerbrichst."

Mike antwortete nicht, obwohl er insgeheim Stefanie Recht geben musste. Unzählige Male hatte er David in Gedanken tot vor sich gesehen. Was für eine Genugtuung jedes Mal! Und als David wirklich tot war ... Das blanke Entsetzen hatte ihn ergriffen! Niemals ... niemals, solange er lebte, würde er diesen Anblick jemals wieder vergessen. David, leblos auf dem kalten, schmutzigen Boden, inmitten von begeistert herumtrampelnden Füßen. Das Grauen rieselte ihm den Rücken hinab.

Mike drückte die Zigarette aus. „Du wirst damit fertig?", fragte er Stefanie.

„Na klar!"

Mike straffte seine Schultern. „David hat den Tod verdient", beschwichtigte er sich selbst und versuchte, seiner Stimme einen festen Klang zu geben. „Er hat Jenny auf dem Gewissen."

Mit einem Ruck setzte sich Stefanie auf. Ihr Gesicht nahm einen angriffslustigen Ausdruck an. „Jenny, Jenny, immer nur Jenny!", fauchte sie. „Glaubst du nicht, dass es Wichtigeres als eine unerfüllte Romanze gibt?"

„Was weißt denn du davon!"

„Eine ganze Menge. Aber jetzt bist du hier, hier bei mir. Also, vergiss Jenny!"

So jäh Stefanies Wut aufgeflammt war, so rasch verschwand sie auch wieder. Friedlich rutschte sie in die Kissen zurück. Ihr Blick ruhte neugierig auf Mike.

Mike war mit seinen Gedanken weit weg. „Jenny vergessen?", dachte er. „Gestern hätte ich sie vergessen sollen. Gestern, als ich wie besessen hinter David herjagte. Nur einen Tag vergessen, und nichts wäre passiert. So aber werde ich sie niemals mehr vergessen."

Als hätte Stefanie seine Gedanken erraten, sagte sie: „Zu spät, Mike. Für Jenny ist kein Platz mehr in deinem Leben. Es gibt kein Zurück."

Kein Zurück! Kein Zurück! Alles in Mike sträubte sich gegen diese hoffnungslose Endgültigkeit. Resigniert antwortete er: „Vielleicht hast du Recht. Vielleicht gibt es kein Zurück. Es gibt aber zig andere Möglichkeiten. Eine davon wäre, mich der Polizei zu stellen."

„Gar nicht so schlecht. Mit mir als Zeugin, was?" Stefanie lachte spöttisch. „Ich könnte aussagen, dass du mit dem Mord nichts zu tun hast, dass David noch lebte, als wir das Konzert verließen. Ja, das könnte ich. Doch ich würde es nicht. Mike, vielleicht sickert's endlich mal in dich rein: Dein Leben, deine Zukunft, beide liegen jetzt in meiner Hand."

Entsetzt prallte Mike zurück. „Sie ist total übergeschnappt", dachte er. „Wieso ist mir das früher nie aufgefallen?"

„So sei doch vernünftig, Mike", fuhr Stefanie beschwörend fort. „Willst du wirklich im Gefängnis jämmerlich krepieren? Ich auf keinen Fall, hörst du? Wir dürfen uns jetzt nicht gegenseitig im Stich lassen. Schwör mir das!"

Mike fragte sich, welche andere Wahl er sonst noch hatte. „Ich muss nachdenken", sann Mike. „Und Zeit gewinnen."

Jenny schob sich erneut in seine Gedanken. Mike warf einen Blick auf seine Armbanduhr. Kurz vor acht. Um diese Zeit war Richard Gall sicher noch zu Hause. In die Klinik fuhr er erst im Laufe des Vormittags. Mike ging zur Kommode, auf der ein Telefon stand. Er hob den Hörer ab und begann zu wählen.

Stefanie, die Mike keine Sekunde aus den Augen gelassen hatte, sprang mit einem wilden Schrei aus dem Bett. „Nein, Mike!" Mit zwei Schritten war sie bei ihm. Ihre Hände griffen nach dem Telefon und versuchten, es Mike zu entreißen. „Das werde ich niemals zulassen. Mike! Bist du verrückt geworden? Du darfst nicht die Polizei ..."

„Halt deinen verfluchten Mund", zischte Mike und stieß Stefanie grob auf das Bett zurück.

Er wählte neu. „Herr Gall?", fragte er kurz darauf. „Mike hier. Wie geht's Jenny?" Er lauschte eine Weile atemlos, und dann: „Das kann unmöglich wahr sein!" Die Farbe wechselte in seinem Gesicht. „Ja, ich hab' verstanden." Er legte auf.

Einen Moment lang sah Mike nachdenklich vor sich hin. Dann fiel sein Blick auf Stefanie, die mit schreckensweit geöffneten Augen auf dem Bett kauerte. „Ich muss zu Jenny", sagte er zu ihr, „jetzt, sofort."

43

Gila schlüpfte in ihre Jacke, als das Telefon schellte. Sie überlegte kurz, ob sie es einfach klingeln lassen sollte, aber dann fiel ihr ein, dass sich die Kripo melden wollte. Rasch ging sie zum Schreibtisch. „Hallo?", meldete sie sich.

Sascha war am Apparat. „Was hab' ich da eben gehört?", rief er bestürzt. „David ist tot? Mein Gott, Gila ...!"

Gila spürte, wie ihr Körper augenblicklich zu zittern begann. „Ja, Sascha", antwortete sie. „David ..." Ihre Stimme versagte. Gila holte tief Luft und setzte erneut zum Sprechen an. „Woher weißt du – ? Die Zeitungen haben sicher noch nichts gebracht."

„Björn ist hier. Schon 'ne ganze Weile. Er will dich sehen, Gila. Kannst du kommen? Oder ..." Sascha machte eine Pause. Er räusperte sich. „Ich meine, ich könnt's verstehen, wenn ..."

Gila unterbrach ihn. „Danke, Sascha, lieb von dir. Aber ich komme. Bis gleich ..."

Am Samstag war die Redaktion mit nur wenig Leuten besetzt. Die Sekretariate waren verschlossen, auch ein Großteil der Redakteure hatte am Wochenende frei.

Gila fiel das erst jetzt auf. Der stille, menschenleere Flur, der zu ihrem Büro führte, flößte ihr Unbehagen ein. Plötzlich sehnte sie sich nach plappernden, lachenden oder diskutierenden Stimmen, sehnte sich nach all jenen

Geräuschen, die einen betriebsamen Arbeitstag ausmachten. Sie atmete erleichtert auf, als sie die Türe ihres Büros öffnete. Sonnenlicht durchflutete das Zimmer und gab dem Raum etwas Heimeliges. Wohltuende Wärme umfing Gila. Sofort spürte sie, wie sich ihr verkrampfter Körper lockerte. Ihr Blick fiel auf Björn, der in einem der wuchtigen, schwarzledernen Besuchersesseln hockte. Die langen Beine hatte er von sich gestreckt, die Arme vor seiner Brust gekreuzt. Mit gesenktem Kopf starrte er brütend vor sich hin.

„Hallo, Björn", grüßte Gila und schloss die Tür. Ein leises, mitleidiges Lächeln lag auf ihrem halb geöffneten Mund.

Björn hob den Kopf. „Hallo", reagierte er. Seine Stimme klang rau.

Gila erschrak, als sie sein bleiches, erschöpftes Gesicht sah. Die dunklen Schatten unter den Augen erzählten von einer trostlosen und durchwachten Nacht.

„Wie geht's?", fragte Björn, obwohl beiden klar war, wie mies sie sich fühlten.

Gila zuckte hilflos die Schultern.

Björn stand auf, ging zu ihr und umarmte sie.

Seiner inneren Stimmung folgend, klopften seine Finger einen undefinierbaren Takt. Wild und wüst trommelten sie auf das Lenkrad. Seit über zwei Stunden wartete Dizzy nun schon hier, hier in seinem Wagen, vor Mikes Haus. Und bis jetzt hatte sich noch nichts getan.

„Wo steckt der Mistkerl", murmelte er. Seine Ungeduld wuchs. Plötzlich – Dizzys Finger stoppten abrupt – fuhr ein Polizeiwagen vor. Zwei Uniformierte stiegen aus. Dizzy richtete sich auf. Erwartungsvoll blickte er zum Fenster hinaus.

„Gibt's das?", dachte er mehr verblüfft als verärgert. „Mike hockt zu Hause, und ich Trottel hab' nichts gemerkt?"

Dizzy beschloss, sich die Sache näher anzusehen. Schnell stieg er aus seinem Wagen. Die Zeitung, die auf dem Beifahrersitz gelegen hatte, klemmte er sich unter den

Arm. „Bloß nicht auffallen", dachte er und schlenderte über die Straße.

In der Zwischenzeit hatten sich ein paar Schaulustige vor dem Mietshaus versammelt. Neugierig gafften sie auf die Tür oder suchten gierig die Fassade ab. Jeder wollte der erste sein, der die Sensation entdeckte. Dizzy gesellte sich zu ihnen. „Was 'n los?", fragte er seinen Nebenmann scheinheilig. „Jemand gestorben?"

„Nee, nee", rief ein Mann, „irgendwo ist Feuer ausgebrochen."

„Quatsch", höhnte eine dicke Frau, rechts von Dizzy. „Da verdrischt einer seine Alte. Ich hab' sie laut um Hilfe plärren gehört."

Nach einer Weile löste sich Dizzy von der Gruppe, und in einem günstigen Moment marschierte er zum Haus. Die Tür stand offen, er huschte hinein. Aufmerksam lauschte er. Nichts. Keine Stimmen, kein Lärm, absolute Stille. Dizzy stieg die Stufen hoch. Von Gila wusste er, dass Mike im zweiten Stock wohnte.

Mikes Wohnungstür war aber verschlossen. „Mist", fluchte er, sah sich um, horchte wieder. Nichts. Dann ein rascher Schritt, und Dizzy stand direkt vor der Wohnungstür. Er horchte. Geräusche, Tritte in der Wohnung. Er hielt den Atem an. Die Polizisten unterhielten sich miteinander, aber Dizzy konnte kein Wort verstehen, nur unverständliches Gemurmel drang zu ihm her.

„Mist", fluchte er nochmals leise. „Das bringt doch nichts." Er beschloss, seinen Horcherposten aufzugeben. Eines wusste er jetzt mit Bestimmtheit: Mike war nicht da.

„Und wenn er nicht da ist", überlegte Dizzy auf dem Weg nach draußen, könnte er noch auftauchen. Wahrscheinlich war Mike gleich nach dem Mord bei einem Freund untergekrochen. Doch früher oder später würde er kommen. Musste er kommen! Dizzy hoffte es sehr!

Draußen angelangt, setzte er sich wieder in sein Auto. Dizzy hatte Geduld. Seine Finger nahmen den Rhythmus wieder auf.

44

An die Polizei dachte Mike keinen Augenblick. Nur Jenny zählte, nur sie war wichtig. Wenn es stimmte, was Richard Gall am Telefon erzählt hatte ... wenn das wirklich stimmte ...!

Mit großen Schritten eilte Mike durch die Klinik. Kurz darauf klopfte er an Jennys Tür.

„Herein!" Das war Richard Galls Stimme. Sie klang froh und voller Energie.

Beschwingt betrat Mike das Zimmer. Er lächelte. „Mike! Kommen Sie herein!", rief Richard Gall. „Kommen Sie herein, und bringen Sie meine eigensinnige Tochter zur Vernunft!" Der alte Mann hatte sich buchstäblich über Nacht verändert. Das kantige, hohlwangige Gesicht wirkte weich und friedlich. Der tiefe Schmerz darin war gewichen und hatte einer neuen, frischen Lebendigkeit Platz gemacht, die auf Mike ansteckend wirkte. Nur Jenny schien immun dagegen zu sein. Sie sah noch genau so blass und erschöpft aus, wie Mike sie in Erinnerung hatte.

„Dieser verfluchte Unfall", sann er. „Jennys zarte Konstitution wird einfach nicht damit fertig." Mikes Zuversicht sank. Sein Lächeln erstarb. Die jämmerliche Angst um Jenny hatte wieder für einen kurzen Moment die Oberhand gewonnen. Mike versuchte, dieses Gefühl abzuschütteln. „Nein, nein, Jenny ist jung", rief er sich energisch zur Vernunft. „Dr. Gilbert ist einer der hervorragendsten Ärzte, er hat schon aussichtslosere Fälle wieder hingekriegt. Damit verglichen ist Jenny eine Kleinigkeit. Ja, Jenny würde leben. Sie würde leben!"

„Seid ihr denn alle beide verrückt?", brach Jenny in seine Gedanken ein. „Ich weiß, was mit mir los ist. Und ihr wisst es auch."

Richard Gall runzelte die Stirn. „Sei doch vernünftig, Kind", tadelte er sanft. „Warum kannst du Dr. Gilbert nicht vertrauen?"

„Genau. Schließlich ist er der Arzt, und du bist nur die Patientin", bekräftigte Mike.

„Was? Du glaubst es also auch?", fragte sie Mike. „Wenigstens dir hätte ich eine Spur Skepsis zugetraut. Vater kann ich ja noch verstehen. Verzweifelte Eltern und so. Aber du doch nicht."

Mike setzte sich neben sie und nahm ihre kalte Hand. „Reg dich ab, Jenny", sagte er in einem Ton, als späche er mit einem störrischen Kind. „Das sind nur deine Nerven. Die letzten Tage bist du ohne Vorwarnung von einem Schock in den nächsten gestürzt. Aber jetzt kannst du endlich loslassen. Wenn du Dr. Gilbert vertraust, wird alles wieder gut."

Jenny entriss ihm ihre Hand. „Ihr seid beide verrückt", wiederholte sie stur. „Dr. Gilbert irrt sich."

„Hör sich das einer an!", brauste Richard Gall auf. „Da möchte man meinen, sie würde vor Erleichterung Luftsprünge machen. Nein, was tut sie ...? Ja, willst du denn nicht gesund werden, Jennifer? Langsam glaube ich, diese schwere Krankheit macht dir auch noch Spaß." Beschwörend sah er sie an. „Jennifer, bitte! Mach dir klar, dass du daran sterben kannst!"

Jenny schloss erschöpft die Augen. Ihre Hände bebten. Mike musterte sie eine Weile nachdenklich, dann sah er zu Richard Gall hin.

„Dr. Gilbert selbst sagt, dass Jenny ..."

Richard Gall nickte. „Ja, ja! Die erste Diagnose war ein Irrtum. Jennifer ist nicht aidsinfiziert. Sie ist so gesund wie Sie und ich." Seine Stimme wurde leiser. Ein sorgenvoller Blick flog zu Jenny hin. „Warum will sie das nicht glauben?"

„Mike?", unterbrach Jenny das Gespräch.

„Ja, Jenny?"

„Hattest du einen Unfall?"

Verwundert sah Mike sie an.

„Die kleinen dunklen Flecken auf deinem Hemd ... ist das Blut?"

Mikes Hände fingen jäh zu zittern an. Hastig, und ohne zu überlegen, antwortete er: „Ich, äh, muss mich wohl irgendwo verletzt haben."

45

Gila hatte Kaffee gekocht. Jetzt saß sie Björn gegenüber, die dampfende Tasse in der Hand, und fragte sich,
was Björn sonst noch beschäftigte. Solange sie ihn kannte, war er nie in der Redaktion gewesen. Gut, Davids Tod
mochte ein schwerwiegender Grund für Björns außerge-
wöhnliches Verhalten sein, doch Gilas Spürsinn witterte
noch etwas anderes. Sie brach das drückende Schweigen.
„Björn, worum geht's?", fragte sie, obwohl sie instinktiv bereits ahnte, wo sein Problem lag. „Hör mal, du weißt, wie
sehr ich David geliebt habe. Hilft es dir, wenn ich dir sage,
dass nichts, aber auch wirklich nichts, je etwas daran ändern kann?"
  Björn nahm den Kaffeelöffel und rührte gedankenverloren in der Tasse. „Auch dann nicht, wenn Aids eine Rolle
spielt?", kam er zur Sache. „Kannst du dir vorstellen, dass
David es hatte?"
  „Ich hab's geahnt", dachte Gila. „Aids! Ein neues Wort
für Beziehungskiller!" Bis vor kurzem waren Seitensprün-
ge, Alkohol oder Gewalt daran schuld gewesen – jetzt dieses Kunstwort mit vier Buchstaben. „Aids ist eine Krankheit, eine schreckliche Krankheit, aber eben nur eine
Krankheit. Sie muss unbedingt unser Mitgefühl wecken,
aber darf doch niemals Freundschaften oder Familien zerstören", antwortete Gila.
  „Du hältst es also für möglich, dass David Aids hatte?"
  „Jeder könnte Aids haben. Auch das halte ich für möglich."
  „Jeder? Und das beunruhigt dich nicht? Ich dachte, nur
Schwule und Fixer trifft es."
  Gila schüttelte den Kopf. „Da täuschst du dich aber gewaltig. Nein, Björn, es gibt keine Risikogruppen. Ein nor-
males Verhalten – was man so als normal bezeichnet – ist
keine Sicherheit. Jeder trägt das gleiche Risiko."
  Björn zuckte die Schultern. „Wer weiß das schon, Gila?
Du behauptest es. Okay, okay, David war weder schwul,
noch hatte er je mit Drogen zu tun gehabt. Nehmen wir das

jedenfalls mal an. Und nehmen wir weiter an, dass man Aids nur durch Geschlechtsverkehr oder Blutkontakte übertragen kann. Wo hatte David es her?"

Gilas Gesicht nahm einen hilflosen Ausdruck an. „Keine Ahnung, Björn", antwortete sie. „Seit gestern zermartere ich mir den Kopf darüber. Mike hat David wegen Aids getötet, aber ob er auch wirklich infiziert war, wissen wir nicht."

Björn schob die Tasse zurück. Der Kaffee war kalt geworden und schmeckte nicht mehr. „Kiki meint, von Jenny. Vielleicht hat sie Recht? David und Jenny mochten sich sehr."

„Wie Geschwister! Dieser Verdacht ist absolut unsinnig!" Gila weigerte sich, das zu glauben.

Björn stellte sich taub. Seine Überlegungen gingen weiter, erschreckten Gila und trafen sie wie Messerstiche ins Herz. „Schon vergessen, dass David bereits Jahre eng mit Jenny zusammengearbeitet hatte, bevor er dich kennen lernte? Es gab sicher eine Reihe anderer Frauen in seinem Leben. Warum nicht auch Jenny?"

„Halt den Mund, Björn!", brauste Gila auf. „Diesen Unsinn will ich mir nicht länger anhören. Selbst wenn es stimmen sollte, dass er und Jenny eine Affäre miteinander hatten, was geht dich das Ganze an?"

Björn blieb erschreckend ruhig. „Weil ich verdammte Angst habe, verstehst du? Bezüglich der Ansteckungsgefahr glaube ich dir nämlich nicht. Bevor ich nicht hundertprozentig vom Gegenteil überzeugt worden bin, gehe ich vorsichtshalber lieber mal davon aus, dass man Aids wie einen Schnupfen aufschnappt."

Gila überlegte, womit sie Björn beruhigen konnte. „Glaub mir, ich versteh' deine Panik", versuchte sie es. „Aids heißt, bis zum Tod furchtbar zu leiden, doch wenn du weder mir noch einem Arzt vertraust, wie willst du dann je sicher sein? Womit lässt du dich überzeugen, Björn?"

„Ich werde mir selbst Gewissheit verschaffen", antwortete er. Aus seiner entschlossenen Miene las Gila, dass nichts und niemand ihn bei seiner Suche nach der Wahrheit stoppen konnte.

„Wie?", fragte sie.

„Ganz einfach", erläuterte er. „Dizzy und ich sind uns einig: Mike ist der Schlüssel. Wir schnappen ihn uns, bevor die Polizei ihn erwischt. Nur ein paar Minuten mit ihm allein, und wir werden wissen, was wirklich gespielt wird." Erschrocken richtete sich Gila auf. „Um Himmels willen, was habt ihr vor? Und Pit – ? Was ist mit ihm?"

Björn lächelte geringschätzig. „Keine Sorge, Pit ist auf deiner Seite."

„Ach ja, es geht hier schon um irgendwelche Seiten? Ich hör' wohl nicht richtig!"

„Es geht um uns, um unser Leben, um unseren Tod. Ist dir eigentlich klar, Gila, dass wir alle infiziert sein können? Dizzy, Pit, Kiki und ich? Auch du, Gila – vor allem du!"

46

Immer wieder musterte Pit verstohlen das Mädchen an seiner Seite. Dass Kiki so sehr um David trauern würde, überraschte ihn. Auf Pit hatte sie immer einen etwas unausgegorenen Eindruck gemacht. Er sah ein, dass er sich getäuscht hatte. Kikis Reaktion auf Davids Tod machte ihm klar, dass sie ganz genau wusste, worum es ging.

Kiki war verstört. Ihre Augen, vor Schmerz weit geöffnet, waren in eine undefinierbare Zeit gerichtet. Ihre Gedanken weilten in der Vergangenheit. In einer Vergangenheit, in der David noch gelebt hatte.

Schweigend stiegen Kiki und Pit in den zehnten Stock zu Jennys Wohung hinauf. Ihre Bewegungen waren schleppend.

„Kiki", sagte Pit leise, der den Jammer, der über dem Mädchen lag, nicht mehr ertragen konnte. „Bitte, sprich mit mir. Ich weiß ja, was du durchmachst. Mir geht's doch genauso."

Kiki blieb stehen und holte tief Luft. „Warum David?", fragte sie. „Ich kapier' das nicht. Weil er aidsinfiziert war?

155

Deshalb? Daran wär' er früher oder später sowieso gestorben. Mike hätte ihn nicht extra umbringen müssen."

Kikis rohe, eiskalte Logik erschütterte Pit. „Es ist schon so", meinte er bedrückt, „Aids vernebelt all jenen den Verstand, die *nicht* betroffen sind. Die Kranken sind nur arme Schweine."

„Hättest du David im Stich gelassen, Pit?"

„Du?"

Kiki zuckte die Schultern. „Wenn ich vor Angst halb wahnsinnig geworden wäre, dann bestimmt."

Pit nahm Kikis Arm und zog sie weiter nach oben. Dass Kiki vorübergehend bei Jenny wohnte, hatte er nicht gewusst, aber es sah Jenny ähnlich. „Jenny hätte David nie im Stich gelassen", überlegte er laut. „Lieber wär' sie mit ihm gestorben."

„Das tut sie ja jetzt, oder etwa nicht?"

Plötzlich drangen Lärm und ärgerlich fluchende Stimmen zu ihnen.

„Hörst du das?", fragte Kiki.

„Jemand scheint Kleinholz aus seiner Bude zu machen."

Pit grinste.

Schweigend gingen sie weiter. Kurz darauf hatten sie die Wohnung erreicht. Und dann sahen sie die Bescherung: Möbelpacker waren am Werk. Sie mussten bereits Stunden gearbeitet haben, denn der größte Teil der Einrichtung war bereits weg.

„He!," rief Kiki. „Was machen Sie denn da? Wer hat Ihnen das erlaubt?"

Einer der drei Männer, ein grobschlächtiger, hühnenhafter Typ mit Vollbart und einer Baseballkappe auf dem dunklen Haarschopf, zog ein zerknittertes Blatt Papier aus der Hosentasche. Pit griff danach und las. „Richard Gall hat den Auftrag dazu gegeben", klärte er Kiki auf.

Der Möbelpacker nickte. „Stimmt, die Wohnung wird verkauft. Wir sollen die Möbel in ein Lager zu schaffen. Alles klar?"

„Ja, und was ist mit meinen Sachen? Sie können doch nicht ..." stotterte Kiki entgeistert. „Pit! Hilf mir doch!" So schnell sie konnte, stürmte sie in die Wohnung, vorbei an mit Büchern und Geschirr gefüllten Kartons und zusammengelegten Möbeln. Vor dem Gästezimmer machte sie Halt. Mit einem Ruck öffnete sie die Tür.

„Gott sei Dank", flüsterte sie und atmete erleichtert auf. Hier war noch alles unberührt. Jeder Gegenstand lag da, wo sie ihn gestern hingelegt hatte. Kiki setzte sich auf das Bett.

Nachdem Pit mit dem Möbelpacker gesprochen und ihm die Situation erklärt hatte, ging er zu Kiki. „Ich fürchte, hier kannst du nicht bleiben", meinte er.

Kikis Augen weiteten sich. „Wo soll ich dann hin?"

„Hast du keine Familie?"

„Nicht in München. Hier bin ich praktisch allein. Wäre Jenny damals nicht gewesen ..." Kikis Miene verschloss sich. Enttäuschung und Ärger machten sich in ihrem Gesicht breit. „So was Mieses hätte ich nie von ihr erwartet. Erst nimmt sie mich auf, und dann setzt sie mich eins, zwei, drei wieder auf die Straße." Mit sprühenden Augen blickte sie um sich. „Weißt du was, Pit? Aids macht doch verrückt!"

„Was soll der Blödsinn? Jenny hat mit all dem nicht das Geringste zu tun. Vielleicht weiß sie noch nicht mal davon. Und nun komm, ich helf' dir packen."

Seufzend erhob sich Kiki. Mit hängendem Kopf trottete sie zum Schrank, öffnete ihn, nahm einen Arm voll Kleider samt Bügel heraus und warf sie lustlos aufs Bett. „Die Koffer sind im Keller", maulte sie. „Holst du sie mal?"

Wenig später kam Pit mit drei abgewetzten Koffern zurück. „Sieh mal, was ich gefunden habe", sagte er. Unter einem Arm klemmte ein Schuhkarton. Pit stellte ihn auf den Tisch und hob den Deckel ab.

Kiki warf einen flüchtigen Blick darauf. „Fotos. Na, und?"

Pit nahm einen Schwung Bilder heraus und blätterte sie rasch durch. Nach einer Weile legte er die Fotos wieder zu den anderen zurück. „Bist du fertig?", wandte er sich dann an Kiki.

„In einer Minute. Darf ich wissen, wo du mich hinbringst?"

„Zu mir."

47

Auf dem Schreibtisch türmten sich aufgeschlagene Ordner, diverse Zettel, Briefe und Unmengen von Fotos. Etwas ratlos blickte Gila darauf nieder. Sie würde Tage brauchen, um sich da durchzuackern. Und dabei wusste sie nicht einmal, ob es überhaupt sinnvoll war.

Nachdem Björn die Redaktion verlassen hatte, war Gila sofort nach Hause zurückgefahren. Björns wütende Worte hatten einen Stachel in ihr hinterlassen. Den Stachel des Zweifels.

David ... wer war David gewesen? Wenn sie ehrlich war, hatte seine Vergangenheit sie nie besonders interessiert. Wozu auch? Sie hatte David in der Gegenwart geliebt, seine Vergangenheit gehörte nur ihm und denen, die sie mit ihm geteilt hatten. Für Gila war sie wie ein Kleidungsstück, das man eine Weile getragen und dann irgendwo abgelegt hatte.

Aber die Situation hatte sich von einer Minute zur anderen gewandelt. Mit einem Mal spielte Davids Vergangenheit eine tragische Rolle. Deshalb also saß Gila an Davids Schreibtisch und stöberte in seinen Sachen herum. Hier hoffte sie die Antwort auf die zahllosen Fragen zu finden, die sie seit der vergangenen Nacht ununterbrochen quälten. Wie hatte Björn vor ungefähr einer Stunde gesagt? „Es geht um Leben und Tod!"

Gila versuchte, sich zu konzentrieren. Als erstes nahm sie sich einen Stapel Briefe vor ...

48

Je mehr Zeit verstrich, umso unruhiger wurde Stefanie. In regelmäßigen Abständen blickte sie auf die Uhr. Erst zehn Minuten vorüber ... erst fünf Minuten ... erst zwei ... Ab und zu hetzte sie zum Fenster, um auf die Straße hinabzustarren. Nichts. Von Mike weit und breit keine Spur. Verdammt, wo steckte er nur? Und was hatte dieser Anruf heute früh zu bedeuten? Stefanie rief sich jedes einzelne Wort ins Gedächtnis zurück, aber sie kam einfach zu keinem befriedigenden Schluss. Inzwischen hatte sie sich geduscht, frisch umgezogen und eine Kleinigkeit gefrühstückt. Wieder sah sie auf die Uhr. Kurz vor zwölf. „Ich geb' ihm noch eine Stunde", dachte sie. „Wenn er dann nicht zurück ist, verschwinde ich." Denn dann musste sie davon ausgehen, dass Mike zur Kripo gegangen oder von ihr geschnappt worden war. In diesem Fall wurde ihr hier der Boden unter den Füßen zu heiß.

Wartend, mit hochgezogenen Knien, kauerte sich Stefanie in die hinterste Ecke ihres Betts. Mit fliegenden Fingern zündete sie sich eine Zigarette an. „Wo bist du, Mike?", sann sie unaufhörlich. „Immer noch bei Jenny?"

Als sie kurz darauf die Zigarette in einem Aschenbecher ausdrückte, läutete es an der Tür. Es war ein lang anhaltendes, lautes und drängendes Klingeln, das an Stefanies Nerven zerrte. Sie zuckte zusammen. „Die Bullen!", schoss es ihr durch den Kopf. „Verdammt! Warum bin ich nicht schon früher abgehauen!" Der Schweiß brach ihr aus allen Poren.

„Stefanie – !", hörte sie dann. „Mach endlich auf!"

Mike! Stefanie atmete auf und eilte zur Tür. „Da bist du ja endlich", empfing sie ihn missmutig. Sie stutzte. Etwas an Mike stimmte nicht. Deutlich spürte sie die Veränderung. Was war während der vergangenen Stunden geschehen? Mit zusammengekniffenen Augen musterte sie ihn.

„Hast du was?", fragte Mike.

Stefanie wandte sich achselzuckend ab. „Ich hab' Kaffee aufgekocht."

„Nein danke, ich muss mit dir reden." Er fasste sie am Arm und schob sie in das Zimmer.

„Hört sich ja mächtig spannend an."

Mike setzte sich auf die Couch, schlug seine Beine übereinander und sagte ohne Vorwarnung: „Ich verschwinde."

Stefanie entspannte sich. Mit einem tiefen Atemzug kuschelte sie sich in die Polster zurück. „Wenn das alles ist?" Die Erleichterung stand ihr ins Gesicht geschrieben. „Wo wollen wir hin?"

Mike schüttelte den Kopf. „Du verstehst nicht. Ich meine, ich geh' zur Polizei."

„Du tust was? Du verdammter Blödian! Kapierst du nicht, was das bedeutet? Knast bedeutet es, wer weiß, für wie lange!"

Mike rührte sich nicht. „Na, wenn schon. Jenny wird es verstehen."

„Jenny wird es verstehen!", äffte Stefanie ihn nach. „Einen Dreck wird Jenny! Hörst du? Einen Dreck! David war ihr Favorit! Du ... du bist längst bei ihr out. Geht das in deinen Dummschädel nicht rein?"

Mike stand auf. Seine Augen loderten. „Halt die Klappe! Was weißt du schon von Jenny! Nicht in hundert Jahren wirst du ihr Niveau erreichen."

Stefanie spürte, wie die Wut über ihr zusammenschlug. Sie brauchte ihre ganze Beherrschung, um nicht auf Mike loszugehen. Oh, wie sie Jenny doch hasste! Warum war sie nicht einfach krepiert? Wie hatten doch die vielen Schlagzeilen gelautet? *Topmodel in Lebensgefahr!* Schöne Lebensgefahr! Das Schlimmste, der Tod, schien nicht einzutreffen. Im Gegenteil! Mikes seltsamer Veränderung nach zu urteilen, musste es ihr besser gehen denn je.

Mike stand an der Tür. „Wenn ich dir einen Rat geben darf", sagte er zu Stefanie, „dann komm jetzt mit mir. Man wird dich ohnehin suchen und früher oder später auch aufgreifen."

„Ich pfeif' auf deinen Scheißrat!", schleuderte sie ihm

entgegen.

Mike grinste. „Wie du willst. Ohne deine Vergangenheit kommst du vielleicht sogar damit durch."

49

Wie lange braucht ein Mensch, um erwachsen zu werden, bis er fähig ist, über sich und sein Leben selbst zu entscheiden? Jo Anne hatte einen einzigen Schwindel erregenden Tag gebraucht. Dass sich etwas in ihr zu verändern begann, hatte sie ja schon Monate vorher gespürt. Doch wie und in welche Richtung? Eine Frage, die Jo Anne Angst gemacht hatte. Doch seit gestern Nacht, seit sie ihr Baby im Arm gehalten hatte, wusste sie mit jeder Faser ihres Körpers, dass sie frei war und ihr Leben ihr allein gehörte. Von nun an würde sie auch selbst entscheiden, wer darin Platz hatte und wer nicht.

Es klopfte an der Tür.

Simon trat ins Zimmer, in seiner Hand hielt er einen pinkfarbenen Rosenstrauß. Ein Lächeln lag auf seinem Gesicht. Während er näher kam, sagte er, dass Jo Annes Mutter ihn schon frühmorgens gerufen habe. „Ich hatte keine Ahnung, dass deine Mutter Haare auf den Zähnen hat", schloss er. „Von wegen lediges Kind, und so ..."

Jo Anne richtete sich auf. Aufmerksam musterte sie ihn. „Hast du die Kleine schon gesehen?", fragte sie.

„Später", winkte Simon ab. „Jetzt sollten wir lieber darüber reden ... nun ja, ob wir ... äh ... willst du heiraten, Jo Anne?"

„Verschluck dich bitte nicht", lachte Jo Anne herzlich. „Ob ich heiraten will? Ich glaub' nicht."

Verblüfft sah Simon sie an. „Was soll das nun wieder heißen?"

„Das soll heißen, dass ich dir Bescheid geben werde. Eine solche Entscheidung breche ich nicht einfach übers Knie. Ich muss erst gründlich nachdenken, die ganzen Für und Wider abwägen. Sollte das Ergebnis aber positiv sein, nun – dann werden wir heiraten."

„Ach ja, werden wir?" Simon schüttelte den Kopf. „Ein Fall von Kindbettfieber, oder was?"

„Nee, eher ein Fall von erwachsener Klarsicht."

Simon schluckte. „Du warst bei *Queen?*", wechselte er das Thema.

Queen! Schlagartig fiel Jo Anne David wieder ein – David und die vermeintliche Gefahr, in der er geschwebt hatte. Wie hieß doch noch jene Krankheit, um die es sich so dramatisch drehte? „Hast du schon mal von Aids gehört, Simon?", fragte Jo Anne unvermittelt.

„Natürlich."

„Weißt du, was das heißt?" Jo Anne dachte an ihr Baby. In welche Welt war es da hineingeboren worden? Von einem unbeschwerten, sorglosen Heranwachsen konnte keine Rede mehr sein. Jo Anne wurde beklommen zu Mute.

„Nichts heißt es, gar nichts", antwortete Simon, „Aids betrifft nur eine Randgruppe."

„Was, wenn es sich ausbreitet?"

Simon lachte. „Das wüsste ich aber!"

Nach dem Mittagessen tauchte Pit auf. Genau wie Simon hatte auch er einen pinkfarbenen Blumenstrauß in der Hand, und genau wie Simon lächelte er.

„Hallo, Jo Anne", grüßte er. „Alles okay?"

Sie nickte. „Mit mir schon. Und du? Bei dir alles okay? Bei dir, der Band und – David?"

Pits Lächeln erstarb. Er setzte sich zu ihr. „David ist tot, Jo Anne. Mike hat ihn im Konzert erstochen."

Jo Anne spürte, dass sie blass wurde. „Nein, Pit, o nein! Das tut mir Leid, so Leid! Plötzlich hab' ich Angst, furchtbare Angst."

Pit nahm ihre Hand. „Ich auch, Jo Anne. So oder so, wir werden damit leben müssen."

„Mit Aids? Oder mit der Angst?"

„Mit beidem." Er seufzte. „Weißt du, langsam bekomme ich das Gefühl, dass David heute einen zweiten Tod stirbt, denn wir alle, die wir ihn gern hatten, haben auf einmal kein größeres Problem, als in Davids Vergangenheit herumzustochern und nach Aids zu fragen. So geben wir uns einfach der Angst hin und machen uns selbst zu einem willigen Mordinstrument. Ob David infiziert war, weiß ich nicht. Aber eines ist schon mal sicher, nämlich, dass er ein Aidsopfer war." Pit starrte auf den Fußboden und schwieg. Nach einer Weile hob er den Kopf. Sein Blick fiel auf den Rosenstrauß auf Jo Annes Nachtkästchen. „Von Simon?" Sie nickte. „Er will mich heiraten."

„Gratuliere. Wolltest du das nicht immer?"

„Ja", sagte sie, „das wollte ich.

50

„Merkwürdig, wie sich ein Raum verändert, wenn der Mensch, der zu ihm gehört, plötzlich fehlt", dachte Pit bedrückt, als er Davids Studio betrat. Die Kamera, die auf einem Stativ in der Zimmermitte stand, wirkte verwaist, genau so die verschiedenen Fotolampen. David würde sie niemals mehr einschalten. Dort, der Platz, wo die Models posiert hatten ... unabänderlich einsam. Die winzige Umkleidekabine ... leer. Die Lederkollektion, Davids letzter Auftrag, lag wie verloren auf einem Hocker. Und dann die unzähligen Fotos an der Wand. Bilder, die David im Laufe seines Lebens geschossen hatte. Bilder aus seiner Vergangenheit. Bunt gemischt, private und berufliche Stationen ... Landschaftsmotive, Foods, Gebäude, Stillleben, Menschen, Gesichter ... Die meisten von ihnen kannte Pit: Die Band, Gila, Kiki, Jenny und immer wieder Jenny ...

Seufzend wandte sich Pit ab. Das gespenstisch einsame Studio mit all den verlassenen Gegenständen bedrückte ihn mehr, als er geglaubt hatte. Ein unheimliches Gefühl beschlich ihn. Pit versuchte, es abzustreifen.

Er ging zum Schreibtisch, stellte den mitgebrachten Karton ab und zog schließlich die halb heruntergelassenen

Fensterrollos hoch. Sofort flutete wärmendes Sonnenlicht durch das Studio. Dann kehrte er zum Schreibtisch zurück, setzte sich, schaltete das Radio ein und schüttete den Inhalt des Kartons auf den Tisch. Ein Bilderberg türmte sich vor ihm auf.

Pit begann gerade, die Bilder durchzuschauen, als er ein Geräusch an der Tür wahrnahm, so, als ob jemand versuchte, einen Schlüssel ins Schloss zu schieben.

„Pech, mein Lieber", murmelte er, da sein eigener Schlüssel von innen steckte, „doch ich will mal nicht so sein ..." Er ging zur Tür und öffnete sie. Pit hatte Gila oder einen der Jungen draußen vermutet, doch das Wesen, das ihm mit einem erschreckten Aufschrei in die Arme flog, war ihm fremd.

„Hey, hey", schmunzelte er und half der Fau auf die Beine. „Wenn das keine hübsche Überraschung ist."

Erschrocken sah die Unbekannte um sich. „Sorry, ich ... ich hab' mich wohl an der Tür geirrt", stotterte sie.

„Zu wem wollten Sie denn?", ließ Pit nicht locker. Die Fremde interessierte ihn. Er legte einen Arm um ihre Schultern und bugsierte sie sanft ins Studio.

Ihre Miene nahm einen aufsässigen Ausdruck an. „Ich möchte gehen!", verlangte sie.

Neugierig musterte Pit sie. „Kennen wir uns nicht?" Er runzelte die Stirn. Irgendwie kam ihm die Kleine tatsächlich seltsam bekannt vor.

„Nicht, dass ich wüßte", antwortete sie.

Pit ging taxierend um sie herum. „Sie sind Model, stimmt's?"

„Nein! Wie oft soll ich es denn noch sagen? Wir sind uns bestimmt noch nie begegnet." Sie drehte sich um und lief zur Tür. Pit war sich sicher: Mit dieser Kleinen war was faul. Mit zwei, drei Schritten hatte er sie eingeholt. „Wo wollen Sie denn hin?", rief er und packte sie am Handgelenk.

Sofort begann die Frau wie eine Wilde um sich zu schlagen. Woher nur kannte er sie? Woher? Woher? Fieberhaft überlegte er. Und dann, dann wusste er woher ...

Mit Mühe und Not schaffte es Pit, die Studiotür abzu-
schließen. Den Schlüssel ließ er in seiner Jackentasche
verschwinden. Dann schob er die Frau zum Schreibtisch
und drückte sie in den Stuhl. „Sie kommen hier sowieso
nicht raus, also sparen Sie Ihre Kräfte."
Resigniert lehnte sich die Fremde zurück. Hoffnungslosigkeit trat in ihren Blick. Pit registrierte es mit Unbehagen.
Am liebsten hätte er sie wieder laufen lassen, doch stattdessen griff er zum Telefon und begann zu wählen.
„Bitte, nicht die Polizei!," schrie sie auf und versuchte,
Pit den Hörer zu entreißen.
„Was soll das Theater! Hören Sie auf damit! Es nützt Ih-
nen nichts." Er wählte nochmals und diesmal ungestört.
„Pit hier", sagte er nach einer Weile. „Komm bitte sofort ins
Studio. Ich hab' unerwarteten Besuch bekommen. Ich fin-
de, du solltest dir die junge Dame mal ansehen."

Nachdenklich legte Gila den Hörer auf die Gabel zurück.
Eine fremde Frau in Davids Studio? „Sicher kein Model",
überlegte sie. „Pit hätte sie sonst erkannt." Ihr Blick streifte den Wust Papiere vor sich. Gila hatte noch nicht mal die
Hälfte durchforstet. Nichts sagende Briefe, Rechnungen,
Versicherungspolicen, Auftragsbestätigungen ... Sie war
keinen Schritt weitergekommen. Davids Vergangenheit lag
nach wie vor im Dunkeln. Ob die junge Frau Licht in die
Sache bringen würde? Gila beschloss, das herauszufinden.

Eine halbe Stunde später klopfte sie an die Studiotür.
Pit öffnete und ließ Gila herein.
„Kennst du sie?", fragte er und sah zu der jungen Frau,
die noch immer am Schreibtisch hockte.
Gila nickte. „Natürlich, das ist Stefanie, Mikes Freun-
din."
„Wer?" Pit hatte diesen Namen noch nie gehört.
„Stefanie", wiederholte Gila und wandte sich der jungen
Frau zu. „Wo ist er? Wo ist Mike? Wo hat sich dieser mie-
se Wurm verkrochen?"
„Vielleicht irrst du dich, Gila", unterbrach Pit sie. „Wenn

das da Mikes Freundin ist, was will sie dann hier?"
„Keine Ahnung, aber es ist Stefanie."
„Und wo ist da die Logik?"
In diesem Moment sprang Stefanie auf, stieß Gila und Pit mit aller Kraft beiseite, hetzte durchs Studio und war schon verschwunden.
Ohne zu überlegen, setzte Pit ihr nach.

51

Langsam fragte sich Dizzy, ob es überhaupt noch sinnvoll war, länger auf Mike zu warten. Der ganze Vormittag war verstrichen, aber Mike war nicht aufgetaucht. Dizzy spürte, dass er langsam Hunger bekam. Außerdem waren seine Muskeln vom Herumsitzen bereits völlig verkrampft. Da! Wieder ein paar Leute, die die Straße entlangeilten. Dizzy betrachtete sie eingehend. Nein, Mike war nicht darunter.

Ein Wagen parkte ganz in der Nähe ein. Dizzy beobachtete, wie eine Frau mit ihren Wochenendeinkäufen ausstieg.

Wieder nichts. Mike schien wie verschluckt zu sein.

Und plötzlich sah er ihn!

Die Hände in den Hosentaschen vergraben, schlenderte er aus einer Seitenstraße heraus.

Dizzy verfolgte ihn mit seinen Blicken. „Also, der hat die Ruhe weg", dachte er verdutzt. „Tut tatsächlich so, als sei nichts geschehen."

Mike verschwand im Haus.

Dizzy sprang aus seinem Wagen. Mit großen Schritten überquerte er die Straße. Wenig später stand er wieder vor Mikes Wohnungstür. Dizzy blickte um sich ... lauschte ... Im Haus war alles ruhig. Dann klingelte er. „Mach auf, du Mistkerl", dachte er. Er hörte, wie ein Schlüssel umgedreht wurde ... die Tür öffnete sich, einen Spaltbreit nur.

Darauf hatte Dizzy nur gewartet. Mit seinem ganzen Körper warf er sich gegen die Tür.

Die Wucht des Aufpralls brachte Mike zum Straucheln. Ein Überraschungslaut rutschte ihm über die Lippen. Aber noch bevor er überhaupt richtig wusste, was eigentlich geschehen war, stand Dizzy in der Wohnung.

Mit seinem Fuß stieß er die Tür zu. Sie krachte ins Schloss. Dann stürzte er sich auf Mike, packte ihn am Kragen, quetschte ihn an die Wand.

Das alles ging so rasend schnell, dass Mike gar nicht dazu kam, seinen Angreifer abzuwehren.

„Sie mieser, kleiner, dreckiger Killer!", presste Dizzy zwischen den Zähnen hervor. „Wieso? Wieso haben Sie David umgebracht? Weil er infiziert war? Aus Eifersucht? Wieso?"

Mike blieb stumm. Er starrte Dizzy wie ein hypnotisiertes Kaninchen an.

„Machen Sie Ihren Mund auf! Wieso musste David sterben? Wegen Jenny? Hat dieses simple Wörtchen Aids die letzte Gewissensschranke in Ihnen niedergerissen? Nur keine Hemmungen, wenn's um Aids geht, was?" Dizzy redete sich immer mehr in Wut. „Solche Leute müssen weg, damit sie nur ja nicht gefährlich werden können. Bloß schade, dass es keine Insel gibt, wohin man sie verbannen kann. Ausgestoßene! Wer will mit denen schon leben! Keiner! Stimmt's? Hab' ich Recht?"

Dizzy stoppte kurz. Davids Tod konnte er irgendwann überwinden, doch niemals, dass er so menschenunwürdig gestorben war. Er fuhr fort: „Wie konnten Sie nur so verdammt sicher sein? Woher wussten Sie, dass David infiziert war?"

„Von ... von Jenny", ächzte Mike.

„Was? Von Jenny?" Ungläubig starrte Dizzy ihn an. Sein Griff lockerte sich. „Sie sagt so etwas?"

„Nicht direkt, aber der Schluss lag nahe. Jenny und David ..."

Dizzy lächelte bitter. „Was wissen Sie schon über Beziehungen ... über Freundschaften ... über Gefühle? Diese

Worte sind Ihnen doch fremd. Nicht jede Freundschaft landet im Bett. Begreifen Sie überhaupt, was Sie getan haben?" Dizzy packte wieder heftiger zu. „Der Tod löscht vielleicht ein Leben aus, aber nicht ein einziges Gefühl. Davids Tod war nutzlos. Jennys Gefühle für David sind nicht mit ihm gestorben. Auch nicht ihre Krankheit. Wenn Jenny Aids hat, hat sie es noch immer."

„Ich könnte dich erwürgen, Mike!", dachte Dizzy unbeherrscht. „Dich töten!" Wie ein Echo hallten die Worte in seinem Kopf wider. Nichts befriedigte Dizzy in diesem Moment mehr als der Gedanke, mit gleicher Münze zurückzuzahlen. „Bist du wahnsinnig?", regten sich Zweifel in ihm. „Mike ist derjenige, der auf- und abgerechnet hat. Er ist derjenige, der die Quittung serviert!"

Dizzys Arme sanken kraftlos herab. Er trat einen Schritt zurück. „Die Kripo soll sich um Sie kümmern", sagte er müde.

Da bemerkte er Mikes fleckenübersätes Hemd. Dizzys Augen weiteten sich. „Davids Blut?" Seine Mundwinkel zogen sich hämisch hinab. „Aids wird auch durch Blutkontakte übertragen. Gratuliere, vielleicht sind Sie verseucht."

Mike schüttelte den Kopf. „Unmöglich! Jenny ist kerngesund! Die Diagnose war ein Irrtum. Und deshalb, deshalb konnte auch David nicht krank gewesen sein."

Dizzy erstarrte. „Er ist umsonst gestorben, völlig umsonst." Seine Stimme war ein Flüstern. Mit hängenden Schultern ging Dizzy zum Telefon, hob den Hörer ab und wählte ...

Die Wohnungstür fiel hinter ihm ins Schloss. Mike war verschwunden.

52

Björn saß draußen im Freien, auf einer Bank, die geradezu zum Ausruhen einlud. Hinter ihm raschelten die gelb blühenden Ginsterbüsche leise im Wind. Betörender Blütenduft kitzelte seine Nase, hüllte ihn wie eine undurchsichtige Wolke ein und gaukelte ihm Harmonie und Frieden vor.

Björn spürte, wie etwas in ihm weich zu werden drohte. Krampfhaft konzentrierte er sich auf den Klinikeingang, den er von seinem Platz aus gut beobachten konnte. Er sah die Leute kommen und gehen. Er sah besorgte Mienen, fröhliche, optimistische Mienen, sah Gleichgültigkeit und Resignation, sah Hoffnung und Depression. Der Besucherstrom hatte in der letzten Stunde deutlich zugenommen. Ganze Menschentrauben kamen manchmal vom Klinikparkplatz her. Björns Vorhaben wurde schwieriger.

Ein Zitronenfalter tanzte übermütig durch die Luft. Da war sie wieder, jene heile, unzerstörbare Welt, in der sich jeder sicher und geborgen glaubte, doch von einem Moment auf den anderen hatte sie einen tiefen, dunklen und unheimlichen Riss bekommen, einen Riss, der wahrscheinlich nie mehr zu kitten war. Björn begriff, wie zerbrechlich plötzlich alles um ihn herum geworden war. Oder war es schon immer so gewesen, und er hatte es nur nicht gewusst? Eine heile Welt – hatte es die überhaupt je gegeben?

Ein kühler Wind kam auf. Björn begann zu frösteln. Der Platz auf der Bank behagte ihm auf einmal nicht mehr. Er stand auf und suchte sich in der Klinikhalle einen Ort, wo er warten konnte.

Björn dachte an Mike. Wo war er? Und wo wollte er hin? Björn hoffte, hierher in die Klinik. Jenny lag in einem der Zimmer. Sie war der einzige und wichtigste Anziehungspunkt in Mikes jämmerlichem Leben.

„O ja!", dachte Björn mit absoluter Sicherheit. „Er *wird* kommen! Er wird! So, wie die Sonne auf- und untergeht, wie die Nacht dem Tag folgt und wie der Tod dem Leben. Er muss kommen!"

53

„Lass sie!", rief Gila Pit nach. „Glaub mir, Stefanie
kommt nicht weit."
Pit stoppte, drehte sich um und sah Gila fragend an.
„Sieh mal, was ich gefunden hab'." Gila wies auf eine
Handtasche. „Die hat Stefanie vergessen."
Erstaunt nahm Pit Gila die Handtasche ab, öffnete sie
und blickte neugierig hinein. Einen Augenblick später holte
er Stefanies Ausweis heraus. „Verschwinden kann sie je-
denfalls nicht", bekräftigte er.
Gila runzelte nachdenklich die Stirn. „Kannst du dir vor-
stellen, was Stefanie hier gewollt hat?"
Pits Blicke wanderten durchs Studio. „Bestimmt nichts
klauen", meinte er. „Ob sie was mit dem Mord zu tun hat?"
„Nur insofern, dass sie Mike Unterschlupf gewährt hat."
„Wenigstens wissen wir jetzt, wo der Kerl steckt, bei
Stefanie nämlich."
Gila griff zum Telefon. „Den Rest wird die Kripo erledigen." Während sie wählte, fiel ihr Blick auf den Bilderhau-
fen. „Fotos von David?", fragte sie. Ein Lächeln huschte
über ihr Gesicht.
Pit erzählte ihr, woher er seinen Fund hatte.
„Was sagst du da?" Rasch legte Gila den Hörer auf das
Telefon zurück. „Aus Jennys Keller?" Eine seltsame Erre-
gung erfasste sie. Mit angehaltenem Atem begann sie, Fo-
to für Foto aufmerksam zu studieren. Lag in ihnen vielleicht
der Schlüssel zu Davids Vergangenheit?
„Hast du was gefunden?", fragte Pit, als er sah, wie die
Farbe in Gilas Gesicht wechselte.
„Bilder aus London", antwortete sie. Nacheinander brei-
tete sie sie vor Pit aus.
Er warf einen flüchtigen Blick darauf. „Na und?"
„Von einer Freundin hat er dir nie erzählt?"
„Nee."
„Den anderen?"
„Glaub' nicht."
Gila tippte auf ein ganz bestimmtes Foto. „Diese junge

Frau taucht immer wieder auf", bemerkte sie. „In seiner Wohnung, im Studio. Siehst du?"

Pit sah genauer hin. Ungläubigkeit spiegelte sich in seinen Augen. „Das also war es, was sie gesucht hat: Fotos, diese Fotos."

Gila griff wieder zum Telefon und wählte Saschas Nummmer in der Redaktion. Er meldete sich sofort. „Gila hier. Sascha, könntest du so schnell wie möglich jemanden überprüfen?"

Nachdem Gila zu Ende telefoniert hatte, fragte Pit: „Vermutest du, dass sie diejenige ist, die David möglicherweise infiziert hat?"

„Ich hoffe nicht, Pit. Denn wenn doch, bin ich ebenfalls infiziert."

Pit legte einen Arm um ihre Schultern und zog sie an sich. „Hast du Angst?"

Gila lachte kläglich. „Was denkst du denn? Glaubst du, dass ich Aids wie einen Schnupfen, mit Papiertüchern und Lindenblütentee, wegstecke?"

„Das nicht, aber ich bin schon immer ein unverbesserlicher Optimist gewesen", erklärte Pit voller Überzeugung. „Gegen jede Krankheit ist ein Kraut gewachsen. Und wenn nicht, muss man eben eines erfinden. Die heutige Medizin ist ein halbes Wunder. Aids bedeutet nur eine weitere, neue Herausforderung. In drei, vier oder fünf Jahren hat man diesem Höllenzauber den Garaus gemacht."

„Wenn du dich da diesmal nur nicht irrst", blieb Gila skeptisch. Sie rief sich ins Gedächtnis, was ihr Philip gestern erzählt hatte. Nicht der kleinste Hoffnungsschimmer hatte mitgeschwungen. Bestürzung und Ratlosigkeit unter den Ärzten, furchterfüllte, ja, panische Patienten. *Das* war die grausame Realität. Gila machte sich nichts vor.

„Wir werden ja sehen, wie der Hase in Zukunft läuft", meinte Pit guten Mutes.

Gila fragte sich, wann er die Hoffnung aufgeben musste.

54

Wie benommen taumelte Mike aus dem Haus, unfähig, einen klaren Gedanken zu fassen. Nur eines hatte Platz in seinem Kopf: David war umsonst gestorben! Umsonst ... umsonst! Was er sich bislang nicht hatte eingestehen wollen, drang nun mit unverminderter Kraft hervor. Dizzy hatte ihm die Binde von den Augen gerissen. David war umsonst gestorben!

Automatisch setzte Mike einen Fuß vor den anderen. Ziellos und in sich versunken, nahm er seine Umgebung nur noch am Rande wahr, die vorbeisausenden Autos, die vorbeihastenden Fußgänger, die Wärme dieses wunderschönen Maitages ... Mike schreckte erst hoch, als er sich grob am Arm gepackt fühlte.

„Mike, wo willst du denn hin?"

Er drehte sich um und blickte in Stefanies verwundertes Gesicht. „Sie schon wieder", schoss es ihm durch den Kopf. „Wieso lässt sie mich nicht einfach in Ruhe? Muss sie mich ständig daran erinnern, wie furchtbar ich versagt habe? Mit welch verheerenden, nie wieder gut zu machenden Folgen?"

„Was willst du?", schnauzte er sie an.

„Geld! Kannst du mir welches geben?"

„Ich? Geld? Nein!" Mike schüttelte den Kopf. „Verschwinde endlich." Er wandte sich ab.

Stefanie lachte zynisch. „Tut mir Leid, aber du bist wirklich ein einziger Witz, Mike. Zuerst soll David sterben, nun, da er tot ist, würdest du seinen Tod am liebsten ungeschehen machen. Kapier endlich, dass du dich jetzt nicht mehr entscheiden kannst. Du hast es bereits vor langer, langer Zeit getan. Heute, das sind nur die logischen Folgen. Wie du dich auch drehst und wendest, Mike, die Sache ist endgültig gelaufen. Nichts wird je mehr etwas daran ändern."

Mike widersprach: „Ich kann mich immer wieder neu entscheiden."

„Nicht in diesem Fall." Stefanie lächelte mitleidig. „Es ist zu spät, Mike, daran hättest du früher denken müssen."

„Es ist nie zu spät", fuhr Mike hoch. „Es gibt kein endgültiges Aus." Für Mike war das Gespräch beendet. Er schlug den Weg zu seinem Auto ein, gleichzeitig versuchte er, Stefanies Worte in Gedanken zu zerpflücken. Nichts, was sie gesagt hatte, durfte wahr sein. Nicht das kleinste, harmloseste Wörtchen.

Mike hörte schnelle, trippelnde Schritte hinter sich. Kurz darauf war Stefanie wieder an seiner Seite. „Was ist nun?", fragte sie. „Gibst du mir Geld?"

Mike unterdrückte einen Fluch. „Geh zum Teufel", dachte er und beschleunigte seine Schritte.

Stefanie blieb zurück.

Mike hatte sein Auto fast erreicht, als er hinter sich einen entsetzten Aufschrei hörte. Mürrisch sah er über die Schulter. Stefanie lief auf ihn zu. Sie flog beinahe über das Pflaster. „Mein Ausweis, Mike", rief sie. Mit der einen Hand wühlte sie zitternd in einem fleischfarbenen Lederbeutel. „Mein Ausweis ist verschwunden."

55

„Du bist sicher, dass die Frau auf dem Foto Stefanie ist?", fragte Sascha. Gila war inzwischen in die Redaktion zurückgefahren. „Ich hab' herausgefunden, was dich so brennend interessiert."

Gila nickte. „Absolut! Etwas jünger zwar, und die dunklen Haare lang, aber eindeutig Stefanie." Gila schlang ihre Hände ineinander, sie waren kalt und klamm. „Was weißt du über sie?"

Die alles entscheidende Frage. Von der Antwort hing so viel für Gila ab. Und nicht nur für sie ... Gilas Blick heftete sich auf Saschas Gesicht. Nichts sollte ihr entgehen. Schon die winzigste Gefühlsregung darin, richtig interpretiert, konnte äußerst aufschlussreich sein, aufschlussreicher als tausend Worte.

„Wie lange willst du mich denn noch auf die Folter spannen?" Gilas Nervosität wuchs.

„Du kannst aufatmen, Gila", sagte er. „Stefanie ist sauber. Keine Drogen. Weder jetzt noch zu einem früheren Zeitpunkt. Der Drogenkripo ist Stefanie jedenfalls unbekannt."

Gila ließ die Nachricht auf sich wirken. „Stefanie hatte also nie mit Drogen zu tun gehabt", sann sie. Keine infizierten Spritzen, kein Aidsvirus, das sie hätte weitergeben können. Wie auch immer David und Stefanie in der Vergangenheit zueinander gestanden hatten, über diesen Weg konnte er sich nicht infiziert haben, wenn er überhaupt infiziert worden war ...

„Deine Freude haut mich richtig um", neckte Sascha, da er in Gilas Mienenspiel nicht die leiseste Erleichterung lesen konnte. „Oder glaubst du meinen Recherchen etwa nicht?"

„Doch, doch", antwortete sie rasch. Sie wusste, dass Saschas Freund bei der Drogenkripo arbeitete. Die Informationen von dort waren stets einwandfrei und präzise. „Es ist nur so", erklärte Gila. „Stefanie könnte trotzdem mit Drogen in Berührung gekommen sein, nicht wahr? Ich meine, ohne straffällig zu werden."

„Tja", seufzte Sascha, „mehr Informationen kann ich dir leider auf die Schnelle nicht bieten."

„Aber du bleibst am Ball?"

„Logisch."

Eine Pause entstand. Sascha brach das Schweigen. Er sagte: „Ich an deiner Stelle würde damit aufhören."

„Womit?"

„Mit diesen Nachforschungen. Was hast du davon, wenn du weißt, dass du schwer krank bist und vielleicht nur mehr ein paar kurze Jahre zu leben hast?"

Darüber hatte Gila noch nie nachgedacht. Ja, was hatte sie wirklich davon? Wie würde sie auf eine solche Schreckensnachricht überhaupt reagieren? Mit Angst und grenzenloser Unsicherheit, soviel stand fest. Und weiter? Würde sie überhaupt mit einer solchen Krankheit leben können? Wollen?

„Ich weiß nicht", zögerte Gila. „Vielleicht würde ich bewusster zu leben beginnen – bewusster als jetzt. Da ich einigermaßen sicher bin, wie man das Virus weitergibt, kann ich eine weitere Ansteckung praktisch verhindern. Und ...", fügte sie entschlossen hinzu, „ich würde meine ganze Kraft für Aufklärungskampagnen einsetzen."

Sascha verzog seinen Mund spöttisch. „O Gila. Was glaubst du, wen Aids interessiert? Doch die Wenigsten! Der Großteil verschließt lieber die Augen. Ist doch viel bequemer so. Ich schwöre dir, mit deinem Verhalten würdest du dir eine Menge Feinde schaffen."

„Weil ich die Leute aufkläre?" Gila bezweifelte das.

„Ja, deshalb. Und weil du krank bist. Die wandelnde, für jeden sichtbare Gefahr. Niemand kann damit auf Dauer in Frieden leben. Sie werden sich wehren. Jeder auf seine Art."

„Dann müsste man mich schon ..." Gila stockte erschrocken. War das, was Sascha eben gesagt hatte, auch in Mike abgelaufen? Hatte er deshalb David getötet?

„... umbringen?", vervollständigte Sascha den Satz. Er schüttelte den Kopf. „Ich denke, es gibt genügend andere wirksame Methoden."

„Heime", zählte Gila in Gedanken auf. „Demütigung, Diskriminierung, verbale und körperliche Angriffe, Isolation, Zurückweisung, ein gesellschaftliches Spießrutenlaufen ..."

„Ich hoffe, dass du dich täuschst", widersprach Gila. „In jedem Menschen steckt auch so was wie Mitleid und Barmherzigkeit und das Bedürfnis zu helfen."

Sascha seufzte. „Manchmal bist du eine reichlich naive Journalistin."

„Und wer hat nun Jenny infiziert?", seufzte Gila. „Diese Frage steht noch immer offen."

56

„Ist das ein Trick?", knurrte Mike und musterte Stefanie misstrauisch.

Der Lederbeutel lag auf der Kühlerhaube seines Wagens. Mit gerunzelter Stirn kramte Stefanie panisch darin herum. „Ich schwöre dir, dass ich meinen Ausweis verloren habe!", beteuerte sie.

Ungeduldig trat Mike von einem Fuß auf den anderen. Stefanie und ihre alberne Sucherei nervten ihn gewaltig. „Wenn du nichts dagegen hast, zieh' ich Leine", erklärte er. „Weiß der Kuckuck, wo du deinen Ausweis hingeschlampt hast."

Stefanie hob den Kopf. „Du willst nach wie vor zur Polizei?", vergewisserte sie sich.

Mike nickte, ging um seinen Wagen herum und sperrte ihn auf.

„Arme, kleine Jenny", spottete sie. „Die Nachricht von Davids Tod wird sie ja mächtig niederhauen. Woll'n wir wetten? Und dazu du, als Geständiger bei der Kripo. Arme, kleine Jenny!"

Mike erstarrte in seiner Bewegung. Was hatte Stefanie gesagt? Ja, richtig. „Noch hat Jenny ja keine Ahnung", überlegte er. Wer würde ihr reinen Wein einschenken? Wer würde ihr nahe bringen, dass David nicht mehr lebte? Ein gefühlsroher, unsensibler Polizist? Ihr Vater? Wer?

In grellen, bunten Farben malte sich Mike aus, wie Jenny, allein und hilflos, reagieren würde. Mike begriff, dass es den Todesstoß für sie bedeuteten musste.

„Kümmere dich um deinen eigenen Kram", rief er, stieg ins Auto und startete.

Stefanie riss den Beutel von der Kühlerhaube und sprang zurück.

Noch eine ganze Weile sah Stefanie dem davonbrausenden Wagen nach, doch dann konzentrierte sie sich wieder auf ihren verlorenen Ausweis. Wann hatte sie ihn zuletzt in den Händen gehalten? Wo ihn zuletzt gebraucht?

Ihre Gedanken liefen zurück. Tag um Tag um Tag ... und wieder vorwärts, bis sie sich den Ausweis in ihre schwarze Handtasche schieben sah. Im Konzert hatte sie sie getragen und später zu Hause auf das Fensterbrett gelegt. Und dann ... Stefanies Miene erhellte sich. Gerade, als sie mit einem Ruck den Reißverschluss des Lederbeutels zuziehen wollte, stockte sie. Ihr Blick fiel auf den durcheinder gewühlten Inhalt. Zwischen Puderdose, Lippenstift und Geldbörse blitzte ihr der schwarz glänzende Knauf eines Revolvers entgegen.

57

Björn befand sich in einem Zustand zwischen träger, angenehmer Schläfrigkeit und angespannter Aufmerksamkeit. Das gleichförmige Tapp-Tapp-Tapp-Tapp der hin- und hereilenden Schritte, das brummende, summende Stimmengemurmel und das sanfte Quietschen der Eingangstür, sobald sie auf- und zugestoßen wurde, lullten ihn ein. Doch der Gedanke an Mike hielt ihn gleichzeitig hellwach. „Er *muss* kommen!", arbeitete es wie unter Selbsthypnose in Björns Kopf. „Er muss kommen! Er muss kommen!"

Schon seit Stunden saß er in dieser unauffälligen Ecke, in die sich kaum ein Patient oder Besucher verirrte. So brauchte er wenigstens kein unnötiges Gespräch über sich ergehen zu lassen oder seinen Zorn hinter einem kühlen Lächeln zu verbergen.

Der Platz war ideal. Von hier aus konnte Björn die gesamte Eingangshalle spielend überblicken, ohne sofort selbst bemerkt zu werden.

Mike war immer noch nicht aufgetaucht, dafür zwei Kripobeamte. Einer vorbeieilenden Schwester hatten sie ihre Dienstausweise nebst Marke unter die Nase gehalten. Björn nahm an, dass sie jetzt bei Jenny und ihrem Vater waren.

Neue Besucher kamen durch die Tür. Björn warf einen

wachsamen Blick darauf. Mike war wieder nicht darunter.

Mike raste durch die Stadt – in einem Tempo, dass selbst ihm schwindlig wurde. Er hatte das Gefühl, von einer unsichtbaren Hand getrieben zu werden. Wie magnetisch zog es ihn zu Jenny ...

„Jenny, Jenny", dachte er unglücklich, „dieses furchtbare Unglück ... verzeih mir! O Gott, verzeih mir!"

In einer unglaublich kurzen Zeit hatte er die Klinik erreicht. Mit weit ausholenden Schritten stürmte er über den Parkplatz.

Als er die Eingangstür aufstieß, keuchte er. Einen Augenblick blieb er stehen, um Luft zu schöpfen, dann steuerte er auf den Fahrstuhl zu.

Vor einer Viertelstunde war Gila in ihr Büro zurückgekehrt. Das Gespräch mit Sascha hatte sie erschöpft. Sie fühlte sich müde und ausgelaugt und sehnte sich im Moment nur nach einem warmen, entspannenden Bad. Aber da war Pit, der im Studio auf sie wartete. Und da war Jenny. Schon den ganzen Tag hatte Gila sie besuchen wollen, um mit ihr über David zu reden.

Gila überlegte, was sie zuerst tun sollte und entschied sich schließlich für Jenny. Pit würde das sicher verstehen.

Als Gila in ihre Jacke schlüpfte, klingelte das Telefon. Sie meldete sich, lauschte und antwortete dann: „Ist das wirklich wahr? Gut, ich komme."

Zwei Minuten später startete sie ihren Wagen.

Ungeduldig marschierte Pit im Studio auf und ab. Von der Tür zur Garderobe, von der Garderobe zum Schreibtisch und von dort wieder zur Tür.

Wo Gila nur so lange steckte? Wusste sie denn nicht, wie dringend er auf eine Nachricht wartete? Was hatte Sascha über Stefanie herausgefunden? Die Spannung in Pit wurde von Minute zu Minute unerträglicher, seine Schritte wurden hektischer, seine Bewegungen fahriger.

„Melde dich, Gila!", dachte er und begann, aus den Augenwinkeln das Telefon zu fixieren.

Nach einer Weile gab er dieses sinnlose Vorhaben wieder auf und setzte stattdessen seine Wanderung durch das Studio fort. „Ich hoffe ja bloß, dass Gilas Schweigen was Gutes bedeutet", grübelte er.

Endlich klingelte das Telefon. Pit zuckte zusammen. Das Schrillen zerrte an seinen Nerven. Wie gebannt starrte er den grauen Apparat an.

Zögernd ging er hin und hob ab. „Shadow-Studio", meldete er sich. Ein Kloß hockte in seinem Hals. Pit schluckte.

Doch je länger er horchte, umso erleichterter wirkte er. Wie sehr hatte er auf diesen Anruf gewartet! „Wenigstens diesmal eine gute Nachricht", antwortete er und lächelte. „Ja, ich komme gleich."

Mit einem zufriedenen Lächeln legte Björn den Hörer auf die Gabel zurück. Hatte er es nicht gewusst? Mike würde kommen. Jetzt war er endlich da!

Bei Mikes Anblick war Björn das Blut heiß durch die Adern geschossen. Mit einem Ruck hatte er sich kerzengerade aufgerichtet und mit zusammengekniffenen Augen den keuchenden und nach Luft schnappenden Mann an der Tür eingehend taxiert. Ja, es war tatsächlich Mike. Kaum war er im Fahrstuhl verschwunden, hatte sich Björn auf das nächste freie Telefon gestürzt. Seine Hand zitterte, als er die Münzen in den Fernsprecher steckte.

„Was ist nun? Sind Sie bald fertig?", riss Björn eine ärgerliche Stimme aus seinen Gedanken hoch. „Andere wollen auch mal telefonieren."

Björn drehte sich um und sah in ein eingefallenes Frauengesicht.

„Natürlich", sagte er und trat rasch beiseite. Der blau geblümte Morgenmantel der Patientin knisterte.

Seelenruhig schlenderte Björn zu seinem Platz zurück und wartete. Die Eingangstür schwang auf und zu, auf und zu, auf und zu.

Auf einmal hatte es Pit rasend eilig. So schnell er konnte, räumte er die mitgebrachten Fotos in den Karton und verstaute ihn im Schreibtisch. Als nächstes begann er, die Fensterrollos herunterzulassen. Ein überschäumendes Gefühl der Freude raubte ihm fast den Atem. Seine Bewegungen waren geschmeidig und beschwingt. Es schien, als hätten sich alle Probleme mit diesem einen Telefonanruf in Luft aufgelöst. Als er das letzte Fenster erreicht hatte, wurde die Studiotür mit einem Ruck aufgestoßen.

Pit fuhr erschrocken herum. „Sie schon wieder?", rief er und starrte die junge Frau verdutzt an. „Verschwinden Sie lieber. Oder soll ich die Polizei rufen?"

„Halt die Klappe", befahl Stefanie und kam lauernd näher.

„Was soll das? Ich sag's noch einmal: Verschwinden Sie ..." Pit stockte mitten im Satz. Seine Augen weiteten sich entsetzt. Schritt um Schritt wich er zurück.

Mike rührte sich nicht von der Stelle. „Ich muss dringend mit Jenny sprechen", verlangte er.

Richard Gall, der sich drohend vor der Zimmertür aufgebaut hatte, schüttelte heftig den Kopf. „Nur über meine Leiche!"

Mike erblasste. Der Boden unter seinen Füßen schien zu wanken.

„Die Kripo war hier und hat mich und Jennifer aufgeklärt", fuhr Richard Gall fassungslos fort. „Meine Güte! Auch ich war nicht besonders gut auf David Sandberg zu sprechen. Aber ein Mord ...? Ihn deshalb umzubringen ...? Sind Sie Gott, der über Leben und Tod entscheidet? Was auch immer David getan haben mag – ein Menschenleben ist unantastbar!"

Mike begann sich zu wehren. „Ich war felsenfest überzeugt, dass David Jenny mit Aids verseucht hat. Dieser Schock ..."

Mit einer unwirschen Handbewegung unterbrach Richard Gall ihn. „Ich wiederhole es noch einmal", beharrte er. „Ein Menschenleben ist unantastbar! Und nun gehen Sie endlich. Um Jennifers willen möchte ich nicht derjenige sein, der Sie der Kripo ausliefert."

Mikes Schultern sanken herab. Eine tödliche Ohnmacht erfasste ihn. Verzweifelt versuchte er dagegen anzukämpfen. „Ich will sofort zu Jenny", verlangte er nochmals mit Nachdruck. „Entweder treten Sie freiwillig beiseite ..."

„Oder was?" Richard Galls eiskalte Stimme erschütterte Mike.

Stefanies kühle Gelassenheit erschreckte Pit mehr, als es rasende Wut getan hätte. „Was wollen Sie hier?", fragte er.

„Meinen Ausweis, was sonst? Wo ist er?" Schritt für Schritt kam sie näher. Eine Armlänge vor Pit blieb sie stehen.

Pit warf einen furchtsamen Blick auf den Revolver, dessen Mündung auf ihn gerichtet war.

„Seien Sie bloß vorsichtig", flehte er. „Das Ding könnte losgehen."

„Und es wird losgehen, wenn Sie meinen Ausweis nicht bald rüberrücken. Und die Fotos. Wo sind sie?"

Pit begriff, wie ernst es Stefanie war. „Es ... es ist nichts mehr da. Gila hat alles mitgenommen."

„Gila? Diese Frau von vorhin?"

Pit nickte. „Ja. Und jetzt gehen Sie. Bitte!"

„Wo ist sie?"

„Gila?"

„Wer sonst? Na, los, wie lange soll ich noch auf eine Antwort warten?"

Pit überlegte fieberhaft. Er durfte Gila unmöglich dieser Verrückten ausliefern. Gila war in der Redaktion, oder, wie Pit fast befürchtete, auf dem Weg hierher. Er überlegte, womit er Stefanie schleunigst abwimmeln konnte. Da ihm nichts Besseres einfiel, antwortete er: „Vermutlich ist Gila bei Jenny. Das heißt, ganz bestimmt sogar. Angeblich wollte sie mit ihr ein paar wichtige Dinge besprechen."

„Keine Lügen, verstanden?"

„Na, hören Sie mal!" Es klang so entrüstet, dass Stefanie ihm glaubte.

„In der Klinik", murmelte sie und sah finster vor sich hin.

Diesen winzigen Moment der Unachtsamkeit nutzte Pit. Er sprang vor, packte Stefanies Handgelenk und versuchte, ihr den Revolver zu entreißen. Doch womit er in diesem Augenblick nicht gerechnet hatte, war Stefanies wilde Verbissenheit. In ihrer grenzenlosen Wut lag eine fast unmenschliche Kraft, die Pit in ungläubiges Staunen versetzte. Ein grimmiges Ringen auf Leben und Tod entstand. Stefanie kämpfte wie eine Furie.

Da löste sich ein Schuss. Der Lärm war ohrenbetäubend.

Pit spürte einen schmerzhaften Schlag. Die Wucht riss ihn zurück. Er stöhnte auf, prallte an den Schreibtisch und sank schließlich zu Boden. Dann hörte er Schritte, die sich entfernten.

„Ist das nun mein Ende?", fragte er sich. Tiefe Verzweiflung brach über ihn herein und erstickte ihn fast. „Oder weshalb sonst, denke ich ausgerechnet jetzt an Jo Anne?" Alles hätte gut werden können, wenn nicht Stefanie aufgetaucht wäre. Wie fröhlich hatte Jo Anne vorhin am Telefon geklungen! So befreit und selbstsicher. Sie habe mit Simon endgültig Schluss gemacht, hatte sie erzählt. Das Kind werde auch ohne einen Vater groß, es sei denn ... Endlich verlief Jo Annes Leben in geordneten Bahnen. Und Pit hatte seit gestern wie verwoben dazugehört.

Pit sammelte seine letzten Kräfte, um sich aufzurichten. Es gelang ihm nicht. Eine weiche, dunkle Wolke hüllte ihn tröstend ein. Schmerz und Angst waren mit einem Mal wie weggewischt. Nur Friede überall. Friede und Jo Anne ...

58

Mike wusste, dass er im Grunde nichts mehr zu verlieren hatte. Nichts, was an Entsetzlichem geschehen war, konnte er rückgängig machen. Es war gelaufen, wie es gelaufen war. Jenny war die Einzige, an der ihm noch in tiefster Seele gelegen war. Er wollte und musste mit ihr ins Reine kommen. Deshalb packte ihn auch nicht die Spur eines schlechten Gewissens, als er Richard Gall grob beiseite schob.

„Mike, was tun Sie?"

„Niemand wird mich daran hindern, mit Jenny zu sprechen", antwortete er entschlossen. „Auch Sie nicht!" Damit drückte er die Klinke nieder und betrat das Zimmer.

Jenny, die durch die streitenden Stimmen aufgeschreckt worden war, sah ihm mit aufgerissenen Augen entgegen.

Mike setzte sich zu ihr aufs Bett. „Verzeih mir, Jenny", begann er, „dieses Unglück war ganz allein meine Schuld. Ja, ich habe David von Anfang an verabscheut. Du und er ..." Mike schüttelte den Kopf. „Ich konnte es einfach nicht ertragen."

„Mein Gott, Mike! David und ich waren Freunde. Nur Freunde!"

„Schöner Freund", ironisierte er, „einer, der dir den Tod angehängt hat."

„David? Wie kommst du denn auf diesen Blödsinn?"

„Sieh mal, eigentlich weiß noch keiner richtig über Aids Bescheid, und wie man es aufschnappen kann. Ich war bis jetzt absolut sicher, dass du es von David hast."

Abwehrend hob Jenny ihre Hände. „Geh weg, Mike!", stieß sie hervor. „Geh weg. Ich hab' keinen Schimmer, wie und woher ich es hab'. Aber ist das überhaupt noch wichtig?" Schweigend sah sie vor sich hin. Ihre Augen schwammen in Tränen. „David könnte noch leben, wenn du in deiner krankhaften Eifersucht und deinem Wahn nicht total ausgerastet wärst."

Mike senkte den Kopf. „Es tut mir Leid, Jenny", flüsterte er. „Das ... das hab' ich wirklich nicht gewollt."

„Nicht gewollt?", schrie sie ihn an. „Nicht gewollt? Und was nützt das jetzt? Vor allem, wem? Wie viele Leben willst du denn noch zerstören?" Jennys Stimme wurde leiser. Mike konnte sie kaum noch verstehen. „Geh weg", wiederholte sie und drehte den Kopf zur Seite.

Gila sah sich suchend um. Björn hatte ihr am Telefon versprochen, in der Eingangshalle auf sie zu warten. „Hoffentlich macht er keine Dummheiten", dachte Gila nervös. Sie atmete auf, als sie Björn in diesem Moment auf sich zukommen sah. „Danke, dass du mich gleich angerufen hast", sagte sie, als er vor ihr stand. „Wo ist Mike? Ist er noch da?" Björn nickte. „Ich nehme an, dass er bei Jenny ist." „Los, komm", antwortete sie und steuerte zielstrebig auf den Fahrstuhl zu. „Oder nein, du wartest besser hier. Sollte Mike auftauchen, lass ihn auf keinen Fall entwischen." Björn versprach es. „Übrigens, ein paar Bullen sind hier", informierte er Gila. „Wahrscheinlich, um mit Jenny zu sprechen. Vor wenigen Minuten sind sie in der Cafeteria verschwunden." Gila drückte auf den Fahrstuhlknopf. „Gut. Sag ihnen sofort Bescheid."

„He! Was 'n hier los?", rief Dizzy, als er die offen stehende Studiotür sah. „Keiner da?" Verwundert trat er näher.

Nachdem Mike aus der Wohnung geflohen war, hatte Dizzy seinen Späherposten aufgegeben. Mike wäre ohnehin nicht mehr aufgekreuzt. Also hatte sich Dizzy hinter das Steuerrad geklemmt und war zuerst in den Übungsraum und dann in das Studio gefahren in der Hoffnung, irgendwo die Jungs anzutreffen. Nun stand Dizzy hier und fragte sich, was in der Zwischenzeit geschehen war.

Ein schmerzerfülltes Stöhnen drang zu ihm her. Verdutzt sah Dizzy in die Richtung, aus der es gekommen war.

„Pit!", schrie er. Mit zwei, drei Sätzen war er bei ihm und kniete sich neben ihn. Pits blutdurchtränktes Hemd ließ ihn erschauern.

Dizzy erhob sich, verständigte den Notarzt und die Kripo, dann kniete er wieder neben Pit. „Gott sei Dank ist es nur die Schulter", dachte er.

„Hörst du mich?" fragte er. „Pit, mach die Augen auf. Wer war das? Mike? War Mike hier?"

Langsam öffnete Pit die Augen. „Dizzy?", ächzte er. „Bist du's wirklich?"

„Klar. Komm zu dir, Pit. Bitte! War Mike hier?"

„Stefanie. Sie hat auf mich geschossen."

„Stefanie? Wer ist Stefanie?"

An der Tür drehte sich Mike noch einmal um. Ein letzter Blick flog zu Jenny hin. Dann verließ er das Zimmer. „Alles und alle haben sich verändert", dachte er müde. „Jenny, Richard Gall, ja, sogar ich selbst."

Den Blick auf den Boden gerichtet, schleppte Mike sich den lang gestreckten Klinikflur entlang. Am Fahrstuhl machte er Halt. Aber noch bevor er auf den Knopf drücken konnte, überlegte er es sich anders. Mike wollte niemanden sehen. Da um diese Zeit die Fahrstühle mit Besuchern voll waren, beschloss er, durchs Treppenhaus zu gehen.

59

Gila stand wie auf Kohlen. Die Sekunden schlichen wie in Zeitlupe. Wo blieb nur dieser verflixte Fahrstuhl? Als Gila diese quälende Warterei nicht mehr ertrug, lief sie zur Treppe.

Kaltes, graues Mauerwerk empfing sie, hüllte sie ein und ließ ihre Schritte widerhallen. Gila fröstelte, wusste aber nicht, ob es an ihrer inneren Aufregung lag oder daran, dass es im Treppenhaus so kühl war.

„Arme Jenny", dachte sie auf dem Weg nach oben. „Nun musstest du von einem Polizisten die schreckliche Wahrheit erfahren, von einem Fremden, der nur seine Arbeit tut und keine Ahnung hat, wie David in Wirklichkeit war – wie liebenswert, wie kameradschaftlich." Vielleicht, überlegte Gila weiter, hatte aber Mike Jennifer das Furchtbare gestanden. War das besser? War es schlimmer? Gila hatte keine Ahnung.

Schritte näherten sich. Gila schreckte hoch. Kurz darauf sah sie Mike. Kein anderer als er kam Stufe für Stufe auf sie zu. Gila erstarrte. Sie konnte den Blick nicht von ihm wenden. „Mike!", flüsterte sie. Verwundert hob er den Blick. Seine Augen weiteten sich.

Noch während Stefanie die Wagentür öffnete, zog sie einen Geldschein aus ihrer Jeans und drückte ihn dem Fahrer rasch in die Hand. Dann sprang sie nach draußen und hastete die wenigen Meter zur Klinik hoch.

„Hallo, Sie bekommen noch was raus", rief ihr der Taxifahrer nach.

Stefanie überhörte ihn. Sie dachte nur noch an Gila.

In Mikes Augen blitzte es auf. „Warum wundere ich mich eigentlich, Sie hier zu sehen?", meinte er und blieb stehen. Gila stöhnte trocken und heiser auf. Mike stand vor ihr. Mike! Derselbe Mike, der Davids Tod auf dem Gewissen hatte. Gila sah rote Nebel vor ihren Augen tanzen. Dazwischen schob sich hartnäckig Davids Gesicht. Er hielt die Augen geschlossen, eine Strähne war ihm in die Stirn gerutscht. Ein ungeheuerer Schmerz brach so plötzlich über Gila herein, dass sie schwankte. „Mike!", schrie sie. „Sie Monster! David ist tot! Haben Sie endlich erreicht, was Sie wollten?"

Mikes schmale Hände klammerten sich so fest um das Treppengeländer, dass seine Fingerknöchel weiß hervortraten. „Ich werde mich noch heute der Polizei stellen."

„Und damit, glauben Sie, sich wieder rein waschen zu können? Ja, gehen Sie zur Polizei, spielen Sie den Reumütigen. Die Gesellschaft wird Ihnen vielleicht sogar verzeihen. Aber die Gesellschaft hat David nicht gekannt. Für uns, die wir David geliebt haben, bleiben Sie immer ein mieser Feigling. Wir geben Ihnen keine mildernden Umstände und erst recht kein Verzeihen. Auch Jenny wird Ihnen das nie vergeben." Gila lehnte sich an die kalte, graue

Wand. Verzweifelt suchte sie nach einem Halt, der sie daran hindern sollte, sich wütend auf Mike zu stürzen.

Schritte hallten, wurden lauter und lauter. Stefanie kam atemlos die Stufen heraufgestürmt. Mit zusammengekniffenen Augen sah sie zu den beiden hoch. „Du wirst dich nicht der Polizei stellen, Mike", rief sie. Die Drohung, die in ihrer Stimme schwang, versetzte Gila in Panik.

Stefanie zog ihren Revolver aus der Handtasche und richtete ihn auf Gila. „Dürfte ich wohl um meinen Ausweis bitten?", sagte sie zu ihr. „Her damit! Und zwar plötzlich!" Entsetzt riss Gila die Augen auf, öffnete den Mund zu einer Antwort, doch nur ein Ächzen kam über ihre Lippen.

In diesem Augenblick sprang Mike unerwartet vor. „Stefanie!", brüllte er. „Du Wahnsinnige! Es ist zu spät!"

Stefanie wich erschrocken einen Schritt zurück, strauchelte, verlor das Gleichgewicht und stürzte mit einem Aufschrei die Stufen hinab. Stöhnend blieb sie liegen.

„Einen Arzt! Wir brauchen einen Arzt!", rief Gila und lief zu ihr. „Mike, hören Sie nicht? Holen Sie Hilfe! Na, los! Worauf warten Sie!"

Mike zuckte die Schultern. „Inzwischen wissen wir beide, dass ich nicht der typische Samariter bin."

„Verdammt! Das können Sie doch nicht machen! Sehen Sie denn nicht ..."

„Nein!", unterbrach er sie schroff. „Ich sehe nur das personifizierte Unglück dort unten liegen. Der Tod klebt an Stefanies Händen. Soll sich der doch um sie kümmern."

Mike hob den Revolver auf, der Stefanie entglitten war und richtete ihn auf die Verletzte.

Gila traute ihren Ohren nicht. „Was ist passiert?", fragte sie. Ihre Stimme hob sich, wurde scharf. „Was, um Himmels willen, ist mit uns allen passiert? Ist es das, was Aids aus uns Menschen macht? Werden wir in Zukunft nur mehr reißende Bestien sein? Krankhaft egoistisch und ohne Mitgefühl? Hin- und hergerissen zwischen Feigheit und Sadismus? Löscht dieses winzige Wort denn alle Menschlichkeit in uns aus und lässt nur noch Abscheuliches leben?"

Mike reagierte noch immer nicht. Sein Gesicht war kalkweiß, auf seiner Stirn klebten feine Schweißperlen. Finster starrte er vor sich hin.

„Sag's ihr, Stefanie", verlangte er plötzlich. „Oder soll ich es tun?"

Gila verstand kein Wort. Fragend sah sie von einem zum anderen. „Was soll sie mir sagen?", wollte sie wissen. Ihr Blick heftete sich auf Stefanie. „Was?!"

„Sag's ihr", wiederholte Mike. „Na, los!"

Stefanie richtete sich ein wenig auf. „Eigentlich war David selbst an allem schuld", begann sie. „Wäre er nicht nach München zurückgegangen, wäre ich jetzt nicht todkrank. Wäre David bei mir geblieben, wäre ich nie an diesen Junkie geraten, verstehen Sie? In jenen leeren, trostlosen Tagen in London, einer fremden Stadt, hätte ich mich an jeden geklammert ... Robin tauchte auf. Er war da, als ich ihn brauchte. Natürlich hatte ich damals schon von Aids gehört. Und auch, dass es nur Schwule und Drogenabhängige treffen sollte. ‚Was kann mir schon passieren?', dachte ich damals ahnungslos. Ich bin weder ein Junkie, noch hab' ich je was mit Drogen zu tun gehabt."

Starr vor Entsetzen sah Gila sie an. Was für ein tragischer Irrtum! „Soll das heißen, dass Sie ..."

Stefanie unterbrach sie: „Ja. Aber ich begriff erst viel später, wie falsch meine Hypothese war. Wie falsch und mit welch katastrophalen Folgen. Doch die Krise, die ich Davids wegen hatte, ging schneller vorüber als ich gedacht hatte. Ich kehrte nach München zurück. Hier eröffnete man mir auch die furchtbare Diagnose. Ich begann, David und Mike zu suchen ... Und dann war da *Queen*. Warum sollte ich mir nicht nach all der Trostlosigkeit einen halbwegs schönen Abend gönnen? Tja, und ausgerechnet vor dem Olympiastadion stieß ich dann auf Mike. ‚Was für ein gelungener Zufall!', dachte ich. Noch hatte ich keinen Schimmer, dass er hinter David her war. Ich wusste nur eines: Du darfst Mike nicht mehr aus den Augen verlieren. Er *muss* die Wahrheit erfahren! Er *muss*! Leider hatte Mike aber nur eines im Sinn, mich loszuwerden ..."

Mike stöhnte auf: „Willst du damit sagen, dass du Aids hast? Willst du das?"

Stefanie schwieg. In Gedanken ließ sie jene Nacht noch einmal Revue passieren.

„Na, los, und weiter!", drängte Gila, sie bebte am ganzen Körper.

„Mikes Fluchtversuche überraschten mich nicht", fuhr Stefanie fort. „Als er sich von mir losriss, hetzte ich ihm blindlings nach. Er durfte mir nicht entkommen!" Ihre Augen weiteten sich. Sie sah alles wieder greifbar vor sich: Die Leute, Beifall klatschende Hände, die begeistert in die Luft fuhren, sie hörte Menschen, die sangen, jubelten, pfiffen.

Sie war im Konzert, im Stadion ...

Gewaltsam kämpfte sich Stefanie vorwärts, schob sich verbissen an unzähligen Menschen vorbei, drängelte und drückte ... Mike! Er durfte nicht entkommen! Bald schon hatte sie Glück! Da! Nur wenige Schritte vor ihr! Mike! Stefanie nahm ihre Ellenbogen zu Hilfe. „Darf ich mal durch", schrie sie. „Bitte!" Ihre Bewegungen wurden hektisch und grob.

Dann verharrten die Leute und lauschten gebannt auf Freddie Mercurys Ankündigung. „This is from an album called *Hot space.*"

Bevor Tausende von Beifall klatschenden Hände in die Luft fuhren, hatte Stefanie Mike wieder aus den Augen verloren.

„It's called *Las palabras de amor.*"

„Die Worte der Liebe", dachte sie und lächelte spöttisch.

„Mike! Wo steckst du nur?" Stefanie hetzte vorwärts, immer vorwärts ... Sie drückte, drängelte und schob ... Mike! Er war verschwunden, wie vom Erdboden verschluckt. Stefanie keuchte, rang nach Luft. „Ich muss dich finden! Ich *muss* einfach! Mike!"

Plötzlich erloschen die Scheinwerfer. Das Stadion lag in vollständiger Dunkelheit. Nur die Bühne war ein strahlendes, buntes Lichtermeer, das wie magnetisch jeden in

Bann zog. Klavierklänge schwangen durch die Luft. Zwei oder drei nur ... *Bohemian Rhapsody* begriff Stefanie sofort. Der minutenlange Beifallssturm riss sie mit. Das Licht flutete wieder über das Stadion, und Stefanie setzte ihre Suche hektisch fort. Der euphorische Gesang der Fans drang an ihr Ohr: *Mama, just killed a man.* Vorwärts! Vorwärts! Sie musste Mike finden! Musste! Die Leute jubelten der Band zu. Ekstase, wohin sie auch sah ... Mike! Mike! Wie viele Minuten waren verstrichen? Wie viele Sekunden? Zahllose, gefühlsbetonte Momente, die Stefanie in Bann schlugen. Und sie sehnte sich danach, in diesem Strudel endgültig zu versinken ...

Ein heftiger Schmerz riss sie in die Realtität zurück. Ein Ellenbogen hatte sich in ihre Rippen gebohrt. „Können Sie nicht aufpa...", schrie Stefanie den Mann wütend an. Im selben Moment sah sie ihn: Mike! Da war Mike! Er hielt ein Messer in seiner Hand, bereit, damit zuzustoßen!

„Hey, bist du verrückt geworden!", rief sie und stürzte sich mit einem Schrei auf Mikes Arm. Das Messer flog in hohem Bogen durch die Luft und landete vor jenem Fremden, der sie angerempelt hatte. Er bückte sich ...

„Verschwinde, Stefanie!", brüllte Mike und wollte sich auf das Messer stürzen, doch Stefanie kam ihm zuvor. Gleichzeitig versuchte sie, Mike abzuwehren, der ihr mit aller Gewalt das Messer entreißen wollte. Sie stolperte, stürzte ... Mike und der Fremde beugten sich zu ihr hinab.

In diesem Moment, einem einzigen, winzigen Moment, erkannte sie ihn: David! Das war David, der auf sie herabsah. David! Die bitterste Enttäuschung ihres Lebens. All der Hass auf ihn war schlagartig wieder da und drohte sie zu zerstören.

Stefanie stach zu.

„Ich stach zu!", schloss Stefanie mit bleichen, spröden Lippen. „Ich konnte nicht anders. Er oder ich."

Fassungslos hatte Gila zugehört. *„Sie* haben ihn getötet?", flüsterte sie.

Das Schweigen, das danach herrschte, konnte Gila kaum ertragen. Ihre Knie zitterten, ihr ganzer Körper zitterte. Ein trockenes Schluchzen drang aus ihrer Kehle. Der Schmerz über Davids Verlust überwältigte sie. Gila glaubte, jeden Augenblick ohnmächtig zu werden.

Mike fragte: „Du, du ... hast Aids, Stefanie? Und ... ich?" „Du Idiot hast es vermutlich auch, von mir." Stefanie richtete ihren Blick auf den Revolver. „Jetzt schieß schon endlich. Na, los! Das ist es doch, was du von Anfang an wolltest. Bring mich um! Aber Aids, Aids kannst du nicht so einfach aus der Welt schaffen. Weder mit Messern noch mit Revolvern."

„Du verfluchte Hexe!" Mike sprang auf sie zu.

„Na, los doch, los!", ermunterte sie ihn kalt lächelnd. „Und wenn du mich erledigt hast, dann geh zu einem Arzt und lass es dir Schwarz auf Weiß geben, dass du infiziert bist. Du *bist* es! Und das, obwohl du niemals high warst und immer nur mit Frauen gepennt hast!"

Gila griff ein. „Hört auf!", befahl sie scharf. „Hört endlich auf! So schafft ihr Aids nicht aus der Welt! So doch nicht!"

60

Björn kam gerade mit den Kripobeamten aus der Cafeteria, als Dizzy in die Klinik stürmte.

„Was tust du denn hier, Dizzy?", wunderte sich Björn. „Und was machst du überhaupt für ein Gesicht?"

„Ich glaub', Stefanie ist hier", antwortete er atemlos und sah sich um. „Bitte, frag jetzt nicht, sie sucht Gila. Mit 'nem Revolver, kapiert?" Die helle Sorge stand ihm ins Gesicht geschrieben. Eben noch hatte sich alles um den verletzten Pit gedreht, jetzt drohte Gila unmittelbare Gefahr. Pit war über dem Berg. „Eine harmlose Fleischwunde", hatte der Notarzt gesagt. „In ein, zwei Tagen ist er wieder okay."

Doch was war mit Gila ...?

„Verflucht!", schimpfte Björn. „Hört denn das nie auf?

Los, komm. Gila ist sicher noch bei Jenny."

Die Beamten nahmen den Fahrstuhl, Björn und Dizzy die Treppe.

Mike lachte, lachte ... „Ich und Aids? Das ist das Verrückteste, das ich je gehört habe", amüsierte er sich. „Ich? Dann müsste logischerweise ich selbst Jenny infiziert haben."

„Das haben Sie ja auch", bestätigte Gila.

„Nein!" Heftig schüttelte Mike den Kopf. „Nein, Jenny ist gesund! Dr. Gilbert hat sich in der Diagnose geirrt."

„O Mike, das ist zu schön, um wahr zu sein, Mike. Sie werden sehen, dass ich Recht habe."

„Aber Dr. Gilbert ..." Ein Ächzen drang aus Mikes Kehle. „Ich verstehe das nicht ..."

Gila dagegen umso mehr. In Gedanken sah sie sich eilig im Schwesternzimmer Karteikarten aufsammeln – gestern, als sie dort auf Richard Gall gewartet hatte. Der Zettel mit der Diagnose musste versehentlich in eine falsche Kartei gerutscht sein. Nur so konnte sich Gila erklären, dass Dr. Gilbert seine eigene Diagnose revidierte. Über kurz oder lang würde er aber die Wahrheit herausfinden.

„Jenny ist infiziert, Mike", beteuerte Gila. „Dr. Gilbert wird es bestätigen."

Ein verzweifeltes Stöhnen rutschte über Mikes wachsbleiche Lippen. Er sank zu Boden, lehnte am Treppengeländer und starrte auf den Revolver. Gilas Herz klopfte hart gegen die Rippen. Sie ahnte, welches Gefühlschaos Mike beherrschte.

„Was soll das?", fragte sie leise. „Wollen Sie sich umbringen? Reicht es noch immer nicht? David ist tot, Jenny infiziert und als Krönung ein Selbstmord. Mike, was sind Sie für ein erbärmlicher Wurm!"

Mike zuckte wie unter einem heftigen Schlag zusammen, doch dann straffte er die Schultern und sah Gila ins Gesicht. „Wahrscheinlich werde ich nie gewinnen", murmelte er. „Aber auch nicht ganz verlieren." Mit diesen Worten reichte er Gila den Revolver.

Fast zeitgleich tauchten Dizzy und Björn auf. Sie erfassten die Situation sofort. Dizzy holte umgehend einen Arzt, Björn die Kripo.

Die nächste halbe Stunde verbrachte Gila damit, Fragen zu beantworten. Dizzy und Björn verlangten nach der Wahrheit, genauso die Kripo.

Als der ganze Tumult vorüber war, fühlte sich Gila vollständig ausgelaugt. Stefanie war ärztlich versorgt und in die Krankenstation gebracht worden, Mike von der Kripo abgeführt.

Gila, Dizzy und Björn waren allein im Treppenhaus.

„Endlich ist es vorbei", seufzte Björn.

Gila schüttelte den Kopf. „Nicht, so lange es kein Medikament gegen Aids gibt", widersprach sie. „Natürlich wird die Wissenschaft nach etwas Geeignetem forschen, doch das kann dauern. Bis dahin aber ..."

„Bis dahin", nahm Dizzy den Satz auf, „bis dahin heißt es, sich zu schützen, aufzuklären, zu hoffen und zu bangen." Grübelnd sah er eine Weile vor sich hin. „Wenn es aber nun Jahre dauert, bis ein wirksames Mittel gefunden ist? Werden wir eines Tages nicht vollkommen übersättigt sein, von all den Broschüren, Artikeln, Fernsehsendungen, und was sonst noch laufen mag? Werden wir nicht abstumpfen? Wird Aids nicht irgendwann nur noch die ‚vergessene Seuche' sein?"

„Aus tiefster Seele hoffe ich das nicht", antwortete Gila und versuchte, ihrer Stimme einen zuversichtlichen Klang zu geben, obwohl sie insgeheim fast so wie Dizzy dachte. „Der Mensch ist nun mal so", sann sie und spürte, wie ein Hauch von Resignation sie empfindlich streifte. „Er ist ein träges, phlegmatisches Wesen, das erst dann aktiv wird, wenn die Gefahr ihn unmittelbar selbst betrifft."

„Wenn aber nun gar nichts gefunden wird?", hakte Björn nach. „Kein Medikament, kein Serum? Was dann?"

Daran wagte Gila überhaupt nicht zu denken.

„Komm, Dizzy und ich bringen dich heim."

Gila schüttelte den Kopf. „Ich will erst noch zu Jenny. Sie hat ein Recht darauf, die volle Wahrheit zu erfahren."

Aufmunternd drückte Björn ihre Hand. „Okay, wir warten unten."

Richard Gall verließ leise das Krankenzimmer, als Gila es betrat. Dankbar nickte sie ihm zu. Jenny richtete sich auf. Gila half ihr, ein Kopfkissen hinter den Rücken zu schieben, und setzte sich dann neben sie. „Wie geht's dir, Jenny?" Ein wildes, trockenes Schluchzen schüttelte Jennys Körper.

Gila nahm sie tröstend in den Arm. „Ich weiß", flüsterte sie und wiegte Jenny sanft hin und her. „Ich weiß, ich weiß."

Langsam beruhigte sich Jenny wieder. Der Tränenstrom versiegte. Sie sank in das Kissen zurück.

Lächelnd reichte Gila ihr ein Taschentuch. Dann fragte sie: „War Mike bei dir?"

Jenny wischte sich über die feuchten Wangen. „Ja", nickte sie. „Ich weiß alles."

„Nein, Jenny, nicht alles! Was auch immer Mike dir erzählt hat, er wusste selbst nur die halbe Wahrheit."

„Und was ist die ... ganze Wahrheit?"

„Stefanie hat David ermordet."

Jenny riss ihre Augen auf. „Stefanie?", flüsterte sie ungläubig.

Gila berichtete ihr ausführlich, was sie selbst erst vor wenigen Minuten erfahren hatte. Starr vor Entsetzen, hörte Jenny ihr zu. Als Gila mit ihrem Bericht zu Ende war, schwieg Jennifer betroffen. Weder sie noch Gila waren fähig, ihre aufgewühlten Gefühle in Worte zu fassen.

„Mike hat mich also infiziert?", vergewisserte sich Jenny nach einer Weile.

„Ja, sehr wahrscheinlich."

„Vater wird unter dem Schock zusammenbrechen. Bis jetzt glaubte er noch, dass die Diagnose ein Irrtum sei."

„Ach, Jenny", seufzte Gila. „Es tut mir entsetzlich Leid."

Als Jenny lächelte, wusste Gila nicht, ob es ein bitteres Lächeln war oder ein Anflug von Galgenhumor.

„Nun ist es wahr", meinte Jenny schon wieder gelassen. „Eine neue Krankheit ist aufgetaucht, die jeden von uns treffen kann."

„Ich fürchte, ja. Soll ich mit deinem Vater sprechen?" Jenny schüttelte den Kopf. „Danke, das ist meine Sache", entschied sie. „Du besuchst mich doch wieder, oder?"

„Jeden Tag, Jenny. Das verspreche ich dir."

61

Gila stand neben Dizzy, Björn und Pit, die heute ausnahmsweise in dunklen, konservativen Anzügen steckten. Pits weiße Armschlinge hob sich gespenstisch davon ab. Gila selbst trug ein schwarzes Kostüm mit einer hellgrauen Seidenbluse darunter. Ihren Hals zierte eine weiß schimmernde Perlenkette.

„Es umwanden mich die Stricke des Todes, die Schlingen der Unterwelt fingen mich ein, versunken war ich in Elend und Angst", sagte der Geistliche mit monotoner Stimme.

Gila starrte auf das offene Grab und dachte an David ...

Seufzend lehnte sich Jenny in die Kissen zurück. Aufmerksam musterte sie ihren Vater, der sie zuversichtlich anlächelte.

„Weißt du", sagte er betont munter, „wenn du wieder zu Hause bist, packen wir die Sache erst richtig an. Ich kenne einen Arzt, zu dem ich vollstes Vertrauen habe. Er wird dir helfen, Jennifer. Ganz bestimmt."

„Ja, Vater", antwortete Jenny leise. Inzwischen hatte sie es aufgegeben, ihn von der Wahrheit überzeugen zu wollen. Entweder wollte oder konnte er sie nicht glauben. „Wahrscheinlich beides", dachte Jenny betrübt, wobei sie aus tiefster Seele bedauerte, dass er die noch verbleibende, kurze gemeinsame Zeit nicht besser zu nutzen verstand.

„Ach, Vater", seufzte Jenny, als sie hörte, in welch rosige Zukunft er sich hineinträumte. „Du kannst unmöglich neu anfangen, ehe das hier nicht zu Ende ist." Fragend sah er sie an. „Was meinst du, Jennifer?" „Nichts", antwortete sie nach einer Weile. „Schon gut." Liebevoll strich ihre Hand über seine.

„Ich bin die Auferstehung und das Leben. Wer an mich glaubt, der wird leben, auch wenn er gestorben ist; und jeder, der lebt und an mich glaubt, wird den Tod nicht schauen in Ewigkeit", hörte Gila den Geistlichen sagen. Ihre Hand umklammerte den kleinen, putzigen Blumenstrauß. Moosröschen. Jenny hatte sie darum gebeten.

Jennys Hand lag plötzlich still. Richard Gall bemerkte es zuerst gar nicht, doch als Jenny nicht mehr auf seine Fragen reagierte, hob er verwundert den Kopf. „Jennifer?", rief er. „Schläfst du?"
Mit zitternden Fingern drückte er auf den Klingelknopf, der eine Krankenschwester herbeirufen sollte.
„Irgendwas stimmt nicht", flüsterte Richard Gall. Sein Blick hing angsterfüllt am Gesicht der Schwester.
„Warten Sie bitte draußen", sagte sie. „Ich verständige Dr. Gilbert. Und keine Sorge, das kriegen wir alles wieder hin."
„Ja", antwortete Richard Gall rau. „Ja, natürlich." Taumelnd verließ er das Zimmer.

„Staub bist du, und zum Staube kehrst du zurück. Der Herr aber wird dich auferwecken am Jüngsten Tage."
Minuten später warfen Davids Freunde und Verwandte Blumen und Erde in das Grab.
Als Gila mit ihren Moosröschen an der Reihe war, flüsterte sie: „Ein Gruß von Jenny, David."
Kurz darauf verließ sie mit Pit, Dizzy und Björn den Friedhof.
„Kommst du mit in den Übungsraum?", fragte Björn.
Gila schüttelte den Kopf. Jenny wartete auf sie.

Gila beschloss, sich nicht umzuziehen. So, wie sie war, fuhr sie in die Klinik.

Eine halbe Stunde später stand sie vor Jennys Zimmertür. Gerade als Gila klopfen wollte, kam Richard Gall heraus. Mit trockenen Augen starrte er verstört vor sich hin. „Jennifer", sagte er tonlos, „sie ist eben an einer Lungenembolie gestorben."

Gila spürte, wie alles Blut aus ihrem Gesicht wich. Jenny war tot. Tot. Der Schmerz zog ihr den Boden unter den Füßen weg. Gila lehnte sich an die Wand. Entsetzt wollte sie die Augen schließen. Aber sie tat es nicht. Sie wollte es nicht, und sie durfte es nicht. Niemand durfte mehr die Augen verschließen. Das Leben aller hatte sich über Nacht geändert. Jennifer war die erste gewesen, die an dieser Veränderung zerbrochen war. Und viel zu viele würden ihr im Laufe der Zeit noch folgen. Nein, niemand durfte mehr die Augen schließen. Die Gefahr war da. Uneinschätzbar, lauernd und ununterbrochen auf der Suche nach potenziellen Opfern. Arglosigkeit, Ignoranz, Dummheit und Sorglosigkeit hatten ein wertvolles Leben gekostet. Nein, niemand durfte mehr die Augen verschließen!

Gila hörte in der Nähe das sorglose Kichern zweier Frauen. „Nein, niemand mehr", dachte sie.

Ihr Blick wanderte zu Richard Gall. Der tiefe Schmerz hatte sein Gesicht versteinert. Grau und eingefallen bot er ein Bild der Verzweiflung.

Gila suchte nach einem innigen Trostwort. Da sie keines fand, streckte sie ihre Hand aus und berührte sanft seine Wange.